KB067883

自敍漢詩 聯句七百行

늪을 헤맨 조랑말

상산 신 재 석

🌸 ㈜이화문화출판사

플로리다 올랜도에서의 가장 행복했던 가족여행

가냘픈 한 생명이 커다란 슬픔을 안고 모진 세상에 태어나 한 줄기 질긴 생명을 다만 이었다.

내가 알 수 없는 죄를 전생에 지었다던가. 그 전생을 누가 살았기에 어머니 뱃속서부터 무거운 악운을 지닌 채 태어나게 했던가 하고 하늘을 원망했다.

이 억울한 악운을 70년을 안고 왔다.

내 나이 70에 이르러서야 명부冥府를 수도 없이 들락거리던 그동안의 깊은 고뇌에서 해탈되었고 마지막 가는 길에 일몰의 붉은 노을을 가슴 벌려 안을 수 있었다.

그것은 늪을 헤매던 조랑말이 견딜 수 있는데 까지 견디다가 늙고 지친 몸으로 겨우겨우 늪 밖으로 기어 나온 것 같은 절박에서의 소생이요 환희였다.

내세울 것이라고는 있어본 일이 없이 살아온 소설 같은 기구한 역정을 내일을 알 수 없는 나이임에도 불구하고 누구에겐가 말 하고 싶은 졸렬한 마음이 뒤늦게 문득 일었다.

그것은 하늘을 향한 응석이요 어리석음이라 아니할 수 없으나 그렇게라도 해서 깊이 매쳤던 응어리의 잔재들을 마지막 가는 길에 말끔히 씻어내어 이제 그만 잠재워보자 하는 간절함도 있었다.

그런 생각을 앞세워 워드자판에 집게손가락 두개를 얹어놓고 긴 세월의 갖가지 곡절을 기억을 더음어 두서없이 두르렸다. 그렇다보니 문장 거의가 넋두리요 한이 맺힌 쓰라림으로 도색되어버렸다.

이 하찮은 이야기를 어렵사리 다 써놓고는 처량하고 부끄러운 생각이 앞을 가려 차일피일 일 년을 더 넘게 미루고 미루다가 기어코 용기를 내었다.

그 용기의 배경에는 첫째 천학비재를 무릅쓰고 장편 자서한시 700행을 장황하게 엮은 것이 아까워서였고

둘째로는 이런 특이한 자서한시는 지극히 희귀한 것이여서 한시漢詩하는 분들에게 보여 질정의 말씀이라도 듣고 싶은 욕심이 일어서였다.

2017년 7월 15일

양평강가의 한적한 서재에서

| 목차 |

1장 · 기구한 탄생

2장 · 빗나간 정감록길지와 14세 소년

5장 · 무분별

6장 · 만조

自敍漢詩 聯句七百行

生成

기구한 탄생

生成(생성)
생성과 멸실이 반복되는 無常의 생성과정.

운수와 명수

무슨 생물이건 한 생명이 태어나는 것은 분명 축복이다. 그것이 사람인 경우는 더욱 그렇다. 그러나 개중에는 결코 축복일 수 없는 숙명을 지니고 태어나는 사람도 적지 않다.

육우肉牛가 30개월이면 잡혀 먹힌다는 사실을 그 자신은 알지 못하므로 천진스럽게 제 할 짓을 다 하는 것처럼 자신의 숙명을 모르고 살면 이승과 저승을 속단하지도 않고, 마음의 고통도 슬픔도 느끼지 않고 살아갈 것이다.

사람들은 사물을 이해할 수 있는 어린 시절의 나이 때부터 자기가 처해 있는 상황에 따라서 운이 있다 운이 없다 하며 그것을 운수 탓으로 돌리려고 한다.

잘 나가는 사람은 운수가 좋아서 잘 나가는 것이고, 하고자하는 일마다 한발 젖혀 디딜 곳조차 없이 모질게 꼬이는 사람은 운수가 되우 사나워서 그렇다고 자신의 운수를 정해준 하늘을 향해 원망한다.

운수가 사나워 어떤 재앙이 닥치거나 어떤 사달이 날 때에는 세상 어디에도 피할 곳 없이 무섭게 닥쳐온다.

세상에 태어나서 아직 죄업을 쌓을 만한 시간적 여유가 전혀 없는 어린 생명에 악운이 닥쳐오는 것은 무슨 까닭일까?

전생을 억겁을 두고 지은 죄업이 그다지도 커서 그렇다는 사람도 있다지만 아직 사고의 능력이라고는 가져본 적이 없는 갓 태어난 아기에게 고스란히 덮씌워 버겁도록 무거운 짐을 지우게 하는 것은 무엇으로 설명될 수 있을 것인가?

운수運數다 명수命數다 하는 것은 사람의 힘을 초월한 강력한 어떤 작용으로서 하늘이 개개인에게 길흉과 화복을, 그리고 생명까지도 미리 정해놓고 그대로 지배 받도록 되어 있다는 속설이다. 그렇기 때문에 모든 사람은 하늘이 정해 준 그 절대적인 섭리대로 행해질 수밖에 없는 것이라고들 알고 있고, 그렇기에 세상 살아가는 모든 것을 운명으로 돌린다.

우리가 공평무사하다고 알고 있고 부모 이상으로 우리를 지켜준다고 믿고 있는 절대권능의 하늘을 사람들은 믿고 의지한다. 그런데도 불구하고 결코 공평하지 않게 사람의 운명을 좌지우지 정해 놓은 하늘의 심술궂은 권능을 의심해보지 않을 수가 없다.

사람의 운수가 낳을 때부터 죽을 때까지 한결같이 똑 같은 것은 아니다. 사람이 일생을 살아가는 동안 운수의 기복이 심하리만큼 뒤바뀌는 경우를 원근을 가리지 않고 많이 본다. 시간의 차이나 정도의 차이가 다르기는 하지만 나 자신을 비롯해 주변에서 그러한 경우를 많이 지켜보게 된다.

이와 같은 전변轉變은 항상 있는 일로서 누구는 한 평생을 형통하게 하늘이 잘 보살펴 길러내는가 하면 또 어떤 사람은 혹독한 어려움을 겪으며 방황하기도 한다. 이처럼 화복은 겉으로 드러내지 않는 것으로 언제 어디에서 누구에게 닥쳐올지를 아무도 모른다.

어린 왕을 죽이고 수양대군을 왕위에 올린 한명회가 그리 하였듯이 정치계를 좌지우지 흔들면서 무소불위의 위세를 떨치던 어떤 가멸진 재벌가는 다가오는 액운을 피할 수 없게 되자 군색스럽게 원망과 보복의 물증을 되알지게 남기고 모지락스럽게도 자결을 감행했다. 이를 두고 혹자는 그 사람의 숙명이라고들 하였다.

그런가 하면 태어날 때부터 청년시절까지 가난으로 인생의 바닥을 헤매던 어떤 이는 한 줄기 빛도 향기도 없는 자신의 고된 운명을 박차고 부단한 자기개발과 노력으로 경제계를 두루 섭렵하다가 귀인성스럽게 정치계에 입문하더니 결국 대통령까지 하는 영광을 얻기도 했다. 위대한 사람은 불행을 딛고 일어선다. 운명이란 그처럼 곤두박질치기도 한다.

훈수없는 장기

비운의 탄생

　1930년의 늦여름, 아침끼니로 와글와글한 멀건 수수죽 소반을 물릴 시각에 최악의 운수를 타고 세상에 태어난 모질게도 팔자가 사나운 기구한 한 아기가 있었다.

　은하수를 가로질러 유난히 반짝이는 북두칠성이 구름 사이로 간간이 내려다보는 늦여름 밤이었다. 깊어가는 한 밤중에 산기가 보이더니 산모는 출산의 두려움과 기대로 배를 움켜쥐고 긴긴 밤을 고통 속에 지새우고 있었다.

　자정을 넘어 어둠이 가시기 전의 첫새벽에 진통은 파상적으로 반복되었다. 그런 가운데 태어날 자식에게 희망을 걸고 고독과 아픔이

뢰우(번개와 큰 비)

교차되는 답답함에 방문을 열어 늦여름 밤의 무더위를 식히고 있었다. 하늘은 짙은 구름에 가려 북두성도 초승달도 감춰지고 없는 칠흑 같은 어둑새벽이었다.

어유등잔魚油燈盞불이 희미하게 비춰주고 있을 따름인 텅 비어 공허한 산실에는 주름 골이 쪼글쪼글한 77세의 시할머니가 눈가에 잔물잔물 짓무른 눈으로 아기 받을 준비를 하고 있을 뿐 아무도 없었다.

긴 산고는 거친 조반을 대충 떠먹고 난 아침 8시까지 이어졌다. 칠석날이면 어김없이 내리는 칠석물(칠석에 내리는 비) 속에 결코 밝을 수 없는 운명의 인생이 혹독한 괴로움을 두 손에 하나 가득 움켜쥐고, 예고된 험한 세상을 향해 번개 치는 거센 천둥소리와 함께 첫울음을 터트렸다.

함경남도 함흥시 본동 5가 큰길가의 허름한 남의 집 바깥채에 이사 온 지 얼마 안 되었을 때였다.

이 집이 허무한 사연으로 졸지에 몰락해버린 뒤에 궁여지책으로 얻어든 집이었다. 정지鼎廚방 아랫목에는 반질반질 닳은 갈대 삿자리가 깔려 이었고 삿자리위에 갓 태어난 거무스레한 아기

천지개벽과 생성

가 쪼글쪼글한 팔다리를 하늘을 향해 허위적 허위적 휘젓고 있었다.

칠석날이라 어둑새벽부터 칠석물이 세차게 내렸다. 그해의 아침 비는 여느 해의 칠석날과 달리 유난히 요란스러웠다. 굵은 빗줄기가 장마철의 소나기처럼 마구 퍼부었다.

번갯불은 번쩍번쩍 혼을 빼앗고 하늘을 찢는 천둥소리에 넋이 나가 두려움에 떨어야 했다. 이처럼 험준한 세상을 눈 뜨기 전부터 체험하면서 갓 태어난 아기는 액기 품은 가시밭길을 향해 전생의 무거운 죄업을 등에 지고 뇌신雷神의 위협 속에 맥 빠진 울음을 울었다.

이것이 예고된 감당할 수 없는 사나운 운명을 짊어지고 태어난 신씨 가문의 둘째아들인 나의 탄생 모습이었다.

처음 겪는 고생

　부유한 의원 집 막내아들로 부러울 것 없이 잘 살아오시던 할아버지는 불혹不惑(40세)의 나이를 조금 지나 졸지에 가장이 되시었으나 세상사에 어둡고 무양무양하시어 남을 너무 쉬이 믿으셨다. 무람없이 지내던 어떤 사람과의 깊은 믿음은 곧 배신의 아픔을 겪게 하였고 돌이킬 수 없는 패가망신의 고통을 겪어야 했다. 그로 말미암아 가장에게 딸린 식솔의 고생이 이만저만이 아니었다.

　생전 처음 겪는 고생으로 자손들의 허기를 해결할 엄두를 내지 못하셨다. 가장으로서의 막중한 책무를 짊어지고 있었으나 해결할 방도를 찾지 못하시었다.

　그런 형편에 아직 백면서생인 맏아들이 21세에 둘째아들을 낳았다. 나이 약관弱冠인 아들이 자식이 벌써 둘이다. 그러니 한미한 살림이 더욱 한미할 수밖에 없었고, 가난은 산모의 미역국 한 대접조차 먹일 수가 없었다. 난생 처음 겪는 그와 같은 고생은 피눈물만으로는 달랠 수 있는 것이 아니었다.

　형편이 이렇다보니 맏며느리인 산모를 비롯한 10명에 가까운 식

구가 섭생을 제대로 뒷받침할 수가 없었다. 쌀
겨도 마다하지 않는 매일 매일을 굶주리다시
피 하여 영양상태는 극도로 좋지 못했다.

산모는 젖이 붙지 않아 갓 태어난 젖먹이에
게 젖도 제대로 먹일 수가 없었다. 이승과 저
승 사이에 다리를 놓고 어서 건너라고 재촉하
는 것 같았다. 희뿌연 물만 먹는 아기는 배고
프다 보채고 목청껏 울었다. 그런 상황에서 영
양상태는 결핍될 대로 결핍되었고 아기의 성
장이 더딜 것은 필연이었다.

허약한 아기는 영양실조 증으로 헛배가 탱탱
하여 바람 든 개구리처럼 부풀어 올랐다. 아기
는 왜소하고 걸핏하면 푸른똥을 쌌다. 커가면
서 잔병이 유난히 잦았다. 거무튀튀한 몸은 헐
렁하게 주름지고 머리의 숫구멍에는 버짐딱지
가 부스스 달라붙었다. 무정한 어미는 다만 죽
어지기만 바라고 있었다.

試觀空中之鳥

마음씨가 부드럽고 사근사근한 증조할머니는 항상 "내 손이 약손
이다" 하시면서 쪼글쪼글 주름 잡힌 따뜻한 손으로 아기 배를 쓸어
내리고 등을 쓸어내려 주시었다.

그런 열악한 환경에서 자라고 있었던 기박한 운명의 아기가 험난
한 가시밭길을 향해 한 인생을 출발해야 했다. 그 아기는 이미 악귀

들 무리에 조우된 고되고 험난한 숙명을 더듬는 저주받은 생명을 이어가고 있었다.

이것이 가냘픈 생명을 죽지 않고 이어온 유아기의 쓰라린 나의 모습이었다.

함흥 외곽의 철길 뚝 밑에 영세민 취락지역으로 새 마을이 들어섰다. 조촐한 초가집 마을에 야학교까지 들어선 제법 잘 가꾸어진 마을이었다. 그곳에 작은 골방까지 합쳐 방이 셋인 집에서 할아버지는 아버지를 보조로 마을 병자를 상대로 침을 놓고 약을 지어주며 병을 고쳐 주셨다.

나는 오리정五里亭을 지나 시내의 반룡산 기슭의 금정소학교까지 십리가 넘는 길을 매일같이 걸어 다녔다. 까만 새 모자에 교복 입고 네모진 갈색 가죽가방을 메고 신바람이

무심

났다. 세한歲寒 추위의 하얀 눈 속 길도 흥얼거리며 장난치며 등, 하굣길을 멀다 하지 않고 그렇게 걸어 다녔다. 그것이 소학교 1학년 때부터 3학년 때까지였다.

내가 네 살 되는 해에 남동생이 태어났고, 내가 여섯 살 되던 해에 야학교에 다니던 막내고모가 흥남 서호진의 해변 가에 밥술이나 뜨는 김씨 성씨의 집에 출가하였다. 내게 누나 같았던 열일곱 된 고모가 그렇게 시집을 갔다.

그 후 고모가 친정에 오실 때마다 나의 어린 시절의 측은했던 오만 가지 이야기를 단편적으로나마 녹음기처럼 반복해서 심심치 않게 들려주어 내 귀를 열어주었고, 세상에서 제일 인자하신 팔십대의 증조할머님이 불쌍하다며 눈물 찍어 말씀을 보태주셨다.

새로 꾸민 보금자리

　내가 아홉 살 되던 해에 함흥시에서는 시내 동편 외각에 흐르는 회
룡천의 준설공사를 시행하게 되었다. 그 공사의 일환으로 퍼 올린
토사를 함흥 역 주변을 메워 정리하는 대규모의 사방사업을 겸한 도
시계획에 직면하게 되어 우리가 살던 새말동네의 보금자리 수 십 가
구가 남김없이 철거되어 마을 하나가 송두리째 없어지게 되었다.

　그로 말미암아 얻은 약간의 철거비와 이주비를 손에 들고 이사 간
곳이 성천강 건너의 신상리라는 큰 마을이었고, 그곳에 정갈하게 지
어진 초옥草屋이 우리 집이었다.

　그 새집에서 앞마당에 펌프를
박아 어머니의 물 걱정을 덜고,
가을이면 마을사람을 불러 볏짚
으로 이엉을 새로 엮어 얹었다.
고운 모래를 섞은 부드러운 진흙
물로 실금이 갈라진 흙벽 틈새를
메우는 사벽질을 했고 문짝마다
한지를 탱탱하게 다시 발라 붙이

고 문풍지로 마감하는 월동준비까지 완벽하게 했다. 그와 같이 빈틈없는 살림준비로 격양가를 부르며 10년의 기나긴 고생과 탄식에 종지부를 찍었다. 이제야 우리 집 삶에 희망의 단 샘이 일었다.

아버지의 한의원은 그 집에서 개원했다. 윗방이 할아버지와 우리 형제들의 거소였는데, 그 방을 깨끗이 치우고 낮동안은 환자를 진찰하고 침을 놓는 병실로 겸하여 썼다.

실로 오랜만에 어린동생들의 웃음소리와 아버지의 공부하시는 소리, 그리고 어머니의 실로폰을 두드리는 것 같은 겨울옷 다듬는 행복한 소리가 집안에 가득했다. 10촉짜리 전등을 검은 줄에 매달고 희미한 전등불 밑에서 어머니의 하얀 무릎에 꼬질꼬질한 때가 끼도록 삼실을 꼬아 얼레에 감으면서 세상에서 제일 즐거운 말만 골라서 하시는 것 같았다.

이 집에서 풍병을 앓고 계시던 할머니는 시난고난 병세가 심하여지더니 이기지 못하시고 불행한 늦여름을 고비로 돌아가셨고, 그로부터 2년 후에 증조할머니도 84세의 고령으로 돌아가셨다. 아버지의 글씨로 만사輓詞를 쓴 만장기 수 십장이 상여를 따랐고 장례행렬은 대갓집처럼 줄을 이었다.

장례를 치루고 난 뒤에 할머니가 쓰시던 방을 개조하여 한약재 창고 겸 약실로 쓰게 되었다.

할아버지는 젊은 아들에게 왕이 선위하듯 가업을 물려주시었다. 할아버지는 상왕처럼 물러앉아 협도鋏刀로 약을 썰고 계셨고, 우리 아버지는 젊은 의원선생님이 되어 찾아오는 환자를 진맥하셨다. 그리고 침을 놓고 약을 지어주셨다. 병이 나은 환자들은 아버지의 의술을 칭송하였고, 아버지의 인망은 날로 높아갔다. 그때의 아버지의 연세가 입지立志인 30세셨다.

우리 아버지는 4대째 내려오는 의원醫員이었다. 대를 이은 가업이 그러하다보니 아버지는 어려서부터 윗대의 전래의술을 자연스레 눈에 익히고 귀에 담아 의학지식은 자연 높은 경지에 있으셨다. 그런 까닭으로 의술에 있어서는 연세 높고 경험 많은 의원보다 못지않으셨다.

아버지와 할아버지는 시간이 날 때마다 다녀간 환자의 증상과 그에 따른 처방에 대해 의견을 교환하시며 짬짬이 공부하셨다. 대를 물려 내려온 누렇게 절은 의서와 비방이라 할 수 있는 귀한 처방전들은 항상 아버지의 손에서 떠나지 않았다.

오랫동안 신산스러워 시르죽어 살 수밖에 없었던 지난 십년과는 완연히 다른 삶을 맞고 있었다.

집 주변의 여기저기에 까치가 울어 손님 옴을 예고해주었다. 성청강은 찰랑찰랑 맑았고 강 넘어 짙푸른 반룡산이 강물에 거꾸로 얼비쳐 떠있었다.

우리 식구들은 밝았고 집안에 웃음소리가 그치지 않았다.

행복을 다듬는 소리

대홍수

  성천강城川江 둑은 꽤 높았다. 둑길도 엄청 넓었다. 버들 숲이 난무하고 물안개가 자욱한 강 언덕길은 소달구지가 자주 다니는 윗마을 사람들의 주요 교통로이기도 했다.

  그 방천 밑 마을로 이사한 지 3년 만에 유래 없는 큰 홍수로 성천강이 범람했다. 성천강은 북쪽의 백두산을 등진 산세가 매우 험한 신흥군에서 발원하여 동해로 빠지는 큰 강으로 평소에도 유속이 엄청 빠른 강이었다.

  도도히 흐르는 큰 강의 흙탕물 위로 부서진 집 잔해와 가장집물이 강폭 가득히 어지럽게 떠내려가고 있었다. 황소가 속수무책으로 허우적거렸고 초가지붕 위에 돼지와 닭이 실려 급류를 타고 함께 떠내려가고 있었다. 흙탕물 소용돌이 속을 한참 들여다보고 있노라니 공포와 함께 어지럼증이 일어 내 몸이 함께 휘말려드는 것 같은 착각에 빠지는 현상이 일고 있었다.

한 낮에 그런 물 구경을 하고 있었는데 밤이 깊어지자 "제방이 막 무너질 위기에 직면하였으니 속히 시내 공회당으로 피난하라"는 다급한 전갈을 받았다. 우리는 옆집에 사는 웅도네 식구들과 함께 피난을 서둘렀다.

시멘트 교각 위의 배수구마다 강물이 넘쳐 역류하여 흙탕물이 보글보글 샘처럼 솟아올랐다. 그 만세교萬歲橋를 각자 보따리 하나씩을 짊어지고 9백여 미터나 되는 긴 다리를 어둠 속에 뛰다시피 건너서 함흥 시내의 높은 공회당(시민회관)에 당도했다. 그곳이 시에서 지정해준 임시대피소였고, 그 한 구석에 피난 보따리를 내렸다. 공회당은 금세 피난민으로 꽉 들어차 붐볐다.

이틀이 지나자 장대같이 퍼붓던 비는 멎었고 하늘은 마치 아무 일도 없었다는 듯이 시치미를 딱 떼고 맑고 고요했다. 범람하던 성천 강물은 차츰 줄어들기 시작했고 강물은 다시 맑아졌다. 전과 같이 저녁노을이 강에 얼비치고 엷은 구름은 하늘을 흐르고 있었다. 비워 두었던 집에 세간과 약재는 젖지도 않고 그대로 무사했다.

그 난리를 겪고 나니 그 집에서 살기가 항상 불안하고 께름칙하여 강 건너 시내로 옮겨야 하겠다는 생각으로 할아버지는 시내의 번듯한 집을 물색하고 다니셨다. 그 일은 전적으로 할아버지의 몫이었다.

성난 파도

가업을 일으킨
젊은 의원선생님

이듬해 5월초의 늦봄에 세간을 옮겨 싣고 다시 이주한 곳이 함흥 시내 번화가 중심에 인접한 복부정福富町이었다. 내 생전 처음 살아 보는 기와집에 사랑채를 곁들인 번듯한 집으로 마을에서 제일 큰 집이었다. 화강석 섬돌을 세 단으로 높이 쌓아올린 그야말로 고대광실 그것이었다.

부엌에 연결되어 있는 정지 방에 큰 대들보가 가로질러 우람하여 마치 시내 한편에 있는 흥복사의 가람 방처럼 넓었다. 윗방 두 개에 뒷방이 또 두 개가 이어져 있었고 바깥사랑채에는 앳된 젊은 부부가 젖먹이를 데리고 세를 살고 있었다. 넓은 집에 젊은 사람이 필요해서 함께 살았던 것이다.

그 집에 이사하고 아버지의 환자는 더욱 붐볐다. 할아버지는 미처 한약재를 썰기가 바쁘셨다. 나는 할아버지를 도와 다른 협도로 약재를 썰었고, 가루약을 봉지봉지 싸는 일은 내가 오히려 더 손이 싸다고 칭찬받았다.

내가 밖에 나가 놀고 있으면 "재석아!" 하고 아버지가 부르신다.

착한 아이는 얼른 "네에"하고 말끝을 올려 상냥하게 대답하면서 뛰어 들어가 벼루에 먹을 갈았다. 가루약 봉지를 싸는 일 말고도 먹을 가는 일은 전적으로 나의 전담이었다. 먹은 남대문먹이라는 질 좋고 향기 짙은 참먹을 주로 썼다. 남대문이라는 글자에는 황금가루가 누렇게 칠해져 있었다.

아버지가 쓰시는 큰 벼루는 가운데가 닳고 닳아서 밑바닥이 뚫어질 것 같이 우묵하게 깊이 패어져 있었다.

아버지는 약을 몇 첩씩 싸놓고는 그 매 첩마다 처방 명을 일일이 붓으로 적은 다음 한데 모아 넓은 종이로 덧싸서 거기에도 처방명과 용법을 행 초체를 속필로 써서 환자에게 건네주곤 하셨다. 필명은 높았고 믿음은 그만큼 더 높았다. 내왕하는 환자는 편히 쉴 틈을 주지 않고 붐볐다.

봄비가 그친 뒤 쑥이 돋고 버들개지가 통통 부운 화창한 어느 봄날, 두툼한 회색빛 누비솜두루마기를 길게 입은 환자가 대문 안에 들어섰다. 만주에서 조선 땅 함흥에 가면 화타를 방불케 하는 고명한 젊은 의원이 있다는 소문이 널리 퍼져 있다고 했다. 그 소문을 듣고 어렵게 찾아왔노라고 그 환자는 말했다. 그만큼 아버지의 의술이 멀리 만주 땅에 이르기까지 인정받고 칭송 되었다. 그 말이 너무나 자랑스러워 어린 내 귀에 생생하게 각인되어 있었다.

어제까지 외면하던 문중 어른들이 드나들기 시작했다. 그러면서 우리 가문에 침술에 능통한 화타와 진맥에 정통하여 오장을 꿰뚫어 보는 편작의 의술을 고루 갖춘 명의가 나타났다면서 아버지에 대한 칭찬이 끊이지 않았다.

　환자는 속속 모였고 그렇게 바쁜 와중에도 아버지는 모자라는 시간을 쪼개어 경성(서울)을 비롯하여 평양 등지로 며칠씩 짬을 내어 다니시며 견문도 넓힐 겸 필요한 책을 구하고 의학공부에 열중하셨다. 그 틈새를 할아버지가 메꾸셨다.

　아버지가 경성에 다녀오실 때면 선물이 그득했다. 나는 처음으로 남학생용 검은 스타킹과 '즈크화'라는 검은 운동화를 신어보았다. 그리고 일본에서 직수입해온 귀하디귀한 달콤한 밀감도 먹어 보았다. 밀감은 함흥에서는 부자라도 구경할 수 없는 물건이었다.

　열 식구가 일 년을 먹을 쌀은 가을에 미리 충분하게 장만해 두었고 부엌 한편의 큰 두무 속에는 언제나 신선한 과일이 그득했다. 그리고 일 년을 때고도 남을 만한 땔감이 울밑의 나무 창고에 가득 쌓여 있었다. 추운 겨울날 마당에는 덕대에 명태를 주렁주렁 얼려 말리고 있었다.

　집안 살림은 몰라보게 늘었다. 어머니는 윗목의 군불 때는 가마솥 위에 소줏고리를 얹어 도수 높은 진국소주를 내려 여태껏 마음뿐이었던 시아버지에 대한 효도도 해 보았다.

　앞마당의 헛간지붕위에 감자를 키에 펴 널어 겨울추위에 얼려서 녹말을 만들고 그 녹말을 반죽하여 국수분에 넣고 우리들 여럿이 국수틀에 매달려 힘들여 누르면 실같이 가느다란 하얀 국수가 뽑혀 내려온다. 그것을 펄펄 끓는 물에 끓여 사리사리 사발에 담아 꾸미를 듬뿍 얹어서 자가용 원조 함흥냉면을 뽑아먹기도 했다.

이부자리도 깨끗한 새 솜으로 바느질하여 여러 채를 새로 꾸며 닥쳐올 겨울을 대비하였다. 식구가 하도 많다보니 살코기는 자주 못 먹었어도 되지 사뎅이는 자주 먹는 편이었다. 어린 동생들에게 모리 나가사 제품인 사탕이니 과자등속은 언제나 충분했다.

어머니는 지금까지 해보지 못했던 모든 것을 다 해보고 싶으셨다. 어머니의 욕구는 어느 정도 충족 되고 있었다. 우리는 이제야 살갑다 여겼다.

아버지는 돌이킬 수 없을 것 같았던 가업을 일으키셨고 우리 가족의 삶은 풍요로웠다.

성천강만 건너면 행복이 기다릴 거라고 하더니 우리 집에 그 행복이 기다리고 있었고 우리는 그 행복을 만끽했다.

물고기가 변하여 용이되다

2장

빗나간
정감록길지와
14세 소년

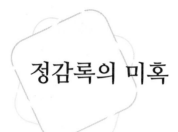

정감록의 미혹

일본은 옛날이나 지금이나 남의 나라를 침략해야 직성이 풀리는 그런 못된 습성을 지닌 나라다. 이웃인 우리나라를 삼키고 러시아와 중국을 공격하더니 1941년 12월 8일, 도죠 히데키라는 일본 수상은 하와이 진주만을 선제공격함으로서 미국을 상대로 또 전쟁을 일으켰다. 그렇게 하여 제2차 세계대전에 더 큰 불을 집혀 감당할 수 없는 전쟁을 치르고 있었다.

일제가 우리나라를 삼키고, 항상 칼을 차고 다니면서 악정을 서슴없이 자행하고 있던 암흑시절에 그들의 날카로운 서슬에 힘없는 우리 겨레는 울어야 했다. 조선의 젊은이들은 총알 잡이로 전장에 끌려갔고, 어른들은 보국대로 끌려갔다. 지순한 우리 민초들은 그렇게 짓밟혔고 죽어갔다.

이러한 절박한 시절에 젊은이들의 정열은 파김치처럼 시들었고 백성들의 한숨과 원한의 소리는 하늘을 찢었다. 지식인들은 인격을 잃었고 부녀자들은 참혹한 고초를 당하면서도 저항할 힘이 없어 저들이 하는 대로 당하고 있을 수밖에 없었다.

우리 조선의 백성들이 할 수 있는 것이라고는 생명의 위협으로부터 피신하여 안정을 찾는 것뿐이었다. 그러나 좁은 조선 땅에 피신할 곳이 있을 리가 없었다. 그러한 와중에 찾았던 곳이 정감록鄭鑑錄의 참언讖言에 의한 미지의 세계였다.

그곳만이 저들에게서 벗어날 수 있는 유일한 도피처로 여겼다. 지칠 대로 지쳐있던 조선의 민초들이 쥐구멍이라도 들어가고 싶었던 곳, 물에 빠진 사람이 지푸라기라도 잡아보고 싶었던 곳, 그곳이 정감록에 의한 길지요 피란처였던 것이다.

정감록은 조선 판 노스트라다무스의 예언서로서 당시 사람들의 답답한 가슴속을 파고들었다. 거기에 등장한 지역이 영주의 풍기를 비롯한 십승지十勝地였다. 그 중 제일 입에 오르내리던 지역으로 계룡산 주변의 유구, 마곡이 있었다.

그렇지만 산속이나 벽지에서 살기에는 생계유지 수단이 끊어질 터이고 가업인 의원은 이어가야 하겠기에 계룡산을 벗어나지 않은 지역으로서 다소 인구가 밀집된 곳을 물색할 필요가 있었다. 그래서 선택한 곳이 계룡산 북쪽기슭의 금강을 끼고 있는 작은 도시 공주 땅이었다.

정감록은 당시 조선의 온 백성들이 너나없이 들먹거렸던 구명서로 알고 있었다. 조선의 관동지역 함흥 땅에 살았던 우리 할아버지 역시도 여기에 현혹되어 있었음은 당시의 형세로 보아 어쩌면 당연한 일이 아닐 수가 없었다.

일단 공주 땅을 점찍고 나니 마음이 요동치고 평상심을 유지하기에는 이미 틀렸다. 할아버지에 대한 아버지의 효심은 극진하셨다.

아버지는 할아버지의 결심에 동의하고 그렇게 결정하고 말았다. 눈을 안으로 뜨라는 평소의 말씀은 아예 잊어버리고 계셨다. 그렇게 하여 우리 가족은 스스로 파멸의 길로 접어들었던 것이다.

　무엇엔가 마음을 정하면 곧바로 실천에 옮기는 기질을 가진 것이 우리 가문의 혈통이다. 어찌 보면 좋은 기질이요, 또 어찌 보면 참으로 경솔한 기질이다.

　이번 처사는 집안의 사활이 걸린 막중한 일이었고, 그 막중한 책임을 지신 할아버지께서 일제로부터의 해방을 불과 2년을 못 참고 단행한 중차대한 오판이자 너무 경솔한 결정이었다.

　할아버지는 아들의 고매한 의술과 아들이 지닌 강한 정신력이면 지난날의 경험으로 비추어볼 때 어디로 가든 별 어려움 없이 적응이 가능할 것이라고 확신하셨던 것이었다.

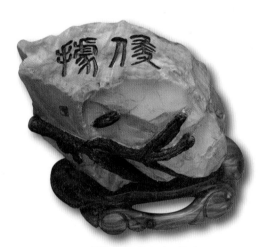

재앙의 뿌리가 파고들어

복을 송두리째 앗아간
예언서의 길지

　함흥 복부정에서 한의원을 경영하면서 정을 붙이고 살맛나게 잘 살아오던 집은 섬돌이 덩그렇게 높은 마을에서 제일 큰 번듯한 집이었다. 지난 20년의 가난과 고생을 말끔히 씻어준 고마운 집이었고 상서로운 빛을 밝게 비쳐준 희망의 전당이요 궁전이었다.

　그와 같이 분에 넘치는 복을 누린지 불과 3년 만에 품에 안은 복이 버거웠던지 그대로 지니지 못하고 일제로부터 해방되기 바로 전 전해인 1943년 5월 하순, 당돌하게 집을 처분하는 우를 범하고야 말았다.

　당장 어찌되는 것도 아닌데 피란처를 향한 마음이 급해 이 집을 헐값에 버리다시피 넘겨주고 짐을 꾸렸던 것이다. 그 짐 속에는 어머니가 틈마다 하나하나 장만한 가장집물은 들지 못했다. 아끼고 아꼈던 살림때가 흠뻑 찌든 세간은 경황없이 이웃에 나눠주고, 버리고 가야 했다. 교통수단이 열악했던 당시로서는 어쩔 수가 없었다.

　어머니는 어렵게 장만한 세간이 너무나 아까웠다. 무엇보다 모처럼 잘 살고 있는데, 이제 곳 가야할 미지의 세계가 마음에 놓이지 않았다. 할아버지는 무릉도원에서 신선처럼 살게 될 터인데 왜 탄식

하느냐며 며느리를 나무라며 달래셨다.

집값으로 받은 화폐가 3년 전에 처음으로 발행된 고액 신권이었다. 하얀 수염이 길게 드리운 수로인상壽老人像의 도안이 그려진 100원 짜리 고액권지폐는 기존의 저가지폐보다 훨씬 크고 누르께한 것이 퍽이나 진귀해 보였다. 그러한 지폐를 식구 모두에게 구경시켜주는 여유로움도 그때까지는 있었다.

이 유혹의 지폐가 우리 가족의 보금자리를 파괴하고 돌이킬 수 없는 회한을 남기게 될 줄은 꿈에도 예상치 못하고 있었던 것이다.

공주는 기차가 없고 사방 교통이 열악한 오지였다. 함흥에는 쌓이고 쌓인 활선어를 그곳에서는 비리치근한 냄새조차도 맡아보기가 어려웠다.

그러한 정보를 그나마 다소 알았기에 어머니는 고등어자반을 짜게 절여 달항아리에 하나 가득 담고 쉬가 쓸지 않도록 그 위에 소금을 듬뿍 뿌려가지고 들기 좋게 새끼줄로 단단하게 묶었다. 그리고 겨울볕에 얼려 말린 명태를 뼈를 빼고 대가리를 잘라 차곡차곡 묶어서 짐에 꾸렸다. 그것이 당분간이나마 어린 것들을 먹일 단백질 공급원의 유일한 품목이었기 때문이었다.

우리 가족은 대가족이다. 할아버지를 비롯해서 아버지, 어머니, 그리고 병든 고모 한 분과 아직 어린 우리 형제 7남매를 합해 모두 11명이었다. 가족구성이 이처럼 대부분 보호를 요하는 열악한 형편이라서 이동하기에 매우 힘겨웠다.

함흥 역을 기차로 떠나 해질 무렵에 경성(서울)역에 내렸다. 조치원으로 가는 기차는 이튿날 아침에 있었다. 우리는 경성역 대합실 중앙의 큰 기둥에 의지하여 콘크리트 바닥에 옹기종기 모여앉아 밤을 지새우고 있었다. 그때만 하더라도 고생은 되었어도 미지의 세계로 여행이라도 가는 듯이 행복한 기대에 마음은 들떠있었다.

우리는 함흥 집을 떠날 때 싸가지고 온 주먹밥을 대합실 바닥에 앉아서 맛있게 나누어 먹고 아침나절에 다시 기차를 탔다. 조치원역에 열한 식구가 무사히 다 내려 역 소하물취급소에서 짐을 찾아 트럭에 싣고, 그 짐짝 위에 식구 모두가 불편한대로 올망졸망 올라탔다.

트럭은 목탄엔진차로 적재함 앞쪽 구석에 녹이 슬어 불그스레한 얇은 철판굴뚝이 높다랗게 세워져 있었다. 비포장도로를 덜커덩거리면서 자전거속도나 별 차이 없이 느릿느릿 나아가고 있었다. 길은 더딘데 늦은 봄 하늘에 백로 한 쌍이 흰 날개를 크게 펼치고 우리를 따라오며 배회하고 있었다.

어느 고개 길을 넘자 산모퉁이에서 생전 들어보지 못했던 소리가 구구 구 구하고 구슬프게 들려오고 있었다. 우리 모두는 처음 듣는 소리에 무슨 짐승의 울음소리로 착각하고 무서움에 긴장하고 있었다. 어린 동생들은 무섭다며 젖먹이 둘은 엄마 품에, 둘은 오빠들의 품에 파고들어 안기고 있었다. 아직 어리고 체격이 유별나게 왜소했던 나는 짐짝을 타고 앉은 탓인지 어린 동생의 무게에도 엉덩이에 쥐가 난 것처럼 저려왔다.

그 무서운 소리를 뒤로하고 한 낮이 되어서 공주 읍에 도착했다. 우리는 다가올 고생을 전혀 예기치 못하고 희희낙락 짐을 내렸다. 송화 가루가 노랗게 연기처럼 날리는 속에 흐드러진 봄꽃이 함초롬 반기고 있었다. 고요한 솔가지에서 오디새가 푸드득거리며 어디론가 날아가 버린다.

공주는 보수적인 선비들이 많은 교육도시로서 비교적 깨끗한 도시였다. 우리는 할아버지께서 미리 마련해놓으신 임시거처로 짐을 옮겼다. 방 하나에 부엌 하나인데 화장실도 없는 독립된 가건물 셋집이었다. 이 집에 식구 11명이 비비대기쳐야했다.

해는 서산에 지고 거친 외딴집에는 한숨소리가 하마 터졌다. 석양에 돌아드는 한 조각 엷은 구름이 지나간 자리에 초여름의 희뿌연 달빛이 헌 집의 창문을 창백하게 어루만지고 있었다.

할아버지는 매일같이 복덕방에 나가 거간의 입만 쳐다보실 뿐이었다. 어제도 오늘도 마땅한 집이 없다고 하셨다. 도시라야 크지도 않은데 보수적인 양반이 많아 끔쩍도 하지 않고, 쓸 만 한 집들은 일본인이 살고 있으니 팔고 사는 집이 바이 없었다.

한 여름 더위에 뒹굴 곳조차 없는 좁은 방에서 서로 다리를 겹쳐 자고, 서로가 서로를 베고 자야 했다.

집에는 물론, 집 둘레 어디에도 화장실이 아예 없어 근심걱정을 풀 수가 없었다. 궁여지책으로 양동이 위에 널조각 두 장을 벌려 올려놓고 밥을 짓고 설거지하는 시간을 가린 나머지 시간에 부엌에서 그 많은 식구가 차례를 기다려 민망스럽게 볼일을 보아야 했다.

식구 11명이 뻔질나게 드나들어 채워두면 그 오물양동이를 들고 어둠이 깔리는 늦은 저녁시간을 기다려 멀리 금강기슭의 남의 집 참깨 밭에다 버리곤 했다. 버리고 난 악취 풍기는 양동이를 도도히 흐르는 금강까지 들고 내려간다. 물에 엎드려 한 움큼 모래를 섞어서 강물에 얼비치는 달을 헤쳐 부실라치면 달빛은 마치 싸락눈을 뿌린 듯 부서진다. 부서지며 얼비치는 달그림자를 헤쳐 철없는 물고기들이 수면에 떠올라 모여드는 것을 재미로 보다가 빈 양동이를 흔들면서 돌아온다. 이와 같은 일을 내일도 모레도 여름달이 강물에 창백하게 비추는 밤을 기다려야 했다.

양동이 운반과 양동이를 부셔가지고 돌아오는 일은 전적으로 내 몫으로서 갈대꽃이 소슬한 가을까지 거르지 않고 지겹도록 이었다.

공주는 외부와의 교통수단이 열악한 관계로 타지방 사람과의 소통이 잘 이루어지지 않았다. 그렇다 보니 타 지역 사람을 의심하고 꺼리면서 지나칠 정도로 배타적이었다. 그러니 이 지역에서 적응하기란 벽을 향해 부딪치는 것과 다르지 않았다.

상황이 그렇다보니 공주 바닥에서 의원을 개업하기란 전혀 불가능했다. 게다가 개업할 집도 없었다. 아버지는 생계유지를 위해 수입원을 찾아야 했는데 무슨 뾰족한 방법을 찾지 못해 앞길이 막막했다. 어떻게 할 방법이 전혀 없었다. 그래서 부득이 아버지만 고향 함흥에 다시 가셔야 했고, 형은 집안의 종손이라서 서울에 공부시킨다고 보냈다.

집에 남은 남자라고는 할아버지와 나와 열 살짜리 어린 동생이 전부였다. 어머니는 아홉 식구나 되는 집안일, 아이 보는 일에 촌각을 다투어 매달려야 했다.

형편이 그러한 만큼 힘쓰는 일, 궂은 일, 어린 동생들과 놀아주는 일 따위는 전부 내 몫으로 돌아올 수밖에 없었다.

　이사 짐은 풀어볼 생각조차 못해서 한 여름을 나는 빤쯔(팬티)바람으로 지냈는데, 아무리 어렸어도 창피한 것은 알았다. 열네 살짜리 아이가 홑 빤쯔만 걸치고 다닌다고 동네 아이들이 따라다니며 놀려댔다.

　그러던 어느 날 나보다 좀 더 큰 아이가 날카로운 사금파리를 나를 향해 던졌다. 그곳 아이들조차 이방인을 홀대했다. 왕따는 도를 넘었다. 그 아이들은 이 이방인아이에게 어떠한 상처를 입혀도 그들에게는 죄가 되지 않았다.

　깨어진 하얀 사발조각은 날카로운 칼날처럼 예리했다. 그 예리한 무기는 부메랑처럼 날아와 설멍하게 들어난 나의 왼쪽 종아리에 정확히 명중했다. 삽시간에 선혈이 뿜겨져 흘렀다. 악에 찬 사금파리에 맞았는데 새빨간 고운 피가 철철 흐르고 있었다. 억울한 붉은 피는 게다 신은 발바닥까지 줄줄 흘러내려 끈적였다. 부앗김에 쫓아갔으나 그는 도망쳤고 무엇보다도 피가 너무 많이 흘러 더 이상 쫓을 수가 없었다.

세상만물이 다 돌고 돈다는데

나는 집으로 달려가서 헝겊 끈으로 싸맸다. 상처가 너무 커서 지혈은 되지 못했다. 할아버지는 동네에 지천으로 심겨져 있는 측백나무 잎을 태워서 그 재를 바르고 헝겊으로 다시 싸매주셨다. 그것이 유일한 지혈제였다.

　며칠이 지난 뒤에 상처자리가 근질근질하며 조여 오기에 열어보았더니 크기도 모양새도 버드나무 잎사귀같이 생긴 상처가 세로로 폭넓게 쩍 벌어진 채 하얀 속살을 드러내고 아물어가고 있었다.

　나는 늘 입고 다니는 광목 빤쯔에 앞을 가위로 찢어서 단추를 달고 단추 구멍을 냈다. 그것은 다른 아이들에게 어엿한 반바지로 보이기 위한 기가 막힌 계교였다. 그것은 순전히 내 아이디어였고, 내가 손수 그렇게 손바느질했다.

　다른 아이들이 이 이상한 단벌 홑 팬티를 어엿한 반바지로 속아주었는지는 지금도 알지 못한다.

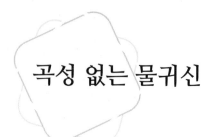

곡성 없는 물귀신

약간의 시원함도 허용해주지 않을 것 같이 찌는 무더운 여름날에 운신할 수도 없는 그 좁은 집에 방학이라고 형이 서울서 내려왔다. 단칸방은 그만큼 더 좁아졌고 양동이도 그만큼 더 무거워졌지만 그래도 반가웠다.

하루는 형이 날씨가 너무 무더워 답답하다면서 강에 나가자고 했다. 길가의 무성한 벚나무가지 속에서 멧비둘기소리가 숨은 듯 고요하게 그리고 신산하도록 귀에 들려왔다. 땀이 흥건하여 얼마를 더 걸었다. 마침내 수 백리에 창창하게 뻗어 내린 금강에 닿았다. 낮 시간의 금강은 양동이를 부시는 저녁 어둠의 금강이 아니었다.

할아버지와 형, 그리고 나와 셋이 강에 나가 젖은 땀을 씻으며 시원하게 물을 튕기고 있었다. 형과 나는 함흥 성천강에서 익힌 어설픈 개구리헤엄을 믿고 강물에 거침없이 뛰어 들었다. 할아버지는 따가운 볕을 쪼이시며 무료하게 드넓은 백사장에 참선하듯 그냥 앉아 계셨다.

강물은 자란자란 넘실거리는데 눈앞에 깊은 소용돌이가 시퍼렇게 있는 줄을 모르고 나는 겁도 없이 헤엄쳐 들어갔다.

그랬는데 느닷없이 소용돌이 속으로 휩쓸려들었다. 어설픈 개구리헤엄 정도로는 거센 소용돌이를 헤쳐 나올 수가 없었다. 그곳이 짙은 이끼가 시퍼렇게 낀 벼랑바위 밑의 천길 깊은 낭떠러지의 휘감겨 도는 소용돌이라는 것을 미처 알지 못했던 것이다.

수십 번, 수백 번을 죽을힘을 다해 허우적거리며 손바닥을 휘저어 춤을 추어보지만 위로 뜨는 듯 잠시 번하다가는 힘에 부쳐 칠흑 같은 어둠 속으로 되 갈앉기를 수십 번 되풀이하다가 맥이 풀려서 더 이상 꼼짝할 힘이 없었다.

강물에 빠진 사람은 뱀에게라도 매달린다는데 깊은 소용돌이 속에서 잡히는 것이라고는 아무 것도 없었다. 어찌할 도리 없이 나는 강물 밑으로 점점 가라앉는 대로 속수무책일 수밖에 없었다. 강바닥도 하늘이 있을 위쪽도 캄캄한 어둠뿐이었다. 깊은 물속이라 소리도 지를 수가 없었다. 이제 아무 생각도 없었다. 정신이 아찔하고 희미해지면서 가물거렸다. 그렇게 나는 깊이를 헤아릴 수없는 물 밑에서 불쌍하게도 이미 죽어 어린 물귀신이 되어 있었다.

그런 시간이 얼마나 지났는지 나는 알지 못하고 있었다. 그런 와중에 시체는 떠올라 흐르고 있었고 형은 그 시체를 건져 올렸다.

신의 도움으로 정신이 들어 물을 토하며 눈을 떴을 때 나는 따가운 물가 모래사장에 누워있었다. 수궁의 용왕님께서 너무 어리다고 걷어찼는지 목숨은 되살아났다.

할아버지는 뜨거운 열기가 발바닥을 달구는 백사장 위에서 미소를 띠우시며 안도의 한숨을 내쉬고 계셨고, 죽을힘을 다해 나를 건져낸 형은 산연히 눈물을 흘리고 있었다. 그 이후부터 나는 물이라면 근처에도 가기가 싫었고 어쩌다 물을 만나는 일이 있어도 무릎을 넘지 못했다.

그런 와중에 어느덧 칠석물이 지는 생일이 돌아왔다. 고향 집에 있을 때는 생일이면 으레 수수팥단자를 대신하여 찰수수쌀에 통팥을 듬뿍 넣은 붉은 찰수수밥을 맛있게 먹더니 공주로 이사 와서는 찰수수밥은커녕 생일이라고 도리어 고독함만을 더욱 느끼는바 되었다.

고향의 어린 동무들은 자랑하듯 하나같이 다 학교에 다닐 터인데 공부를 하고 싶어도 학교에 다닐 형편이 못되었다. 고향집에 그대로 살았다면 이렇게 마음 쓰리지는 않았을 것이고 나도 다른 아이들처럼 어엿한 학생이었을 것이었다.

영화榮華는 오래가기가 어렵고 성쇠는 예측할 수 없다지만 이건 너무 갑작스레 떨어진 지옥의 한가운데였다. 지난날의 짧았던 즐거움마저도 기억 속에 아물거릴 뿐 다시 기쁨일랑 찾을 수가 없을 것 같았다.

단칸방 작은 집에서 외로움도 배고픔도 다 참아내고 허드렛일도 군소리 하나 없이 다 했는데 어찌 나만을 이다지도 지옥의 나락으로 내쫓는지 알 수가 없다고 천지 신명을 저주하고 원망했다. 어린 나에게 죽살이는 또 무엇이 급하기로 하마 길들이는가하고 창창 한 하늘을 향해 외쳐 도 보았다.

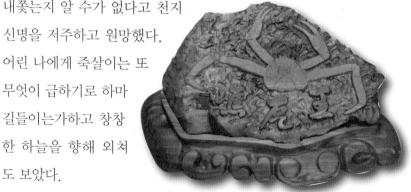

왕돌초는 울진 앞 깊은 바다 속의 큰 암초다

저주받은 흉가

　제 집도 아닌 남의 집 비좁은 단칸방에서 11식구가 비비대기치면서 남우세스런 생활을 지겹도록 하다가 낙엽지고 가을풀이 시든 계절에야 어렵사리 집을 장만하여 이사를 갔다. 일본사람이 살던 허름하고 음침한 빈집이었다. 그 집은 비어둔 지가 오래 된 액기를 품은 저주받은 흉가였다. 그런 집 말고는 팔려고 내어놓은 집이 없었기 때문에 가솔들과의 단칸방 고생이 하도 지겨운 나머지 더 이상 미룰 수가 없어서 할아버지는 그대로 덜커덩 사버린 것이었다.

　집 뒤쪽으로는 잎 떨어진 아카시아나무가 어지럽게 웃자란 비알진 산자락에 이어져 있었고 집 둘레를 얕은 바자울이 이중으로 엇갈리게 쳐져 있었다. 그것은 전형적인 일본식 바자울구조였다.
　주인 없는 묵은 집 마당엔 마구 자란 엉겅퀴며 잡초만 우거져 있었다. 풀밭 앞마당에 바로 이어 일본 목조건물이 연결되어있었다. 그 집이 불에 타서 기둥이며 서까래가 숯이 된 채 시커먼 나무뼈대만 앙상하게 쭈글쭈글 비늘진 채 남아 있었다. 그야말로 오싹하도록 스산스럽고 무서운 집 잔재였다.

기다리고 기다리다가 모처럼 이사 한 집인데 음침하고 서름하여 정을 붙이기는 고사하고 그 집에서 산다는 것 자체가 섬쩍지근했다. 비어둔 지가 얼마나 오래 되었는지 액기가 느껴지는 허술한 빈 방에 다다미(볏짚을 두껍게 압축한 위에 돗자리를 덮어 만든 일본식 돗자리)에 곰팡이가 슬어 퀴퀴한 더러운 냄새가 깊이 배어 심하게 풍기고 있었다.

이 방 저 방 할 것 없이 욕지기가 치솟았다. 방구석 어디를 가리지 않고 그리마가 아무데나 징그럽게 설설 기어 다녔다. 다리 긴 꼽등이는 여기저기에 뛰고 누어있는 아기의 얼굴을 뛰어 넘었다. 어린 동생들은 소스라쳐 고함을 지르고 달아나는 일을 매일매일 겪었다.

덜렁거리는 유리창 바깥의 늦가을 앞마당에 마른 잎을 날리는 저물녘 바람마저도 예사롭지 못하고 꺼림칙하고 무섭게 느껴지는 그런 흉가였다. 염라지옥이 멀리에 있는 것이 아니었다. 우리가 지금 앉아 있는 이 집이 바로 염라지옥이었다.

그러한 집일망정 실로 오랜만에 번듯한 화장실이 생겼다. 이제 그 지긋지긋한 양동이를 참깨 밭까지 들고 다니지 않아도 되었고 금강물에 엎드려서 부시는 고생은 덜게 되었다.

그렇게 좋아했는데 그것도 잠시뿐이었다. 10촉짜리 전기 불까지 켜져 있는 어엿한 화장실이 버젓이 있건만 해 지기 전의 초저녁부터 무서워서 들어가기가 쭈뼛했다. 일본 집이라 다다미방도 여러 개는 있은 것 같았는데 무서움에 이 방 저 방을 다 들어가 본 적이 없었다. 창문에 얼비친 마른나무 그림자에 박쥐가 날아들 것 같았다.

한마디로 살아서는 아니 될 집이었다. 해가 지고 만물이 쉴 무렵에 풀벌레가 귀곡성이 되어 귓속을 파고들었다. 밤과 낮을 가리지 않고 잡귀들이 기승을 부리며 우글거릴 것 같은 그런 음침하고 스산스러운 흉가였다. 일본 여자귀신이 하얀 속옷 바람으로 머리를 풀고 입에 피를 흘리면서 미닫이문을 슬그머니 밀고 나타나는 환상이 늘 눈앞에 자주 나타나 보였다.

그런 집에서도 지난 5월부터 가을까지 풀지 못했던 이사보따리를 하나하나 풀었다. 여름 동안 눅눅했던 옷가지를 꺼내어 햇볕에 말리기도 했다. 어엿한 가구가 있는 것도 아니어서 묵은 먼지를 대충 털어내고 오시이레(벽장)에 집어넣었다.

그런 집에서 귀신들과 함께 가을을 보내고, 얼음 같은 찬바람이 유리창을 때리는 겨울을 보냈다.

일본 집은 온돌이 없어 다다미방 한 가운데에 다다미를 도려내고 그 곳에 화로를 놓고 살아야 하는 구조로 되어 있었다. 그래서 한 겨울을 일본 풍습에 익숙하지 못한 우리는 냉방에서 떨면서 밤을 새다시피 보내고 있었다.

삼십 중반의 젊은 어머니는 행복을 약속 받았던 어제의 고향집이 못내 그리우셨다. 안으로 고여 오는 눈물을 참으려고 애를 쓰시다가 끝내 참지 못하셨다.

삶이란 꿈과 환상이련만 그것마저 아득하여 잃은 세월을 되찾을 기미는 전혀 보이지 않았다. 행복하게 해 주마 던 시아버님의 다기찬 약속은 산산조각이 난 지 오래었다. 기력조차 쇠진하여 꺾일 대로 꺾었고 마음고생이 더 심하셨다. 여막처럼 조용한 방에 숨어 우는 벌레소리만 들릴 뿐인 외로움에 잠을 들지 못하셨다. 잡귀들이

우글거리는 집구석에서의 지긋지긋한 고생이 을씨년스럽고 신물이
났다.

어머니는 주체할 수 없는 설음을 소리죽여 울고 계셨다. 죄 없이
흘리는 구슬 같은 눈물에 남색저고리고름이 얼룩져 마를 날이 없었
다.

한 밤중의 어둠 속에 유리 창문 바깥에 반짝이는 별을 쳐다보면서
오리오리 슬픈 사연을 하소연 하고 계셨다. 그리고 고향 함흥에서의
행복을 되돌려달라고 빌고 계셨다. 그러한 기도에도 하염없이 흘러
내리는 짜디짠 눈물은 어찌하지 못했다.

아버지도 할아버지도 함흥으로 떠나신 지 한참은 되었고 스산한
집에 어른이라고는 어머니 혼자뿐이었다. 저녁나절 때늦은 가을매
미의 가냘픈 울음소리가 뒤뜰로
이어진 아카시아 숲을 넘어 슬픔
으로 다가왔다.

고향에서 정들었던 밝은 달이
집안에 비춰도 아버지는 소식이
없고 소슬한 밤에 잠 이루지 못하
고 백 가지 근심과 천 가지 걱정
을 품어도 외로움만 돌아올 뿐이
었다. 아버지만 오시면 만고의 근
심이 다 녹을 것만 같았다.

나무아미타불 관세음보살

아버지의 좋은 소식만 기다리시는 어머니가 만약에 아버지께 편지
라도 한 장 쓰신다면 아마도 줄줄이 말씀 없이 다만 고향 천리를 치

닿는 마음만을 전하고 싶으셨을 것이었다. 더 하실 말씀이 있다면 그저 빨리 고향으로 돌아가게 해달라는 말을 눈물을 찍어서 보내셨을 것이었다.

달팽이도 편안한 집에서 뿔을 돌아 앞을 보며 잘살고 누에는 제 집을 아늑하게 지어 은둔하면서도 오대양을 칭칭 휘감을 원대하고 다기찬 꿈을 기르고 있건만 우리 집 즐거움은 짙은 안개 속처럼 희망조차 영영 없어진 것 같았다.

이런저런 사연을 알지 못하는 어린 동생들은 맑은 달이 동쪽 마루에 뜨는 초저녁부터 폭신한 융 포대기 속에 소롯이 잠들고 있었다.

나는 열넷이나 먹은 소년이었는데도 어머니의 근심을 덜어드리는데 힘을 보태지 못하였다.

악령에 얽매이고
공포에 울다

이런 것 저런 것 말고도 내가 감당하기에 힘에 겨웠던 것이 한둘이 아니었다.

새로 이사한 곳이라고 다를 바가 없이 이웃 토박이들의 배타적 기질은 매한가지였다. 그마저도 액기 품은 흉가라서 사람들은 우리를 무슨 귀신이나 도깨비처럼 여기고 수인사도 외면하고 대면하기를 꺼렸다. 그러니 아예 왕래가 없었다. 그들이 하는 짓이 못내 뇌꼴스럽지만 어찌하랴. 우리가 할 수 있는 것이라고는 아무 것도 없었다.

살림살이가 너무 힘들고 신산스러워 서로 간에 옹벽처럼 표정 없는 모습으로 맥쩍게 멀거니 앉아 있는 것이 전부였다. 밤이 으슥하여 어둠이 짙게 깔리면 어린 동생들은 잠이 들고 나는 밖에 나가 대문 잠그는 일을 매일같이 해야 했다.

대문은 집 서쪽 끝에 있었는데 부근에 인가가 멀어 몹시 어두웠다. 캄캄한 한 밤중에 대문을 잠그려고 밖으로 나가면 불에 탄 앞집의 검게 서있는 숯덩이가 먼저 눈에 들어왔다.

햇볕이 내리쪼이는 대낮에도 족제비가 마구 들락거렸다. 족제비는 시커먼 숯 뼈대만 앙아 껍질처럼 쭈글쭈글한 상태로 서 있는 서까래 위를 신작로처럼 마구 타고 다녔다.

불에 탄 집안의 후스마(미닫이) 문짝이 다 타버려서 속 깊숙한 곳까지 투시되었다. 앙상하게 남아있는 집에 타다 남은 문짝이 문설주에 매달려 소슬한 가을바람에도 터덜거리면서 녹 쓴 돌쩌귀에서 삐걱삐걱 소리를 연신내고 있었다. 그 소리는 마치 귀신들이 울부짖는 곡성으로 들려왔다. 한 마디로 스산스럽기가 이를 데 없는 유령의 집 잔해였다.

그러한 몰골이 어둠이 짙게 깔린 눈앞에 먼저 모습을 드러내고 있었다. 사위가 괴괴하여 호젓한 가운데 불에 타 죽은 부리 센 악령이 울부짖을 것 같아 무섭고 험상스러웠다. 바로 눈앞에 전개되어 있는 어수선한 숯 덩어리 몰골을 보면서 아무리 사내아이라 하지만 가녀린 14살 나이의 어린 것이 무섭지 않을 리가 없었다.

그 일이 오싹오싹 소름이 끼치도록 싫었다. 그렇지만 그래도 사내라고 그러한 공포심은 뒤로 감추고 아무 일 없다는 듯이 다기차게 용기를 내는 체 했다. 겉으로는 제법 용기를 내는 듯이 보였으나 속으로는 오싹하도록 소름이 돋아 너무도 무섭고 끔찍스러웠다.

할아버지가 계실 때에는 할아버지의 몫이었지만 할아버지가 안 계실 때에는 피할 수없이 내 몫이었다. 해가 지기 전에 밖에 나가서 대문을 잠그면 좋으련만 그럴 수 없는 사정이 있었었다. 전화가 없었던 시절이라 함흥에 계시는 아버지나 할아버지께서 언제 불쑥 돌아오실지 몰라 항상 늦은 시간까지 대문은 잠그지 않고 바깥에 귀를 기울이고 있어야 했던 것이다.

할아버지는 아버지가 계신 함흥에 자주 가셨다. 공주 땅이 기차가 없고 교통이 불편한 곳이라서 한 번 가시면 한동안씩 그냥 머물러 계셨다. 당신께서 저지른 죄가 너무나 커서 아들과 며느리에게 미안하여 면목이 서지 않았을 터였다.

그뿐이랴 어린 손자들의 굶주리는 고생을 보고 있노라면 감당하기 어려운 심한 갈등으로 고민하셨을 것은 말할 나위없다. 더욱이 젊디젊은 며느리의 고생하는 얼굴을 마주보기에 미안하고 면목이 없어 눈을 마주칠 수가 없었을 터였다. 서로가 어색하여 한 집에 있기가 서먹하셨을 터였다.

이럴 때 탁배기라도 한잔 마시며 속을 달래려 하여도 어린 손자들과 며느리를 볼 낯이 없어 그도 못하시고, 그래서 더 어려워지기 전에 정감록을 포기하고 고향 함흥으로 되돌아가기 위한 준비 작업을 하고 계셨던 것이었다. 그것은 며느리의 눈을 피하기 위한 비겁한 탈출이도 했다.

당시 공주 읍 사람들의 인심은 심하리만큼 극도로 배타적이었다. 외지에서 찾아든 우리는 공주 읍보다 비할 수없이 큰 전국 5대도시 중의 하나인 함흥에서 살다왔건만 공주 사람들은 우리를 무식한 촌놈쯤으로 간주하고 완전히 무시하고 있었다. 나아가 북쪽 오랑캐와 다름없이 취급하고 하대했다. 남의 집 종살이를 하는 자들조차 우리 앞에서는 양반행세를 했다.

영원한 안식과 행복을 약속 받으려던 정감록의 예언은 아무런 힘도 영험도 발휘하지 못했다. 아니 당시 사람들이 정감록의 참뜻을 이해하지 못했는지도 모른다. 제비나 참새가 한 번 날면 9만 리를 난다는 붕새의 깊은 뜻을 어찌 헤아리겠는가 하는 말을 상기시키는 격이었다.

우리의 희망은 이미 시들대로 시들어 회생불능 상태로 되어버렸다. 망망대해에 떠있는 조각배에 운명을 싣고 방향 없이 제 할대로 맡겨버린 것과 같았다.

관에서의 배급이 없으면 아무 것도 구할 수 없었던 시대였다. 그런 시대에 주식인 쌀을 비롯한 설탕과 그 외의 모든 생필품배급을 우리에게는 당연한 것처럼 제외시켰다. 그곳 사람들은 입가에 게 밥을 지어 언성 높여 지껄이며 욕설까지 퍼부었다.

그들은 한결같이 젠 체하고 되지 못하게 떠죽거리기만 할 뿐 아무리 사정하고 부탁해도 막무가내였다. 그들은 딱 잘라 되알지게 쏘아붙이며 거절할 뿐만 아니라 우리 가족이 그곳에 살고 있다는 그 자체마저도 부정하고 싫어했다.

동서양을 넘나들며 벌린 전쟁으로 군량미를 비롯한 모든 물품이 결핍된 시기였다. 아무리 그렇다고 하지만 사람이 사람을 그렇게 대할 수는 없는 것이었다. 허기진 우리는 말없이 체념하면서 그들을 질타하고 저주했지만 그들의 귀에 절박한 그 소리가 들릴 리가 없었다.

가족의 구성원이 아무리 어리다고는 하나 그래도 식구가 열한 명이다. 그런 대식구에 식량 배급이 없으니 굶주릴 수밖에 도리 없는 처지가 되었다. 가진 돈이 여유로운 것도 아니었다.

그러던 차에 장바닥에서 늙은 호박을 팔고 있던 어떤 사람이 어머니와 나의 행색을 보고 딱했던지 "아주머니, 여기서부터 십여 리 떨어진 곳에 두부공장이 있는데 비지를 그냥 가지고 올 수가 있으니 생각이 있으면 가보세요" 하는 친절한 소리를 어머니에게 들려주었다. 그래서 어머니를 따라 십리 길을 함께 수소문하여 찾아가 보았다.

마을을 벗어난 외진 산자락에 이르기까지 평야를 이룬 논이 한없이 펼쳐져 있었다. 논두렁을 수십 개씩 지난 외각의 반비알진 산자락에 이르자 얕은 돌담 안에서 맷돌 굴리는 소리가 쉼 없이 들려왔다. 이곳이 두부공장이구나 하고 들어가 보았다. 하얀 김이 무럭무럭 피어오르는 두부가 가득했다.

일하던 사람이 순두부 한 대접씩 퍼서 우리에게 건네주었다. 실로 오랜만에 받아보는 사람의 인심이었다. 너무나 뜻밖이었고 너무나 고마웠고 눈시울이 뜨겁도록 감격했다. 인정과 속태는 다르기도 하구나 하는 생각이 들었다.

두부공장에서 두부는 차에 실어 시내 점포로 보내고, 짜낸 찌꺼기를 돼지먹이로 버리다시피 하는 것을 마음껏 가지고 올 수가 있었다.

그 후로부터 2~3일에 한 번씩 내가 혼자 가서 얻어 가지고 왔다. 하얀 사기 물을 입힌 한 말들이 법랑그릇에 담아 옆구리에 끼고 그 먼 논두렁 십리 길을 걸어오곤 했다. 두부공장에서 인심이 좋아 시커먼 삽으로 수북이 퍼 담고 삽 등으로 탁 쳐서 눌러주면 무거움을 견디기가 어려워하면서도 그래도 흐뭇하고 좋았다.

그 법랑그릇의 테두리 넓이가 내 팔 길이에 비해 너무나 넓었다. 그렇다보니 옆에 끼고 다니기가 힘에 버거워 다루기가 마뜩치 않아 여간 어려운 것이 아니었다.

설상가상으로 영글어가는 벼이삭과 까끌까끌한 볏 잎이 오후의 가을바람에 일렁이면 땀이 흥건히 젖은 목과 얼굴을 사정없이 스쳐 따갑기가 그지없었다. 나는 짜증스럽고 부아가 치밀어도 참아야 했다. 걸음 따라 메뚜기가 뛰고 더러는 짝지은 채 날아다녔다. 더운 지역이라 벼는 웃자랐고, 그때의 내 키가 그만큼 작았다. 그 고독한 논두렁 십리 길을 오직 참새 떼가 재재거리며 내 마음을 위로해줄 뿐이었다.

함흥에서 가지고 간 고등어자반과 말린 명태는 바닥난 지 이미 오랬고, 반찬이랄 것도 없는 거지같은 생활에 그 비지가 그나마 생명을 이어줄 밥이고 반찬이었다.

그 같은 일은 더 있었다.

공주시내에서 한참 떨어져 있는 가을 산에 올라가서 도토리를 줍는 일이었다. 굶주림의 궁여지책으로 산에 올라가 도토리라도 주워와야 했다. 이것이 비지 다음으로 식량조달의 상당부분을 감당했기 때문이었다.

추석이라 골목마다 행복한 소리가 넘치는데 나는 하얀 밀가루자루에 거친 한숨을 몰아 채워 손에 들고 메숲진 가을 산에 올라갔다. 가을이 깊어 붉은 잎에 단풍이 짙게 물들어도, 심산의 흰 구름이 그윽이 바위를 감싸도 본체만체 외면하고 오직 도토리나무만 탐색하며 올라갔다.

떡갈나무 잎이 수북이 깔려 있는 위에 떨어진 도토리를 발견하면 부근에서 큰 돌덩이를 주워들고 상수리나무를 쾅쾅 울리도록 두드려댔다. 그 소리는 맞은 편 산골에서 서러운 산울림이 되어 쓰라린 가슴속을 파고들었다. 탐스런 아람도토리가 우박처럼 후드득 떨어졌다. 그것을 주워서 흰 자루에 가득히 담아 칡넝쿨로 꽁꽁 묶은 다음 등에 짊어지고 눈과 같이 하얀 억새꽃사이를 미끄러질 듯 산을 내려오는 것이었다.

도토리는 무거운 열매다. 누르께한 광목적삼에 칡넝쿨로 묶은 질빵을 짊어지고 내려오자니 질빵자리가 어깨를 파고들어 어린 것의 여린 피부가 벌겋게 벗겨져 피가 맺혀 쓰라렸다.

그뿐이랴. 신발은 게다(일본 나막신)를 신었는데 게다의 헝겊 끈이 닳아서 헐렁헐렁 늘어지더니 진즉에 끊어져 버렸다. 그래서 새끼줄로 대신한 지가 오래 되었다.

깡마른 까슬까슬한 새끼줄이 짐과 몸무게를 지탱하느라 뒤틀려 맨발에 조여들었다. 낙엽을 밟으며 산을 내려오다가 흐르는 물소리에 발길을 멈추고 게다신은 발을 흠뻑 적셔 다소 누그러지게 하여 고쳐 신었다. 그러면 조금은 부드러워지지만 그래도 발등 양쪽에 여전히 물집이 생기고 안쪽 복사뼈가 게다에 채어 상처로 짓물러 터졌다.

모질게 쓰리고 아파도 '됴고약' 대신 송진을 긁어 바르고 그 물집이 아물 사이도 없이 며칠에 한 번씩 그 일을 되풀이해야 했다. 게다 바닥은 언제나 복사뼈에서 흘러내린 진물과 벌건 피에 젖어 끈적이고 있었다. 게다에 채인 복사뼈에 검은 흙이 함께 채어 검푸른 문신의 흔적이 지금까지 남았다.

그뿐이랴. 가을이라 풀벌레가 신산하게 울어대는 가고 오는 좁은 나무꾼산길에 커다란 독사가 불쑥 나타나 앞을 가로막았다. 똬리를 틀어 머리를 바짝 치켜 올리고 두 가닥 검은 혀를 날름거리며 금방이라도 공격할 태세로 길을 막고 있는 일이 잦았다. 빨갛게 수북한 단풍잎 위에 도사리고 있으면 얼른 눈에 뜨이지도 않았다. 그럴 때마다 섬뜩하여 오금이 저리고 짐 진 허리를 굽힌 채 허수아비가 되어 옴짝달싹 못하고 벌벌 떨며 그 자리에 멈춰 섰다.

그렇게 어렵게 짊어지고 온 도토리를 어머니는 볕에 말려 껍질을 벗긴 다음 큰 함지박에 물을 가득 부어 우려내어 떫은맛을 제거하였다. 물에 불은 도토리를 절구에 짓찧어 범벅으로 하여 약간의 밀가루를 섞어 그대로 퍼먹기도 하고, 때로는 늙은 호박을 삶아 함께 버무려서 허기를 달랬다.

하늘도 의심하고 땅도 배척하는 정감록에 푹 빠져 안전이 보장된 은둔지에서 남이 누리지 못하는 행복까지 다 누리게 해주마고 할아버지는 보장했었다. 그것은 너무나 허황된 과욕이었다. 그 허황된 참언에 치우치다가 오히려 남이 겪지 못했던 고난까지 혹독하게 치르고 있는 것이었다.

한 해 전만 하더라도 더금더금 붇기만 하던 살림이었다. 가족 모두의 행복이 거기에 있었다. 구순하고 단란한 즐거움이 거기 고향집에 있었다. 태양을 가리는 구름까지도 그곳에서는 쓸어버릴 것 같았다.

정감록 참언은 그렇게 잘 살던 고향집을 너무나 쉽게 등지게 했다. 그 참언은 안전과 행복이 약속된 은둔지로 할아버지를 유혹하기에 충분했다. 할아버지는 자손만대를 신선처럼 살게 해 주마고 장담하셨다.

그랬던 피난처였건만 그곳은 무간지옥으로 변해있었다. 살기가 지독스럽게 군색하여 가녀린 어린 손자손녀들까지 윤기가 없어 앙그러지지 못하고 까칫했다.

　달콤한 참언은 목숨만 겨우 이어가는 소름이 끼치도록 넌더리나는 생활을 가족 모두에게 겪게 한 바 되었던 것이다. 특히 나에게는 앞날의 희망이 완전히 끊겨 소생불능의 아픔을 겪게 하는 고통을 안겨주었다.

참다보면 언젠가는

회향 길의 어린 나무꾼

　안전한 곳에서 편히 살며 피세은둔避世隱遁 하겠다고 찾아간 정감록의 길지 공주 땅은 천년만년 잘살 거라며 모든 것을 희생했던 피란처였건만 그 곳이 미처 뉘우치기도 전에 패가하고 말았던 저주받은 땅이었다는 사실을 겪어보지 않았다면 전혀 의심하지 않았으리라. 아등바등 살아봤자 팔십년, 구십년이 고작인데 더 잘살겠다고 찾아가 이승저승을 헤매는 고생을 사서하고 있었던 것이었다.

　내 한 몸의 입장으로만 보았을 때 나는 더욱더 심하게 겪었다. 그 곳에서 겪은 고생의 절반 이상은 고스란히 내 몫으로 돌아올 수밖에 없었던 불쌍한 처지를 누구를 탓할 것 없이 오직 하늘을 우러러 원망할 수밖에 없었다.

　그 당시에 할아버지가 보시는 책은 의서는 의원과 함께 아버지에게 물려주시고 주역과 풍수학을 주제로 한 책이 대부분이었다. 할아버지는 풍수학설에 심취되어 하루도 거르지 않고 선영先塋의 산소자리를 연구하고 계셨다. 창의적인 노력으로 앞날을 개척해 보겠다는 생각은 접은 채 어떤 힘의 작용으로 저절로 행복해 지기를 다만 바라고 있었던 것이었다.

그래서 숱한 산을 답사하고 산천경개를 두루 구경 다니셨다. 딱히 할 일이 없는 어린 나도 따라나설 때가 엄청 잦았다.

그러한 할아버지셨기에 정감록은 풍수학설과 함께 신앙처럼 가슴 속 깊숙이 자리를 잡았고 그 신앙에 심취되어 정감록 참언에 몰입하셨을 것이었다.

그렇게 신앙적으로 확신하셨기에 돌이킬 수 없이 패가망신한 중차대한 오판을 하셨음은 부인할 수가 없다. 식자우환이라 했던가. 글을 아신다는 것이 이처럼 참담한 지경으로 전락할 줄이야 누가 알았으리요. 차라리 글을 모르는 사람은 모름으로 하여 편히 살고 있었는데, 깊이 없이 읽은 책이 그것이 우환이 될 줄은 진정 몰랐던 것이다.

정감록의 실수를 자인하고 참언의 맹종을 부끄러이 뉘우치며 슬픔 속에 할아버지는 살던 집을 북으로 다시 옮기기로 결심하셨다. 그러나 공주의 흉가가 쉬이 팔릴 리가 없었으니 고향에 되돌아가서 집을 사려고 해도 가진 돈이 턱없이 부족했다.

허황한 피난처 공주에서 겨우 한 해를 보내고, 이듬해인 1944년 8월에 집을 북으로 되 옮기게 되었다.

이사할 집은 함흥에 가까운 정평의 두메농촌 산골짜기의 허름한 초옥에 임시거처를 정했다. 임시 거처라서 집을 수리할 생각도 없이 그 집에서 가을과 겨울을 넘겼다. 겨울이 닥쳐오자 퇴락한 초가집에 외풍이 심했다. 북녘의 칼바람은 문풍지를 울렸고, 갈라진 흙벽 틈으로 눈보라가 들이쳤다.

금방 함흥으로 이사할 생각이었던 만큼 난방용 땔감을 미리 마련하지도 않았다. 나는 솔숲이 신산하게 우는 뒷산에 올라가 나무 삭정이와 솔가리를 긁어 와야 했다. 심신이 편안한 사람들은 풍설의 흥취를 좋다고 시를 지어 즐기고 있으련만 어린 나의 찢기는 고생은 무엇이라 표현할 수 없을 만큼 쓰라렸다.

숲이 욱어진 빈산에 겨울새 우짖는 소리만이 들릴 뿐 사위가 고요했다. 산 위의 검은 석벽에는 하얀 구름이 물결처럼 피어오르고 앙상하게 잎 떨어진 나뭇가지 끝에 까마귀만 까욱까욱 짖어대고 있었다.

솔숲에 쌓인 눈이 이따금씩 뭉치지어 떨어지는 솔밭 사이로 하얀 눈에 박힌 토끼발자국을 솔가지를 꺾어 대충 쓸고 얼음 땅을 손가락 열 개를 갈퀴삼아 솔가리를 긁었다. 손삽에 수북이 걸리는 솔가리를 모아 한데 엮었다. 손끝이 아리고 저렸다. 소년의 앳된 여린 손가락은 얼음에 마비되어 감각을 잃었다.

어린 나는 햇빛 쏘는 설산에 홀로 울면서 살을 에이는 칼바람이 솔숲을 울리는 비탈에서 귀가 얼고 손이 얼어터져도 늑대가 포효하듯 고개를 젖혀 큰 소리를 질러가며 그 고통을 이겨내야 했다. 그렇게 한 짐이 모이게 되면 칡넝쿨에 묶어 무겁게 짊어지고 산을 내려오곤 했다.

그 한 겨울의 나무꾼 생활로 내 손가락은 심하게 얼어 짓물러 터졌지만 내색하지 않고 양지바른 흙벽에 대고 쪼여오는 태양의 온기로 녹이고 별다른 치료 없이 북녘의 삭풍 속에 땔감은 계속 긁어 와야 했다.

거친 옛길은 길게 뻗어있었으나 오가는 사람은 바이없고 신산한 겨울 궁촌에 한숨만 컸다. 오직 눈물 없이 우는 겨울새만 날아다닐 뿐 사람 발자국 하나 없이 사방이 백설로 뒤덮여 있었다.

그렇게 적적한 외딴집이라 찾는 이 없어 서글픈 마음 그 누구와 말을 섞을 사람도 없었다. 밤이면 한적한 산마루에 싸늘한 초승달이 구름이 토해낸 듯이 떠있을 따름이었다. 이른 새벽이 되어도 새벽닭도 울지 않는 쓸쓸한 고통을 꾹 참고 억누르면서도 일일여삼추라, 함흥으로 되돌아가기를 안절부절 못하고 기다리고 있었다.

그러한 고통 속에 진달래 가지에 망울망울 몽우리 지는 이른 봄이 다가오자 고향 함흥으로 되돌아갈 희망이 보였다. 할아버지가 돌아오셔서 며칠 후면 함흥으로 갈 터이니 짐을 꾸리라는 반가운 말씀을 하셨다.

그 소리에 어머니는 너무 행복해 보였다. 어머니가 물동이를 따리를 받혀 이고 오른 손으로 흐르는 물을 휘 뿌리면서 걸어오시는 모습은 전에 없이 아름다워 보였다. 나는 그 동안 옥조이던 고통에서 벗어난다는 것에 말할 수 없는 행복감에 젖어 있었다.

이윽고 공주의 흉가를 버리다시피 또 헐값에 넘겨주고야 말았다. 그렇다보니 고향에서 집을 살 돈이 턱없이 부족했다. 아버지는 당시 소학교 교장을 지내시던 오촌고모부에게서 얼마간의 돈을 빌려서 해방되던 해인 1945년 쥐불 자리에 봄풀이 파릇파릇 돋을 때의 따뜻한 봄날 우리는 함흥 외곽의 회상리에 집을 옮겼다. 이로써 그 지긋

지긋하던 저간의 고생에 종지부를 찍었다.

지난 일련의 사건으로 가산을 탕진한 할아버지는 돌이킬 수 없는 중차대한 실수를 두 번째로 혹독하게 치르셨다. 이번에도 천애이역 天涯異域에서 알거지가 되고 나서야 정감록의 액운을 털어냈다.

그러나 내 몸의 상처자국 세 군데는 정감록 참언의 기념물처럼 남겨놓았고 그 자국은 한 평생을 지워지지 않고 90이 가까운 지금까지 뚜렷하게 뼈아픈 기억과 함께 그대로 남아있어 오랜 옛일을 더듬어 상상하게 한다.

사람이 한 평생을 살면서 어찌 실수가 없겠는가마는 할아버지가 행한 실수는 너무나 황당한 실수였다. 그 첫 번째는 남을 믿고 전 재산을 그것도 현금을 보따리 째 내맡긴 것이었고, 그 실수는 어떤 말로도 설명이 되지 않았다.

이번 실수도 매한가지였다. 정감록이라는 책이 보장해 주겠지 하고 그 중대한 일을 사전 계획도 정보도 없이 덜커덩 실행에 옮긴 것은 수많은 가솔을 거느린 가장의 입장에서 너무도 경솔하다 아니할 수가 없었다.

지난 일이야 어찌 되었건 우리 집에 평화는 되찾아왔다. 어제까지의 극심하던 고통이 말끔히 물러갔다. 지난번에 살았던 집에 비할 바는 아니지만 이 고향 집이 참 길지라는 사실을 뒤늦게야 절실하게 깨달았다.

이듬해의 늦가을 평화를 되찾은 우리 집에 실로 오랜만에 경사가 일어났다. 딸만 줄을 잇던 집에 막내로 남동생이 태어났다. 해산 밥과 배내미역국 끓이는 일은 물론 내 손을 거쳐야 했다. 정주방鼎廚房 산실에서 지시하시는 어머니의 말씀에 따라 이미 여자가 다 된 나는 익숙하게 그 일을 해냈다. 그 때 그 아이가 오로지 세상에 베풀기만 하는 현자인 명의 신재용이다.

당시의 글줄이나 읽는 사람들은 정감록에 의지하여 안전한 피란처를 찾으려 했고, 백성들은 해마다 정월이면 토정비결을 정색하여 보고 그것을 그대로 믿으려고 했다.

새해 신문들은 더 부추겨서 토정비결 란을 대폭 할애하여 해설까지 덧 부쳤다. 전체 인구의 83%에 달하는 문맹자들은 읽어주는 사람의 입만 바라보며 정색하여 고개를 끄떡거리며 실망하기도 하고 기뻐하기도 했다.

그럼에도 어리석은 짓이라고 나무라는 사람이 별로 없었던 것이 그 시절의 사회풍정이었다.

고요한 백설위에 박힌 토끼발자국

억울한 실기

정감록에 의한 허황한 꿈은 내게 공부할 가장 절실한 시기를 놓치게 했다. 그것은 지적으로 성숙할 더없이 소중한 기회를 앗아가는 결과를 만들었다. 나는 낙오된 인간으로 문화적 소양을 배양할 기초적 교육을 받을 기회를 이미 놓쳐버려서 폐물이나 다를 바 없는 인생을 살아갈 수밖에 없었다.

지난 날 공주 등지에서 내가 겪은 고생의 보상을 바라는 것은 아니더라도 어린 나의 앞날을 무참히 꺾어놓은 일은 참을 수 없는 고통이었고 돌이킬 수 없는 깊은 상처를 남겨놓았다. 세상은 너무도 불공평했다. 나의 장래는 어둠의 절망적 나락으로 떨어질 수밖에 없는 인생이라고 세상의 모든 것을 원망하고 저주했다.

고향이 좋아라고 돌아오긴 했지만 오직 나만 제쳐놓고 모든 동무들은 다 학교에서 공부하고 있었다. 동무들이 학교에서 공부를 마치고 돌아오는 길에 교복 입고, 교모 쓰고 희희낙락 천진스럽게 거리를 활보하는 것을 그냥 바라볼 수가 없었다. 그것이 못내 부러웠다.

더욱이 여학생이 목둘레에 하얀 칼라를 드러내고 밝은 얼굴로 새

살을 떨며 걸어 다니는 모습을 보면 축 처진 내 처지가 부끄러워 얼굴이 화끈거렸다.

소년 동무들과는 양달과 응달로 이미 가는 길이 갈리었다. 내 앞길엔 확신이 없었다. 자신감도 없었다. 나는 사회의 모든 것에서 밀려나고 있었다. 그뿐이 아니었다. 유아기의 수유授乳 부족 때문에 정상적으로 자라지 못해 잔병이 잦았고 체형이 왜소해 남들에게 뒤처질 것이 불을 보듯 뻔했다.

나는 이제 바이없이 벌레보다 못한 놈이 되었다고 자탄했다. 항차 미물인 누에는 비단을 만들어 내고, 벌은 꿀을 생산한다. 벌레도 그러하거늘 나 자신은 지닐재주 하나 없는 폐물이라고 슬퍼했다.

하늘은 내가 미처 자라기도 전에 여린 새싹을 얀정 없이 잘라버렸다. 나는 이제 세상에 쓸모없는 문제아로 남을 것이고 인간쓰레기로 주변 사람들에게 말썽만 부리다가 끝나는 운명이라고 스스로를 비관했다.

그럴 바엔 왜 나를 낳았느냐고 삼신할머니를 저주했고 하늘을 우러러 원망했다. 어떤 아이는 햇볕처럼 밝게 살고, 어떤 아이는 연꽃처럼 해맑게 성장하고 있건만 나는 왜???

차라리 아마존오지의 미개지역이나 아프리카 오지의 사람으로 태어나서 다 함께 세상 물정도 무식함도 모르고 그렇게 살고 있다면 누가 뭐라 하리까마는....

거리에 나갔어도 친구들과 어울리지 못했다. 반룡산 정자 길의 흐드러진 벚꽃이 꽃비처럼 흩날려도 아름다움을 느끼지 못했다. 나는 혼자 외돌다가 우셋거리로 노그라져 돌아오는 날이면 더욱 피를 토하는 울음을 삼켰다. 집에 돌아와 봤자 나를 옥조이는 일들이 한두 가지가 아니었다.

나는 마치 옛 중죄인이 위리안치圍籬安置되는 것과 같은 고독함과 심적 고통을 겪고 있었다. 그 고통은 영원히 지속될 수밖에 없을 것이라고 생각하고 있었다. 내 마음은 점차 병들어 가고 있었고, 무슨 일이고간에 두려움이 앞섰다. 그 두려움은 강박반응을 일으켜 뒤로 처지는 병적현상으로까지 변했다.

다른 아이들에게 밝게 비치는 서광이 내게는 앞을 가릴 수 없는 짙은 안개 속 들판을 목적 없이 헤매는 암흑세계로 다가왔다. 나를 옥조이는 비관은 더욱더 침잠해 가기만 했다.

그런 나날을 보내면서 그래도 찾아간 곳이 있었다. 그곳이 일제치하에서 잃었던 우리말을 가르치는 한글강습소였다. 그리고 처진 아이들이 다니는 야간학원도 있었다. 내 꿈은 언제나 무엇이고 배우는 것이었다.

나 같이 특별한 사정으로 말미암아 시기를 놓친 경우 말고는 대부분의 아이들이 사회에 뒤처진 열악한 가정의 아이들이었다. 나이도 나보다 훨씬 더 많았다. 그렇다보니 문제아가 많았고 말썽도 많았다. 약간의 지식은 배운다지만 고운 심성은 배우지 못하는 아이들이 더 많았다. 그러한 환경 속에서 공부가 정상적일 수가 없었다.

나는 다른 아이들이 중학교 교복을 입고 다니는 것이 견디기 어려울 정도로 부러웠고 그것이 한이었다. 그래서 밖에 나갈 때면 형이 서울에서 입고 다니던 교복을 입고 교모를 쓰고 허수아비처럼 나를 감추었다.

가장 감수성이 예민했던 그 시기에 그런 비열한 행동이 부끄러워 쭈뼛쭈뼛했고 마음속에 떳떳치 못해 찜찜했지만 그렇게라도 해서 비운의 나를 들어내지 않으려고 했다.

그 당시 공산치하의 북한 정세가 질서 없이 어수선 했고 인민 보안대의 횡포와 공포 속에 국민들은 희망을 잃고 살았다. 돈 많은 사람들은 물론이고 대다수의 지식인들은 북조선에 머물러 있을 수가 없어 남으로 내려가야 한다는 것을 절감하고 공론화 했다. 그것이 북에 있는 모든 사람들의 공통된 생각이었고 하나같은 흐름이요 염원이었다.

공산 권력에 아부하거나 그들에게 부화뇌동하는 무리를 제외한 모든 사람들은 그 서슬이 무서워서 겉으로 내뱉지는 못해도 모두가 남으로 38선을 넘을 기회만 노리고 있었다. 그렇다보니 38선을 월남 지점까지 잠시 동행이 되어주는 전문 안내원이 암암리에 활개를 치고 있었고 비싼 목숨 값을 치르고 월남하는 가정이 비일비재였다.

만물정관개자득

그와 같은 정황을 어린 아이라 하여 모를 리가 없었다. 나는 불행한 나의 처지를 생각할 때 더욱 간절했다. 교복 입은 동무들이 보기 싫었던 나는 마음 속 깊숙이 현실에서의 탈출을 결심하고 있었다.

내가 커가면서 무식하여 자신의 앞가림도 못할 바에야 차라리 나 혼자의 힘으로 새로운 세상에 도전하고 개척해보자 하는 생각이 꼬리에 꼬리를 물었다.

　그것은 마치 구석에 몰린 매 맞은 강아지가 반항하듯 불행한 처지의 나를 향한 반항심이 내재하였는지도 모른다. 나는 워낙 태생이 야무지고 다부지지 못했다. 그런 내가 죽음을 무릅쓴 엄청난 결심을 하고 있었던 것이다.

무모한 남하 행

　나하고 학원에 같이 다니고 있던 한춘호韓春鎬라는 절친한 친구가 있었다. 나보다 한 살 위인 춘호는 평소에 내 말이라면 군말 없이 잘 들어주는 친구였다. 한 방향으로 같이 도는 시곗바늘처럼 늘 함께 지내는 자별한 사이였고, 하품을 하면 따라 하품하는 것 같은 깊은 우정이었다.

　그가 우리 집 윗동네에 살고 있었는데 오다가다 들려서는 우리 집 뒤뜰에서 둘이 하나가 되어 늘 같이 놀았다. 제기차기 같은 놀이도 했지만 무엇보다 재미있었던 것이 나무꼬챙이를 주워서 흙바닥에 한자를 쓰고 그것을 서로 맞추는 놀이였다.

　글자 한 자를 정성들여 흙바닥에 써놓고 상대자가 무슨 자인지 맞추면 손바닥으로 지우고 그 자리에 다른 글자를 다시 쓰는 놀이였다. 춘호도 눈총기가 있었다. 한자 실력이라야 극히 초보적인 것이었지만 글자를 알아맞히는 실력은 내가 조금은 나았다. 나는 아버지의 벼루를 갈면서 처방전 글씨를 늘 가까이에서 보고 할아버지로부터 틈틈이 글자를 익혔기 때문이었다. 그러나 춘호도 나의 영향을 받아 한자 공부는 많이 하는 편이어서 서로가 거의 엇비슷했다.

그도 어엿하게 학교공부를 할 수 있는 처지가 못 되어 독학으로 이 것저것 많은 것을 공부하고 있는 열성 노력파였다. 그래서 아는 것이 꽤나 많았다. 그런 점이 마음에 들어서 더욱 가까이 지내고 있었던 것이다.

　그 당시는 지금과 달리 중학교 공부도 학비를 염려하지 않을 수 없는 시절이어서 아무나 중학교에 다닐 수 있는 것이 아니었다.

　춘호는 나보다 몸집도 크고 힘도 좋았다. 우리가 놀고 있는 뒤뜰 구석진 곳에 펌프와 큰 정수용 나무통이 있었다. 그 나무통에 물을 채우는 일을 그 친구가 도맡아하듯 해 주었다. 동네 일대가 수질이 좋지 못해 집집마다 항상 물을 걸러서 받아먹어야 했다.

　나무통 속에 숯과 모래자갈과 무슨 수세미 같기도 하고 털 같기도 한 것을 차곡차곡 켜로 채워서 걸러내는 정수 시설을 해놓았다. 나무통에 물을 가득 채워 넣고 밑에 달린 수도꼭지를 열어 받아먹게 되어있는 정수 장치였다.

　그 큰 나무통에 하나 가득 물을 채우려면 팔이 떨어져 나갈 정도로 펌프질을 해야 했다. 식구가 열 식구나 되다보니 먹고 씻고 심지어 빨래의 마감 헹구는 물까지 써야 하기 때문에 물은 엄청 많이 썼다. 그 펌프질을 나를 도와준다며 군소리 없이 늘 해주는 고마운 친구이기도 했다.

　춘호는 아버지가 노동일로 힘겹게 살아가는 집의 맏아들이었다. 그와는 친구의 정표로 오른 팔뚝 안쪽의 같은 장소에 서로에게 점을 찍어 문신을 할 정도로 정을 나누며 격의 없이 지내는 오롯한 사이였다.

그렇게 믿는 사이였기에 하루는 "야, 춘호야. 너 나하고 서울 가지 않을래? 서울 가면 학원이 아닌 정식 야간학교도 많이 있어서 공부 하기도 좋다는데, 우리 둘이 같이 가자" 하고 느닷없이 그러나 진지하게 그의 의견을 물었다.

그는 너무나 뜻밖이고 터무니없는 나의 제의를 이해하지 못했다. 이 날벼락 같은 갑작스런 물음에 어이없다는 듯이 아무런 대답 없이 한참을 멍하니 내 얼굴만 쳐다보고 있었다. 나는 내친김에 물러서지 않고 다그쳤다.

귀에 못이 박히도록 익히 배웠던 것이 삼강오륜이었다. 그 오륜 중에 붕우유신朋友有信을 생각하지 않을 수가 없었다. 그래서 춘호도 친구와 신의와의 사이에서 고민이 깊었을 것임을 모르는 바가 아니었지만 우리의 목적이 성공만 한다면 서로가 좋은 일이 아닐 수가 없다 생각하여 무리하게 다그쳤다.

이렇게 며칠을 고민 고민하다가 마침내 위험한 탈출을 결심하고 산수가 아름다운 1946년 5월 17일, 아침 밥을 배불리 먹고 춘호와 함께 개 명천지를 찾아 분연히 나 그네 길에 올랐다. 38선을 향해 남으로 뚫린 길을 찾아 무조건 걸었다. 반 드르르하게 삶아

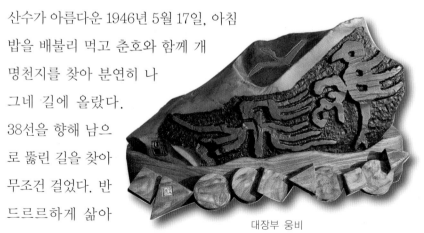

대장부 웅비

놓은 논에는 모내기 준비를 하는 사람이 이따금씩 보일 뿐 사람도 별로 보이지 않았다.

38선이 어디쯤인지도 몰랐고 길도 몰랐다. 인민보안대원이 심문한다는 것은 익히 들어서 알고 있었다. 그래서 큰 길을 피해 앞뒤를 두루 살피면서 막연하게 걷고 있었다.

그러한 낯선 길을 두 친구 모두 부모님 몰래 무단가출한 것이었다. 불효가 막심하다는 말을 듣는 것이 문제가 되지 않았다. 춘호에게 너무 미안했다. 편안히 잘 살고 있는 친구를 나의 길동무가 되어달라고 꼬여내어 부모에게 불효를 저지르게 한 내가 너무 이기적이고 미웠다.

그러나 나 스스로의 힘으로 어연번듯하게 개척해 보고 싶은 생각이 강하게 앞섰다. 그렇다고 무슨 기린아가 되고자 하는 것이 아니라 다만 사람들에게 주눅 들지 않고 어우렁더우렁 어울리고 싶은 몸부림이었다. 그렇게 하여 그 동안의 고통과 불행도 보상받고 싶었다.

졸지에 자식을 잃고 억장이 무너질 부모님 생각을 하면 못내 미안하고 죄스런 생각을 아니한 바는 아니지만 마음이 탁 트이는 해방감에 너무나 상쾌했다. 마치 하늘로 날아오를 것만 같은 홀가분한 기분이었다.

우리에게는 가진 돈도 없고 먹을 것도 없었다. 그런데도 그런 걱정은 조금도 하지 않았다. 다음 여정을 걱정할 필요를 전혀 느끼지 못하고 다만 얽매였던 현실의 탈출에서 느껴지는 해방감만으로도 만족스럽고 즐거웠다.

버들가지가 철철 늘어진 연초록빛 오월의 호젓한 길을 경쾌한 기분으로 걸어가면서 서울 가면 무엇을 먹을 것이며, 잠자리는 어떻게 구할 것이며, 돈은 어떻게 벌 것인가 하는 문제 따위는 전혀 생각하지 않고, 다만 어떤 학교에 들어갈 수 있을까? 학비는 어떻게 해결할까? 정식야간학교가 많다는데 우리같이 나이 많은 학생도 받아줄까? 등등의 극히 단순한 생각만 하면서 한발 한발 내딛는 발걸음이 가볍기만 했다.

나는 집에서 어른들이 얼마나 걱정하실까 하는 생각은 조금도 하지 않았다. 오랫동안 소외되었던 외로움에 시달려 현실에서의 탈출만을 꿈꾸었던 터라 오히려 해방감이 앞서서 후련할 뿐이었다.

정감록에 의한 지난날의 견디기 어려웠던 고통과 그로 말미암아 기초과정 진학의 때를 놓치고 말았다는 분노와 울분이 가시지 않고 있어서였다. 그런저런 일로 인해 앞날의 내 인생이 엉망이 될 것이라는데 대한 원망이 얽히고설켜 불손한 반발심이 강하게 작용한 탈출이었다. 그런 까닭에 해방감도 그만큼 더 충만했던 것이 사실이었다.

전야田野에 인민보안대원들이 이따금씩 눈에 띄었다. 하얀 헝겊 바탕에 피의 혁명을 나타내는 붉은 글씨의 완장을 왼쪽 팔에 자랑스럽게 차고 있었다. 두세 명의 인민보안대원이 야취 풍기는 길에 어울리지 않게 거들먹거리며 다니고 있었다.

우리는 그들의 눈을 피해야 했다. 할 수없이 마을길을 피해 산길로 접어들었다. 그래서 들로 산으로 하늘을 나침판으로 삼고 앞을 알 수 없는 막연한 길을 하염없이 무턱대고 걷고 또 걸었다.

5월의 신록이 꽃보다 아름다운 산길을 가벼운 발걸음으로 메숲진 오솔길을 걷고 있었다. 태양은 풀에 비쳐 쪼이고 산꽃은 우리를 향해 웃음 짓고 있었다. 5월이라 나무들에 생기가 감돌고 벌 나비만 제멋대로 기웃거린다. 한 조각의 구름은 빈산 허리에 서둘지 않고 조용히 머뭇거리고 있었다.

애면글면 약한 힘으로 무작정 걷다보니 배가 고팠다. 아예 배고픔을 내색하지 않았던 김삿갓처럼 우리에게는 도시락도 주먹밥도 요기꺼리라고는 아무것도 없었다. 지닌 보따리 하나도 없었다. 지닌 것이라고는 소학교 지리책에서 오려낸 손바닥 크기만 한 작은 지도 한 장이 접힌 채 주머니 속에 있는 것이 고작이었다. 그것 말고는 아무 것도 지닌 것 없는 열일곱살애송이의 무모한 탈출이었다.

오늘이 탈출 첫날인데 한 나절이 되자 벌써부터 배가 고프고 아랫다리가 후들거린다. 한 발 빨리 가려고 너무 서둔 탓인가 보다. 울창하게 숲이 우거진 깊은 산중에 문득 보니 매실크기만한 파란 산복숭아가 소도록하게 열려있는 것이 눈에 띠었다. 초목들도 하늘의 도를 알아 스스로 탐스런 열매를 맺을 줄 안다고 감탄하면서 긴 나뭇가지를 주워서 두들겼다. 탱글탱글한 풋 복숭아 여러 개가 떨어진다. 입안이 부덕 부덕 떫고, 풋내가 나면서 새큼했는데도 뱃속이 비어 헛헛한 터에 그런대로 먹을 만했다. 우리는 영글지 않은 하얀 속 씨까지 다 먹어치웠다. 그것으로 갈증과 허기를 어느 정도 해결한 셈이었다. 욕심껏 주워 먹었더니 뱃속이 징건했다.

야드르르한 칡넝쿨이 지천으로 많았지만 잔뜩 물이 올랐을 칡뿌리를 눈으로 어루더듬어 볼뿐 캐어먹을 줄 몰랐다. 아니 캐어먹을 연장 하나 가진 것이 없는 다만 빈손뿐이었다.

산 속 해거름에 해가 기울고 사위가 어스름하여 어둠이 깃들자 잠자리가 걱정스러웠다. 그런 것을 예상하지 않았던 바는 아니었지만 막상 닥치고 보니 허전하고 무슨 짐승이나 만나지 않을까 하여 무서운 생각이 덜컥 들었다.

보름을 이틀이나 지났는데도 하늘 갠 맑은 밤이라 다행히 달은 손에 잡힐 듯 가까웠다. 창백한 달빛이 보름달 못지않게 공산 위에 휘영청 밝았다. 적막한 공산의 하얀 달빛이 외로움을 더해주고 있었다. 첫 날 밤을 깊은 산 속 바위 밑에다 솔가리와 묵은 낙엽을 모아 요처럼 푹신하게 깔고 돌을 주워 베개 삼고 달과 별을 수놓은 하늘을 이불삼아 서로가 기대 누운 채 잠을 청했다. 밤은 깊어 숨소리조차 듣기에 무서울 만큼이나 괴괴했다. 새들은 각기 제집에 들고 뻐꾸기도 잠을 자는데 두견이만 어린 방랑객의 가슴을 후벼 파고 있었다.

한번 달려보자

깊은 산 속에 추위와 함께 등어리에 오싹오싹 소름이 끼치는 것이 형용할 수 없이 고독했다. 그런데도 피곤이 몰려와 멧돼지 새끼처럼 나란히 의지하여 잠은 잘 잤다.

서툰 소년거지

깨어 일어 솔 사이로 샛별이 달을 짝해 반짝거린다. 얼비치는 달빛을 밟으며 선득선득한 새벽 추위를 떨면서 한참을 걸었다. 숲속의 새들도 날 트이자 즐거이 재재거린다. 고목만 무성할 뿐 오솔길조차 없는데 어디선가 정겨운 밀화부리가 고운 목소리로 깊은 적막을 깬다.

엷은 구름이 재를 넘고 새벽달이 진다. 걷다보니 해가 떠올랐다. 햇볕 쪼이는 왼쪽부터 추위가 조금씩 풀리는 것 같았다. 따뜻한 햇볕 속을 허둥지둥 걸어서 숲 밖을 빠지려니 흰 연기가 아련히 피어오르는 곳에 적은 인가가 옹기종기 보였다.

걸음이 가까워지자 집집이 굴뚝에서 파란 연기가 사리사리 피어올랐다. 아마도 밥 짓는 연기와 아침 군불 때는 연기일 것이었다. 그 연기가 사그라질 즈음하여 밥이 다 되었을 거라 짐작하고 춘호와 나는 용기를 내어 양지바른 마을을 향해 하산 했다.

막상 산을 내려가기는 했어도 어려서부터 자신감을 잃고 자라던 터라 무슨 일에 맞닥칠 때면 애면글면 주눅이 먼저 들곤 했지만 끼니를 해결할 유일한 방법이 이 길뿐이고 보니 이 유혹을 포기할 수가 없었다.

우리는 하릴없이 거지가 되어 그 첫발을 내딛기 시작했던 것이다. 거지라고 태어날 때부터 거지의 운명을 타고 났을 리 없을 것이다. 우리가 이 순간 이미 거지인 것이다. 이 거지생활을 앞으로 얼마를 더 지속할지는 생각해 보지도 않았다. 당나라의 시성 이백과 두보도 발경鉢耕=거지하지 않았던가. 그리고 우리가 잘 아는 방랑시인 김삿 갓도 그랬다. 밥을 얻어먹는 것을 부끄럽다 생각할 필요가 없을 것 같았다.

그런 다부진 생각을 하면서 경험 없는 거지인지라 순진한 마음에 따끈한 밥을 얻어먹을 생각에 미리부터 군침이 돌았다.

춘호와 나는 마을에서 제일 큰 집을 찾아 바 자울이 쳐진 널대문 앞에서 쭈뼛쭈뼛 에돌다가 용기를 내어 열고 들어섰다. 아무리 다부진들 나 혼자의 배짱으로는 말도 부칠 수가 없을 터 인데 옆에 춘호가 있어서 가까스로 용기를 냈 다. 이번 탈출행려를 내가 주도했던 만큼 내가 앞서지 않을 수가 없었다. 우리는 부엌 앞에 다 가가서 염치불구하고 밥 좀 달라고 아주머니에 게 기어들어가는 목소리로 청했다.

나는 밥 한 사발씩 듬뿍 떠주면서 부엌에서 어서 먹으라고 하는 고마운 공상을 미리부터 떠올리고 있었다. 그런데 그 집 아저씨가 느닷없이 나타나더니 우리 를 위아래로 훑어보면서 냉담하게 내쫓고 있었다. 우리는 하릴없이 쫓겨났다.

내친걸음에 또 다른 집을 찾아 싸리로 엮은 허름한 사립문을 밀고 들어섰다. 그 집에서도 역시 쫓겨났다. 몇 집을 전전했는데도 여전히 쫓겨났다. 부잣집도 가난한 집도 너무 야속했다. 내가 알고 있던 사람의 인심이 아니었다. 우리를 반겨줄 사람 이 세상의 어디에고 없구나 하고 서글픔이 왈칵 스쳐갔다.

우리 집에서 아침밥을 지을 때면 거지도 약간 실성한 사람도 찾아오는 일이 잦았다. 잘 사는 집으로 알고 제일 먼저 들리는 모양이었다. 그러면 어머니는 큰 가리비조개껍질 주걱으로 한 주걱 듬뿍 떠서 주는 것을 늘 보아왔었다.

그랬는데 이건 인심이 너무 각박했다. 거기다가 호통까지 지른다. 춘호와 나는 돌아서면서 "주기 싫으면 그만이지 호통은 왜 지르는 거야!" 하고 두덜대면서 포기하고 돌아설 수밖에 없었다. 우리는 사나운 인심을 나무라며 남쪽을 향한 산길을 지칠 때까지 타달거리며 걷고 걸었다.

뒤에 생각해보니 마을의 인심이 사나워서가 아니었다. 우리가 지나고 있는 마을이 38선을 향해 남으로 내려가는 길목에 위치하고 있어 벌써 수십 차례 경험했을 것이었다. 마을사람들은 굶주린 우리를 안쓰럽게 보면서도 인민보안대에 걸려 시달릴 것이 두려웠던 것이다.

그런 중에도 두 번은 얻어먹은 일이 있었다. 어느 집 아주머니는 밥을 손으로 뭉쳐서 소금물을 발라 주면서 멀쩡한 아이들이 여북하면 굶을까 하고 누가 보기 전에 멀리 가서 먹으라고 안쓰러워하였고 또 한 번은 국에 밥을 말아 한 사발씩 주어 부엌에 들어서서 먹기도 했다. 그런 밥도 여러 날에 걸쳐 수십 번 구걸에 단 두 끼니가 고작이었다.

다행하게도 춘호가 먹을 수 있는 들풀 몇 가지를 알고 있었다. 그래서 우리는 바이없이 미사리(山族)가 되어 풋풋한 산나물을 산양처럼 눈에 보이는 대로 뜯어 먹어야 했다. 늦봄의 신록이 나부끼는 사이사이에 돋는 여린 풀싹을 먹을 것인가 말 것인가를 가려서 뜯어 허기를 메웠다. 엄지와 집게손 끝에 풀물이 들어 푸르스름했다. 그런 와중에도 혹여 심밭이나 나타나지 않을까하는 어리석은 기대도 해 보았다. 산삼은 아버지의 환자손님이 가지고 온 일이 몇 번 있어서 그 꽃과 잎을 나는 잘 알고 있었던 것이다.

평소에 오고 가는 감기는 놓치지 않고 다 걸렸고 소화가 안 되어서 항상 손으로 배를 감싸고 다녔는데 궁여지책이라서 그랬던지 감기도 없었고 배탈도 설사도 없었다. 풀만 먹어도 소화는 잘 되어 뒤는 보아야 했다. 일을 마치고 나뭇잎으로 쓱쓱 닦아내고 앉았던 자리를 뒤돌아보면 말똥 같은 새까만 풀 똥이 소복이 서리고 있었다.

내가 어렸을 때에 벼루에 먹을 갈면서 들었던 아버지의 말씀을 떠올랐다. 아버지께서 환자를 상대로 하시던 백이숙제의 이야기였다. 중국의 백이와 숙제伯夷叔齊 형제가 주나라의 무왕이 은나라의 폭군 주왕紂王을 치려는 것을 만류하다가 무왕의 노여움을 샀다. 백이와 숙제는 수양산에 들어가서 고사리만 뜯어 먹으면서 연명하다가 견디지 못하여 마침내 굶어죽고 말았다는 이야기였다.

소나 말은 볏짚과 풀만 먹어도 살이 찌는데 하면서도 우리도 백이

숙제처럼 되는 것이 아닌가 하는 허망한 생각을 떨칠 수가 없었다. 그런 생각에 서울에 도착하기도 전에 객사하면 어쩌나 하는 나약한 농담을 하면서도 의기가 소침해지는 기분은 감출 수가 없었다.

나는 주머니 속에서 작은 지도를 꺼내들고 손가락으로 줄을 그어 가며 궁리 끝에 철원을 거쳐 서울을 향하는 길을 선택했다. 산세는 험하고 인적은 드물었다. 한반도 내륙 깊숙이 향해 가다가 안변의 석왕사 부근에까지 이르렀다. 이곳에서도 연천과 전곡을 거쳐야한다. 38선이 그만큼 멀리에 있었다.

아직까지도 지금껏 걸어온 그만큼은 더 걸어야 되는 거리에 있었는데 제대로 먹지도 못하고 산길만 걷다보니 우리는 이제 견딜힘이 파근하여 녹지근했다. 그렇게 고된 7일을 그런대로 보낸 저물녘이었다. 우리는 여느 때와 마찬가지로 엎드려서 저녁끼니로 먹을 수 있는 어린 새싹을 골라 두 손 끝에 풀물을 드리는데 공들이고 있었다.

하늘은 우리들의 고달픈 사정은 알 필요도 없다는 듯 한가히 저녁 무지개를 드리우고 있었다. 5월의 신록이 물씬 묻어오는 뻐꾸기의 울음소리가 신산하게 들려왔다.

그날 저녁도 둘은 낙엽을 모으고 있었다. 메숲진 깊은 산골의 얼기설기 뻗은 낙락장송뿌리를 의지하여 잠자리가 마련되었다. 이윽고 해는 지고 그믐이 가까운 아련한 하현달이 별들 사이로 창백하게 떠있었다. 가만한 밤하늘에 별똥별이 밝은 선을 그으면서 빗겨 흐르고 있었다. 썰렁한 추위 속에 맥이 풀리는 밤이 점점 깊어가고 있었지만 피곤한 여독에도 얼른 잠이 오지 않아 몸을 뒤척이며 내일의 행보를 골똘히 구상하고 있었다.

춘호도 잠이 들지 않는 것 같았다. 나보다 몸집도 크고 힘도 좋았지만 마음은 한없이 가녀린 친구였다. 산새도 잠을 자는 괴괴한 밤에 애상哀想에 잠긴 춘호가 솔바람소리를 벗 삼아 훌쩍훌쩍 울고 있었다. 나는 어쩌라고? 나는 어쩌라고!?

춘호와 나는 탈출의 첫발을 내디디면서 서울에 도착하는 것만이 우리들이 품은 청운의 꿈이라고 서로가 굳게 다짐한 바 있었다. 그것이 불과 7일 전의 일이었다.

그랬는데 춘호의 마음이 허약해졌다. 한 번 약해진 마음은 점점 더 흔들렸다. 춘호는 점점 더 엄마가 보고 싶고, 집이 그리웠다. 너무 힘들어서 버틸 힘도 없다고 울먹이면서 집에 되돌아가자고 애원한다. 하현달이 창백하게 비치는 가운데 나는 춘호의 눈을 후벼 파기라도 하듯이 똑바로 노려보았다.

38선의 경계선을 넘을 때 따발총에서 총알이 빗발치듯 날아오리라는 공포도 생각지 않을 수가 없었을 것이다. 이런 상태로 서울에 간다 하더라도 적응하기가 어려울 것 같다고도 했다. 이건 너무나 참담한 충격이었다.

8일째 되는 날 잠을 설친 새벽하늘이 밝아왔다. 나는 그런대로 참고 목적한 대로 가자고 춘호에게 타일렀지만 그는 오히려 쌔무룩하여 그의 돌아선 마음을 더 이상 어쩔 수가 없었다.

다부진 각오로 집을 뛰쳐나왔건만 불과 8일 만에 뜻을 꺾어야하는 나약함을 통탄하지 않을 수가 없었다. 그동안 험산에 남겨 놓은 모든 수고가 헛되고 무익했다.

이슬아침 뻐꾸기는 빈산에 신산하게 짖어대고, 두견이는 깊은 골짜기에서 하늘이 찢어질 듯이 피를 토하는 울음을 울고 있었다. 오늘 따라 날씨도 침침했다. 가야할 서울은 구름 넘어 아득했다.

나는 생각했다. 이렇게 몰아붙이다가 만약에라도 불행한 일이 생긴다면 그 책임을 감당할 수가 없을 것 같았다.

세상에는 부모를 여의고 의지할 곳 없는 고아도, 어린 시절에 가출한 소년도 커가면서 세상을 놀라게 하는 걸출한 인물이 된 경우가 허다하다.

남들은 그렇건만 떠날 때의 다부진 의지는 간데없고 너무나 허약하고 보잘 것이 없었다. 그런 생각에 나는 혼자만이라도 가던 길을 계속 가보리라는 생각도 해 보았다. 그러나 내게는 의지하고 말을 나눌 수 있는 누군가가 필요했다.

'두 사람이 한 사람보다 나음은 저희가 수고함으로 좋은 상을 얻을 것임이라 혹시 저희가 넘어지면 하나가 그 동무를 붙들어 일으키려니와 홀로 있어 넘어지고 붙들어 일으킬 자가 없는 자에게는 화가 있으리라. 두 사람이 함께 누우면 따뜻하거니와 한 사람이면 어찌 따뜻하랴. 한 사람이면 패하겠거니와 두 사람이면 능히 당하나니 삼 겹줄은 쉽게 끊어지지 아니하느니라.'
〈전도서 4장〉

늘 삼성오신하건만

이러한 성구의 말씀이 아니더라도 춘호만 되돌려 보내고 내가 혼자 강행하기에는 친구에 대한 의리를 저버리는 것 같아 마음이 좋지 못해 탄식이 절로 나왔다. 사람이 스스로 탄식한다는 것은 원래 다정하여 시름이 많아서라고 들 하는데 내가 지금 그런 것 같았다.

그것도 그렇지만 무엇보다 열일곱 살 소년이 낯선 산길을 홀로 외로이 걷고, 저물녘의 해걷이바람을 쏘이며 자야 하는 일을 고독 속에 감당하기에는 너무나 앳되고 어리다는 핑계를 떨칠 수가 없었다. 여드레 전 떠나올 때 그렇게도 기상이 당당하여 북두와 견우까지 꿰뚫을 듯 하고 공산에 뜬 달도 밀어낼 것 같았건만 이렇게 허무할 줄은 생각지도 못했다.

내 마음속에서는 천군天軍과 악마의 군대가 만나 최후의 결전을 치르는 아마겟돈 싸움을 치루고 있었다. 이렇게 마음이 두 갈래로 쌍갈져 어찌해야 할지 한 동안을 하늘을 우러러 결단해 주기를 바라고 있었다.

뼈아픈 실패

나는 가슴에 조여드는 어두운 침묵을 깨고 고향으로의 귀환을 결심해야 했다. 밤을 지새워 고민한 끝에 춘호와 나는 그동안의 갖은 고생을 산길에 남겨놓고 집으로 되돌아가기로 결정하고 말았다. 내가 그렇게도 염원했던 청운의 꿈이 여지없이 무너지는 순간이었다. 내 앞길에는 영영 희망이 없어졌다. 나는 활기를 잃고 시들어 떨어지는 아픔을 견뎌야 했다.

그렇게 결정하고 나니 춘호는 영각 켜는 황소 같은 소리를 울부짖으며 좋아했다. 그는 되돌아가는 길이 급했다. 엄마가 너무나 보고 싶다고 했다. 맏아들이라는 입장도 있다고 했고, 그동안 죽살이치던 고생으로 지치기도 너무 지쳤다. 춘호는 기쁨의 눈물을 줄줄 흘리면서 되돌아가는 길을 재촉했다.

나는 어리석었던 나 자신이 부끄러웠다. 나는 이제 영영 구제받을 수 없는 천인으로 전락할 것이었다. 슬픔에 지친 사슴처럼 추운 들판을 한을 남기며 울부짖는 고독한 신세가 될 것이었다.

나는 모든 것을 잃고 아무렇게나 될 대로 되어라 하는 심정으로 늘어졌다. 그것은 나 자신을 향한 체념이요 자포자기였다.

나는 되돌아설 바에는 원산 앞바다를 한 번 구경하고 가자고 우겼다. 아무리 허기지고 늘어졌어도 다시없을 이런 기회를 놓칠 수가 없었던 것이다. 내가 태어나서 바다를 한 번도 구경한 일이 없었던 것도 이유라면 이유였다. 무엇보다도 이대로 그냥 집으로 돌아가기에는 너무 무력한 생각이 들어서였다.

함흥에서 흥남 서호진 바다까지는 삼십 리밖에 안 되는 가까운 거리다. 그 가까운 바다를 한 번도 가본 일이 없었다. 그래서 이번이 기회다 싶어 꼭 한번 보고가자고 춘호를 달랬던 것이다. 춘호는 내키지 않았지만 회향의 동의를 생각하여 마지못해 내 의견에 동조하여 우리는 의연히 용기를 내어 내륙에서 동해를 향해 발길을 옮겼다.

이제 북으로 가는 길이라 보안대원들에게 시비꺼리가 될 염려가 없었다. 우리는 마음 놓고 대로를 선택할 수 있었다. 오랜만에 걸어보는 큰 길을 편안히 활보할 수가 있었다. 힘이 빠져 타발거리는 걸음에도 산길보다 두 배 세배가 빨랐다.

저녁나절에야 원산에 도착하여 마을로 이어진 그윽한 오솔길을 따라 어느 농가에 들러 모를 심는 농군들과 함께 참으로 오랜만에 맛있는 저녁밥을 얻어먹을 수가 있었다. 배 불리 먹고 나니 마음이 마냥 편했다. 하늘이 어둑해 산에 어스름 질 때 그 방에서 농군들과 함께 편안한 잠을 잤다. 집을 떠난 지 8일 만에 먹어보는 따끈한 밥이었고 8일 만에 자보는 따뜻한 방이었다. 나그네 시름을 흐르는 물에다 씻어 내린 것 같아 고향집의 도타운 정리가 새삼 그립기도 했다.

오랜 피로 끝에 따뜻한 방에 드니 온 몸이 녹지근하여 시간 가는 줄 모르고 이른 아침까지 늦잠을 잤다. 잠을 깨고 보니 농군들은 벌써 모 심으러 다 나가고 빈 방에 우리 둘만이 남아 있었다. 아침밥을 얻어먹을 좋은 기회를 또 놓치고 말았다. 할 수 없이 빈 집이라 고맙다는 인사도 못하고 알싸한 아침공기를 쏘이며 갈매기가 우짖는 바닷가를 향해 나갔다. 바다는 지척에 있었다.

해뜨기 전의 쌀랑한 짠 바닷물에 시원하게 세수하고, 굶는 것에 익숙한 우리는 잔잔한 파도에 둥실 떠있는 미역을 손 갈퀴로 건져서 아침밥을 대신하고 있었다. 산 풀보다 부드럽고 간이 되어 있어서 맛이 훨씬 더 좋았다. 5월 하순의 아침바다는 아직도 다소 산산했다.

아침바다에 하마 갈매기의 슬픈 울음이 멀리 들리고 있었다. 바다는 장장 수만 리에 멀었다. 기러기 높이 날아 가뭇해지고 외로운 배 두세 척이 한들거린다.

그때 동해바다에 잔잔한 물결이 일렁이며 떠오르는 일출이 석류 속처럼 빨갛게 머리를 삐쭉 내밀고 오르려 하고 있었다. 불같이 이글거리는 붉은 해는 금세 차오르고 온 바다가 황금빛으로 찬란하게 물결치고 있었다. 황금물결은 우리들 앞까지 길게 깔려 있었다. 그 타오르는 불빛 속을 갈매기 여러 마리가 까아까아 큰 소리를 지져대며 배회하고 있었다. 그런 장엄한 광경은 난생 처음 보았다. 정말 장관이었다. 청운의 꿈이 사라진 것도 잊어버리고 이 황홀한 관경을 넋이 나간 듯이 보고 있었다. 구제받을 수 없는 앞날의 서글픈 심정도 장엄한 황금빛이 다 빨아들였다. 그리고 그 광경을 영원히 간직하려고 가슴 깊이 각인해 두었다.

원산 명사십리의 이야기는 함흥에서 소학교 교장을 지내고 게신 나의 오촌 고모부로부터 익히 들어서 그곳이 명승지라는 것은 어렴풋이 알고 있었지만 명사십리에 일출이 장관이라는 말은 들은 바가 없었다.

그런데 우연히 참으로 우연히 이 유명한 원산 명사십리 백사장에서 맑게 갠 하늘의 일출을 직접 보게 되었다는 것은 무어라 형언할 수 없는 요행이었다. 너무나 감격하여 넋을 놓고 바라보았던 것이다.

이런 황홀한 광경은 시인이나 유명화가에게만 한정하여 관람권을 나누어 주어야할 것 같았다. 그러한 장관을 내가 직접 볼 수 있었다는 것은 그야말로 천행 중 천행이었다.

1999년 6월 금강산 여행길에 현대가 제공한 크루즈 선을 타고 바다에서 밤을 새고 이른 새벽에 해금강 앞바다에 이르렀을 때였다. 새벽추위 속에 기다렸다가 끝없는 동해바다에 떠오르는 일출을 선상에서 본 적이 있었다. 그때의 일출도 무척이나 좋았다. 붉은 태양이 이글거리면서 솟아올라 황금파도를 이루고 있었다. 일생에 잊을 수 없는 광경이었다. 그러나 원산의 명사십리 일출은 특유의 낭만이 있었다. 그래서 나의 늙은 머릿속에 아직도 기록영화처럼 생생하게 간직되어 있는 것이다.

태양이 한 발이나 떠올랐을 때 정신을 차리고 갈 길을 재촉했다. 세상에 태어나서 처음 보는 바다 백사장의 보드라운 모래를 만져보며 돌아서려니 해안가에 새빨갛게 붉은 꽃이 흐드러지게 피어있었다. 이 꽃이 혹시 해안가 백사장에만 핀다는 해당화인가 하고 향기를 맡아보았다. 짙은 향기가 깊숙이 맡아지는 것이 아침 기분을 상쾌하게 해주었다.

바다를 떠나 한참을 익숙한 걸음으로 걷고 또 걸었다. 팔일 만에 따뜻한 밥을 방안의 두레밥상에서 배불리 먹은 그 한 끼의 밥과 생미역 기운이 효력을 나타내고 있었다.

걷다보니 어느덧 한 낮이 되었다. 한없이 펼쳐진 들녘이 모두 다 채소밭이었다. 더러는 새싹이 돋아났고, 더러는 농부가 긴 쇠스랑으로 흙을 고르고 있었다. 백여 이랑 밭을 부부가 단란하게 갈고 있었다. 그 드넓은 밭 가운데에 허름한 오두막 같은 초가집 한 채가 외로이 서있었다.

우리는 혹시나 하는 생각에 그 농부를 찾아 인사를 했다. 농부는 부부가 다 산동성에서 이민으로 온 것 같은 중국 사람이었다. 외형으로 보아 순박하게 생겼고 아줌마는 웃는 낯으로 서투른 우리말을 하면서 상냥스럽게 대해주었다. 나는 그 동안 해왔던 것처럼 염치 불구하고 익숙한 프로거지가 되어 밥을 구걸했다.

중국 아줌마는 밭에서 한 참 떨어져 있는 자기 집으로 우리를 데리고 가서 먹던 밥과 엄청 큰 넙치가 거의 그대로 남은 생선찌게를 함께 내어주면서 먹으라고 했다. 그러면서도 먹던 밥이라고 오히려 미안해하는 눈치를 보이고 있었다. 춘호와 나는 정신없이 먹었다.

이 집 주인아줌마는 지난 며칠 동안 겪었던 각박한 인심이 아니었다. 가난하지만 보드랍고 사분사분한 마음씨로 진정한 정을 주고 어린 우리를 불쌍히 여기는 느낌이 다분히 나타나 보였다. 우리는 새로 지은 햇밥을 한 상 차려주는 것보다 더 고마웠다. 이것이 사람 사는 참세상이다 싶었다.

그 곳이 바다가 가까운 곳이라서 생선은 흔히 먹는 모양이었다. 우리는 바다를 끼고 북쪽을 향해 올라가고 있었다. 어제저녁과 오늘의 한 끼밥을 잘 먹은 탓으로 기운이 솟았다. 이제 조금만 더 가면 식구들이 오매불망 기다리고 있을 집이다 하고 생각하니 발걸음에 힘이 솟았다.

집이 가까워지자 부모님께 송구스럽고, 면목이 없고, 못난 자식의 모습을 보이는 것 같아 마음이 영 내키지 않았다. 그러면서도 뜻을 이루지 못한 아쉬움은 가시지 않았다.

집안에서 고이 키운 콩은 콩나물이 되었고 밖에 나간 콩은 콩 나무가 되어 탐스런 자식을 주렁주렁 매달고 돌아왔다는 이야기를 상기시키면서 나는 결국 콩나물 신세를 벗어날 수가 없게 되었다고 자탄하면서 무슨 말을 어떻게 핑계를 대야할까 하고 여러 가지로 궁리를 정리해 보았다.

아버지는 이 미거한 자식이 기왕에 가려면 어른들과 의론이라도 하고 가지 아무 준비도 없이 무모하고 경솔하게 떠났다고 나무랐을 것이라는 긍정적인 생각도 해 보았다.

그러면서도 이미 떠났을 바에는 부디 목적한 바를 성사시키기를 하늘에 축수하셨을 것이다 하는 생각도 해보았고, 기왕에 갈 바엔 먹을거리라도 좀 챙겨가지, 용돈이라도 좀 가지고 갔으면 좋았으련만 하고 안쓰러워 하셨을 것이라는 생각도 해보았다.

이렇게 별의별 생각을 다 하면서 저녁 어스름에 대문을 들어서니 어머니는 부엌에서 저녁 뒷처리를 하다말고 뛰쳐나와 "재석아! 그새 어찌 그리 여뱄니? 뼈만 남았구나" 하시면서 안쓰러워 눈물이 글썽하셨고 그 소리에 아버지와 할아버지도 뛰어나오셨다.

나는 야단맞을 각오가 단단히 되어 있었는데 야단은 고사하고 아무 말씀 없이 반가운 얼굴로 그냥 쳐다보고만 계셨다. 부모님 얼굴에 온 세상을 다 얻은 것 같은 기쁨이 흠뻑 담겨져 있었음을 나는 보았다.

성경에 이런 말씀이 있다. 양 100마리 중에 잃어버린 한 마리를 찾아 어깨에 메고 와서 이웃과 함께 즐겼다 하였고, 집을 나간 둘째아들이 허랑방탕하다가 재산을 다 탕진하고 집으로 되돌아가 아버지에게 저를 품꾼으로 써달라고 하니 아버지는 살찐 송아지를 잡아 잔치를 베풀면서 죽었다가 다시 살아난 자식이 돌아온 것을 기뻐하였다는 소위 '탕자의 비유'가 있다. 〈누가복음 제15장〉 그런 반가움을 내 부모는 내게 보이셨다.

그러면서 한 편으로는 집 나간 자식이 돌아온 반가움보다 다부진 각오로 떠났으면 사내자식이 성사시킬 일이지 왜 나약하게 발길을 돌렸느냐하는 무언의 질책을 띤 아쉬움 같은 표정의 느낌을 아버지의 얼굴에서 엿보았다.

만물의 실체는 모두 공이라

3장

저승과의
숙연

다시 장만한 우리집

빗나간 가출행려行旅로 인한 고난의 5월이 가고 끄느름하게 내리던 긴 장마가 지나더니 삼복으로 접어들었다.

함흥이라 한반도의 동북쪽임에도 불구하고 찌는 더위는 전국 어디에서나 매한가지였다. 마을 집들이 널찍하게 듬성듬성 자리 잡고 있어서 비교적 시원한 셈인데도 무척이나 무더웠다. 그 해는 평년보다 훨씬 더 찌고 더웠다. 그렇다고 공주의 단칸방에서 겪었던 더위에 비하면 낙원이나 진배없었다.

저간의 우여곡절 끝에 다시 장만한 회상동會上洞 집은 아주 널찍했다. 그렇기는 하지만 삼 년 전에 살았던 복부동의 큰 집에 비하면 위치는 물론, 집 구조와 주거환경이 현격하게 격이 떨어졌다.

우선 위치상으로 볼 때 시내의 번화가에서 많이 떨어져 있는 마을이어서 교통편이 열악한 당시의 상황에서 볼 때 걸어 다니기가 수월치 않았다.

집 구조도 본채로 올라가는 계단석이 두 단에 불과한 평평한 집이었다. 본채에 방이 세 개가 있고 오른 쪽으로 방과 부엌이 딸린 사랑채를 거느리고 있었다. 그리고 뒤꼍에도 똑같은 사랑채가 있는 집이었다. 아마도 젊은 철도원 가족을 대상으로 세를 놓기 위하여 지은 집 같았다.

앞마당과 뒷마당이 휑뎅그렁하게 꽤나 넓었다. 키를 넘는 널 바자울이 그 둘레를 다 에우고 있었지만 밤이면 무서우리만큼 허전했다. 그래서 집 지키는 누렁이 한 마리를 키우고 있었다. 특별히 이름도 없는 누렁이를 다만 '월이'라고 불렀다.

앞 사랑채에 철도원으로 일하는 신혼부부가 살고 있었고, 뒤채 방은 부엌과 함께 한약재 창고로 쓰고 있었다.

그리고 뒤뜰 한 구석에 펌프와 둥근 나무통으로 된 큰 정수조淨水槽가 놓여 있어 항상 물을 걸러 받혀서 먹어야 했다. 시뻘겋게 철분이 섞인 물을 펌프로 퍼 올려서 정수해야 할 정도로 수질이 좋지 못했기 때문이었다.

공주로 이사 가기 전에 살았던 집은 시내 중심가의 한편에 자리 잡고 있어서 건재약국에 약재를 사러갈 때라든가 시내에 따로 볼일이 있어도 다니기가 수월했다. 어시장이 지척이라 신선한 생선을 늘 헐값으로 먹을 수 있었다. 그리고 무엇보다 환자가 아픈 몸을 이끌고 찾아오기가 수월했다.

화강석 계단을 세 단으로 쌓아올린 섬돌이 덩그렇게 받쳐주는 큰 집에서 잘 살다가 정감록의 헛바람을 맞아 패가망신하고 천신만고 끝에 빚을 얻어 장만한 소중한 집이었다.

우리 집은 여느 집처럼 단순한 주거용으로만 사는 집이 아니었다. 한의원을 겸하는 병원 건물이기도 하기 때문에 찾아오는 환자의 몸과 마음을 편안하게 해주어야 하는 배려가 있어야 했다. 그리고 의원의 권위도 어느 정도 세워야 하는 영업효과를 생각하지 않을 수가 없었다. 그렇기 때문에 다소 무리해서라도 넓고 큰 집이 필요했다.

아버지는 오랜만에 넓은 집에서 한의원을 개업하고 계셨다. 시내와 한참 동떨어진 곳에 위치하고 있었는데도 환자는 찾아왔다. 환자는 전에 아버지를 단골로 다니던 사람들이 대부분이었다. 자전거를 타고 오기도 하고 먼 길을 걸어서 오기도 했다. 찌는 듯이 무더운 날에도 땀이 범벅이 되어 찾아와서 진맥 받고, 침을 맞고, 약을 지어 갔다.

할아버지와 나는 한약재를 썰었고, 여름철에 익원산益元散 같은 가루약을 네모진 얇은 종이에 싸는 일은 손놀림이 재빠른 내가 여전히 도맡았다. 그리고 벼루에 먹물이 마르지 않도록 짬짬이 먹을 갈아들였다. 그때의 나의 붓장난이 서예를 하게 된 계기가 되었는지 모르겠다.

그렇게 환자를 치료하고 있는 아버지를 인민보안대원이 뻔질나게 찾아와서 없는 시비를 만들어서 귀찮게 굴었다.

예전에 뉘 집 하인이나 건달로 지내던 막 무식한 자들이 왼팔에 완장 차고 거들먹거리면서 큰 벼슬이나 한 것처럼 찾아와서는 이론도 없이 주어들은 몇 마디 말로 "동무는 '부르주아'니 오늘 저녁 집회에 나와야 하오" 하고 으름장을 놓고 가버린다.

그 도도한 명령을 거역할 수가 없어서 저녁 모임에 나간다. 나가보았자 집회랄 것도 없이 저희들만 왔다갔다 어수선할 따름이었다. 그러니 딱히 들을만한 이야기도 아닌 말로 "우리나라는 이제 프롤레타리아 노동계급의 천국이니 동무들은 앞으로 우리 말을 잘 듣고 협조해야 하오" 하는 따위의 헛소리를 간부라는 자가 되풀이하는 것이 고작이었다. 그러면 야식거리로 얼마간의 용돈을 던져주고 나오면 되는 일이었다. 그런 일로 공연히 오라 가라 귀찮게 굴었다.

그렇게 다녀온 아버지는 "되어먹지 못한 후레자식 놈들이 무슨 고관대작이나 되는 것처럼 꺼떡거리는 꼬락서니를 정말 볼 수 없다"고 하시면서 "하루라도 빨리 떠나야 할 텐데" 하고 혼잣말처럼 하시곤 쯧쯧 혀를 차셨다.

이런 일들은 살고 있는 집이 다소 크거나 사는 형편이 저들보다 낫다 싶으면 다 '부르주아계급'으로 분류되어 걸핏하면 찾아다니며 횡포를 부렸다. 지난날에 자기들이 '프롤레타리아계급'으로 살면서 박해받았던 울분을 이런 기회에 풀고 싶은 사회에 대한 반사작용이 그들을 그렇게 만들었을 것이다. 그런 그들에게서 민폐를 끼치면 안 된다는 공인이 가져야할 가치관 같은 것은 애초부터 기대할 수가 없었다.

그런 것이 싫고 귀찮아서 할아버지는 뒤뜰의 널 바자울을 톱으로 잘라내고 그 안쪽에 좌판을 짜서 그럴싸하게 구멍가게를 만들었다. 좌판에는 사과와 삶은 계란과 해바라기씨 등을 벌려놓고 러시아 장교의 군인가족들을 상대로 장사를 하게 했다.

장사라야 우리 집을 '부르주아 계급'에서 제외시켜주기를 바라는 조치로서 보안대원들의 눈을 속이기 위한 형식적인 것이었지만 그렇다고 비어놓을 수가 없어서 어머니와 우리 형제들이 틈나는 대로 번갈아가며 지켜야 했다.

그 앞 길가에는 그런 물건들을 펴놓고 파는 앉은장사가 여러 명이 있었다. 그 길이 러시아군인관사가 있는 길목이었기 때문에 주 판매 대상은 러시아군인이 전부였다. 그런데 그들 중에는 인간이라 할 수 없는 쓰레기 같은 자들이 많았다.

러시아에서 한반도에 파병하기 위해 긴급히 소집하여 조직한 부대로서 형무소에 수감 중인 죄수 중에 중형을 받은 자를 제외한 나머지 죄수를 끌어다가 훈련도 없이 북조선 전투에 파병한 것이라는 풍문이 나돌고 있었다. 그런 그들이 인간 이하의 행동을 한다하여 별로 이상할 것도 없었다.

그들은 목침 같이 딱딱하고 커다란 시큼한 식빵을 항상 들고 다니면서 그 열악한 장사의 물건을 아무런 죄책감 없이 제 물건처럼 그냥 집어가는 자가 심심찮게 있었다. 당한 사람은 어디다 호소할 데도 없어 당하면 가슴만 쓰릴 뿐 그것으로 그만이었다.

바다의 물고기처럼 자유는 얻었지만

가사 일을 돕는 착한아들

지난 9일간에 걸친 무모한 탈출 행려行旅로 굶주림과 피로에 지쳐 몸은 여윌 대로 여위었다. 눈에 보이는 음식은 그것이 무엇이든 꿀같이 입에 달았다. 그렇게 닥치는 대로 먹어댔더니 몸이 두어 달 남짓한 사이에 다시 살이 붙고 기운이 회복되어 이제 어엿한 원래 모습의 17세 미소년으로 되돌아왔다.

나는 유아기에 이어 발육기에 이르기까지의 몇 년을 극도의 영양실조로 성장이 제대로 이루어지지 못했다. 감기는 항상 달고 다녔고 걸핏하면 배탈이 나고 설사가 잦아 남달리 약질이었다. 헌걸차지 못하고 체형도 왜소했다.

그렇다보니 사람들로부터 계집애처럼 생겼다는 말을 꾀나 많이 들었다. 어머니의 부엌일, 가사 일을 덜어주는 여자들이나 하는 일을 잘한다고 이웃 아주머니들은 나를 보고 들으라는 듯이 말하고들 있었다.

나는 칭찬인지 빈정댐인지 알 수 없는 그런 말을 듣는 것이 못내 창피스러웠다. 그래서 여자가 하는 일이 늘 싫었다. 그렇건만 그와 같은 나의 입장 같은 것은 전혀 고려 밖의 일로 여기고 아무도 나의 언짢은 기분 같은 것은 전혀 상관하지 않았다.

설거지를 돕는 일부터 아궁이에 왕겨나 톱밥을 가득 집어넣고 나무풍구를 밀고 당기면서 바람을 일으켜 불을 때는 일쯤은 일상 하는 일로 별로 어렵지도 않았고 집안에서 하는 일이라서 부끄럽다는 생각이 전혀 들지 않았다.

그러나 바깥에서 하는 여자일은 정말 싫었다.

마을 한 가운데에 마을 공동용 디딜방앗간이 있었다. 동생이 밤에 자다가 오줌 싸면 머리에 씌어주던 널따란 키를 옆에 끼고 몽당 빗자루를 한 손에 들고 어머니를 따라나섰다. 방앗간 천장에 매듭지어 매달아놓은 굵은 새끼줄을 붙잡고 한쪽 방아다리만으로 발을 디뎌 찧어야 했다.

어머니가 쌀가루를 내거나 찰수수 등속을 방아에 찧어 키로 까불고 고르면 나는 옆에서 익숙하게 보조를 맞추어 돕곤 했다. 그야말로 손발이 척척 맞는 어머니의 조수였다. 나는 그렇게 잘 하면서도 이런 일을 피하려고 뺀들거렸다. 그래봤자 집안 형편상 어쩔 수 없이 해야 하는 나의 일거리였다. 그런 일쯤은 힘도 들지 않는 익숙한 일거리이기는 했어도 한참 감수성이 예민한 시기에 남들이 보는 앞에서는 매우 싫었다.

그뿐이 아니었다. 철을 따라 시내 외곽에 있는 회룡천에 나가 시퍼런 이끼가 비단같이 야들하게 낀 절벽바위 밑의 어머니의 치성터에 따라나서야 했다. 어머니는 여러 신령들에게 우리 가정의 무사무탈의 덕을 기원하였다. 그런 일은 무슨 때만 되면 연중행사처럼 거르지 않았고 지난 날들의 거듭되었던 불행 때문에 그 그런 행사가 정말 잦은 것 같았다.

정감록으로 인하여 공주 땅에서 겪은 고생과 온갖 수모를 뼈아프게 겪었던 지난날을 되새겨 다시는 그런 액운이 없기를 바라는 어머니의 간절한 소망을 그 치성터의 여러 신들에게 매달려 비는 정성을 이해 못하는 바가 아니었지만 늘 허황한 기복이라 의아하게 여기면서 따라다녔다.

회룡천 강가의 따가운 햇볕이 검푸르게 이끼긴 절벽바위를 비쳐주고 있는 그곳이 바로 신들의 은신처인 샤먼바위였고 어머니가 주술사였다. 어머니 입에서 줄줄 새어나오는 다양한 각종 신이 악령과 병마와 재앙을 물리쳐주는 능력을 가진 영묘 불가사의한 존재였다. 그러한 여러 신들이 어머니의 비난수를 들어줄 것이라고 어머니는 확신하고 계셨다.

이런 행사에도 밥을 지을 땔감으로 장작을 잘게 쪼개어 한 묶음 되게 새끼줄로 묶어서 한 손에 들고, 작은 무쇠 솥을 또 다른 손에 들고 어머니의 뒤를 따른다. 회룡천에 널리 펼쳐져 흐르는 강물의 얕은 곳을 골라가며 바지를 걷어 강을 건너 절벽 밑 모래톱에 들고 온 것들을 내려놓고 장작에 불을 피우곤 했다.

어머니의 순진한 기도

저 멀리 물가에서 따사로운 하얀 뭍에 홀로 앉아 조속조속 졸고 있던 백로가 홀연히 날아올라 새파랗게 맑은 회룡천 물줄기를 따라 가뭇한 하늘에 사라지는 것을 그것도 신인 것처럼 고개를 올려 물끄러미 쳐다보시는 어머니는 정성껏 지은 노구 메(신령에게 바치는 새로 지은 밥)를 떠놓고 손바닥에서 열이 나도록 여러 신들에게 유창한 말로, 그러나 고요한 소리로, 빌고 또 빌고 계셨다.

그러한 기복행위를 꼭 믿어서가 아니라 마음을 가다듬어 숙연한 자세로 정성을 드리면 불러 모신 상대신이 어머니의 갸륵한 정성에 감동하여 '거천재 내백복'去千災 來百福(천 가지 재앙은 다 물러가고 백가지 복만 모두 다 오라)할 것 같은 보답이 반드시 있을 것이라고 기대하시는 것 같았다.

그런 기도행사에도 내가 아니면 안 되는 역할을 이미 여자가 다 되어버린 착한 나는 군말 없이 하고 있었다.

역병으로 또 한 번의 저승여행길에

　그렇게 어질고 착한 나에게 숙명이 되어 따라다니는 액운은 또 다시 닥쳐왔다. 때를 가리지 않고 빌고 빌었던 회룡천의 제신들에게 그렇게 매달렸건만 내게는 너무 무심한 것 같았다. 태어나서부터 열일곱이 된 지금까지 계속 밀어닥치는 액운은 그치질 않고 이어지고 있는 것이다.

　그해 여름은 예년에 비해 유난히 습도가 높았고 무더웠다. 그래서였는지 당시의 제1종 법정전염병인 장티푸스가 함흥을 중심으로 주변 전 지역에 창궐하고 있었다.

　콜레라를 위시하여 장티푸스 등 제1종 법정전염병에 감염되면 국가가 나서서 격리수용해야 했다. 그리고 그 환자의 집에는 사람의 출입을 통제하고 집 앞에는 빨간 헝겊조각 여러 개를 묶어놓은 새끼줄을 쳐놓고 외부와의 교통을 엄히 막았다.

　장티푸스를 일컬어 역병 또는 염병이라고도 불렀다.

　그런데 자신이 장티푸스에 감염된 사실을 미처 알지 못한 어느 환자가 의원집이라고 아버지를 찾아왔다. 아버지는 환자의 병 증세가 심상치 않음을 직감하시고 얼른 함흥도립병원에 가보라고 환자를 타일러서 보냈다. 그리고 집안을 크레졸수를 흠뻑 뿌려 소독하고 야단법석을 떨었다.

그런 일이 있고부터 며칠이 지나 그만 잊고 있었는데 성긴 빗발이 실낱같이 흩뿌리던 어느 날부터 내가 오한이 나면서 온 몸이 나른하고 식욕이 없었다. 궂은비 내리는 한 밤에 몸이 노그라지기에 그냥 여름감기가 또 닥쳐오는가 싶었는데 두통과 함께 열이 오르고 걷잡을 수 없이 설사를 하기 시작했다. 체온은 갑자기 40도를 넘나드는 고열로 온 몸이 불덩이였다. 귀엣소리는 계속해서 이어졌다. 식구들 중에 유독 내가 그 몹쓸 염병에 걸려든 것이었다.

태어나면서부터 남달리 허약한 몸인데다가 무모한 가출 여행으로 쌓이고 쌓인 피로가 누적되어 면역기능이 현저히 감소되었던 모양이었다.

숙명은 잠시 편해 세상사 넉넉할 줄만 알고 있었다. 그렇게 믿었는데 내게 닥친 악과惡果는 태어나서부터 지금까지 계속해서 미혹의 세계를 맴돌고 있었다. 무엇이 얼마나 부족하여 신은 아직도 나를 놓아주지 않고 심판하려는지 야속하기만 했다.

아버지는 당국에 신고할까? 그냥 집에서 치료할까? 를 놓고 망설망설하시다가 용기를 내어 집에서 치료하기로 결심하셨다

제1종 전염병환자를 신고하지 않고 집에 두었다가 발각되면 그에 상응하는 처벌을 받아야 하는데도 아버지는 나를 집에 숨기셨다. 아버지는 서둘러 뒤채 방에 보관하고 있던 한약재를 그 방 부엌에 쌓고 방을 깨끗이 치우고 나를 눕혔다. 그리고 식구들에게 입단속을

철저히 하셨다.

만일 이 사실이 발각되면 당국으로부터 엄한 처벌이 내릴 것이 뻔히 내다보이는데다가 자식 하나를 자칫 죽게 할 수도 있다는 염려도 있었기 때문이었다.

당시 창궐했던 장티푸스에 감염된 환자는 함흥도립병원의 별동에 격리수용하여 치료하고 있었다. 그때만 해도 다이아진도 페니실린도 없었고 마땅한 치료약이 없었다. 그러다보니 환자 중 절반은 시체가 되어 나온다는 소문이 시중에 자자하여 이러한 사실을 모르는 사람이 없을 정도로 퍼져있었다. 아버지도 그러한 소문을 알고 계셨다.

자식을 사랑하는 부모의 마음이 이렇듯이 집안의 명운을 걸 정도로 극진하셨던 것이다. 아버지는 내가 누워있는 방 출입을 철저히 통제하고 아버지 혼자서만 드나들면서 치료에 정성을 다하셨다. 그것은 다른 식구의 전염을 막기 위한 배려였다.

아버지는 통제 받아야 할 환자가 집안에 있다는 사실에 대하여 자책감이 일기도 하였고, 또 한편 전염병 감염도 염려가 되어 창궐하고 있는 유행병이 잦아들 때까지 외래환자를 일체 받지 않는다고 써서 대문 앞에 붙이고 빗장을 걸었다.

먹는 것이라고는 약물과 멀건 미음뿐인데도 복통을 수반한 설사는 시도 때도 없이 밀고 나왔다. 먹는 것이 없으니 나오는 것 역시 맑스그레한 물에 치자물감을 노랗게 탄 것 같은 것만 나왔다. 몸은 불덩이처럼 달아올랐고 땀이 물속을 자맥질하듯이 흘렀다. 신음소리는 참으려 해도 저절로 새어나왔다. 잦은 헛소리에 기운이 다해 더욱

수척해졌다.

그 모양을 보고 계시는 마음 여린 아버지의 눈에는 안쓰러움에 몇 번이나 눈물이 고여 있음을 나는 누워있는 채 보았다. 아버지는 눈물을 닦고 계셨다. 전혀 차도를 보이지 않는 불쌍한 자식을 포기해야 하나를 고민하고 계셨던 모양 같았다.

아버지는 귀찮은 기색 하나 없이 기저귀를 갈아주고 요강을 부시는 일까지도 손수 하셨다. 가족 중 다른 식구에게 병균이 옮길까봐서 그런 구진 일도 마다하지 않으셨던 나의 아버지를 쳐다보면서 미안한 생각에 얼른 숨이 끊어져서 아버지의 수고를 덜어드리고 싶었다.

체온은 계속해서 40도를 넘나들었다. 땀을 그렇게 많이 흘리는데도 체온은 내려가지 않았다. 몸은 불덩이였다. 그 불덩이에 그대로 타서 사위어 없어져 버리고 싶었다. 이대로 몽달귀신이 되는 한이 있더라도 얼른 끝내고 싶었다.

나는 불덩이 같은 몸을 뒤척이다가 신음 중에 잠이 들면 넓은 들녘에 하얗게 쌓인 눈을 우리 집 월이와 함께 뛰놀면서 뒹굴고 또 뒹굴었다. 그러면서 하얀 눈을 한 움큼씩 집어 먹는 꿈을 꾸는 일이 잦았다.

하루는 할아버지와 함께 언젠가 가본 일이 있었던 함흥 북녘의 백운산을 꿈속에 올라갔다. 산 중턱까지 오르다가 하도 목이 타서 물을 찾아 계곡을 미끄럼 타듯 내려갔다. 구름이 한 다발 멈춰 쉬다가 간 계곡의 서덜 사이사이로 옥이 굴러가듯 한 차가운 물이 돌돌거리며 흐르고 있었다. 나는 지체 없이 계곡물에 입을 대고 엎드린 채 쉬지도 않고 계속해서 마냥 빨아 마시고 있었다. 너무나 달고 시원했다.

뒤에서는 지금 쉼 없이 마시고 있는 맑은 물이 뱃속을 통과해 똥물이 되어 그대로 그치지 않고 흘러나간다. 그렇게 얼마 동안 계속 마시다가 깨어나니 온몸은 불덩이요, 누렇게 설태 낀 혀는 말라서 오그라들고, 입안은 모래를 씹는 것 같고, 입술은 조여들고 있었다. 귀에서는 요란한 사이렌 소리가 들려오고, 머리는 바윗덩이로 짓누르는 듯이 아팠다.

그렇게 누워 신음한 지가 몇 주가 지났는지 몇 순(旬)이 지났는지 알수가 없었다.

나는 더 이상 견딜 수 없음을 자각했다. 생사존망이 왔다갔다 엇갈려 달리고 있었다. 정신이 아릿거리고 생기는 전혀 느껴지지 않았다. 지금 아니면 오늘 밤 안으로 죽겠구나 하고 체념하고 있었다. 하도 잦은 죽음을 체험한 나는 이제 그만 끝을 내자 정하고 나니 마음은 오히려 안정되는 것 같았다.

수년 전에 두 분 할머니의 임종을 보았다. 어린 여동생을 천사가데려가는 모습도 보았다. 남아있는 기운을 다 소진하고 아무런 표정없이 조용히 눈을 감고 그렇게 하늘로 올랐다. 나도 그 과정을 겪으면서 조용히 가고 있었다.

그렇게 이승을 정리하고 보니 부모님이 내게 주신 그동안의 극진한 사랑과 정성이 못내 아쉬웠다. 내가 죽으면 아버지 어머니는 물론이거니와 식구들 모두가 얼마나 슬퍼하실까?

내가 지난 16년을 살면서 남에게 나쁜 일은 하지 않았다. 다만 한가지 꺼리는 일이 있었다면 편안히 잘 살고 있는 친구를 꼬여 무단

가출하게 한 일이었다. 그것은 9일 만에 제자리로 돌려놓았으니 어느 정도 면죄는 되지 않았나 싶어 죽더라도 지옥에 떨어지는 일은 없을 것이라고 생각했다.

나는 어렸을 때부터 선과 악에 대한 훈육을 솔지 않게 많이 받았다. 자비와 봉사에 대한 교훈도 너무도 많이 받아왔던 터라 나쁜 일을 하면 지옥에 떨어진다는 두려움이 늘 머릿속에 잠재되어 있었다. 그렇기 때문에 항상 선악 간에 조심하던 바였다.

그렇게 세상과의 하직을 생각하면서 하룻밤을 지냈더니 몸과 마음이 어제와 달리 의외로 편안했다. 나도 이제 오늘 내일이면 명부冥府의 아동 편에 이름이 적힐 것이라 여기고 있었다.

사람이 죽음과 사투하다가 임종이 가까워지면 정리할 시간으로 잠시잠깐 안정을 취한다는 말을 여러 번 들어왔다. 내가 지금 황천길에 들어서서 그 같은 경우를 겪고 있는 것이었다.

그런데 그것이 아니었다. 우여곡절이 하도 많았던 불쌍한 자식 놈 하나를 건져내야 하겠다는 오롯한 염원으로 당신의 감염위험을 무릅쓰신 아버지의 희생적 치료는 그 열정만큼 효과가 나타났던 것이다.

아버지의 자식을 향한 갖은 정성을 다 바친 지극한 사랑에 하늘이 감동하여 그렇게 심하던 고열은 점차로 내렸고, 멈출 줄 모르던 설사가 마침내 멎어가고 있었다.

신선세계가 아닌 저승구멍

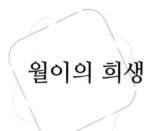

월이의 희생

질긴 목숨이 이번에도 살아났다. 세속을 떠나 어둠의 황천에서 노닐다가 극적으로 다시 살아났던 것이다. 오랫동안 남모르게 독방에 숨어서 앓고 있던 나는 차츰차츰 생기가 돌았다.

그렇게 모든 것이 제자리로 다 돌아오고 있는데 머리카락이 몽땅 빠져있었다. 불문에 갓 입문한 사미승의 머리처럼 빡빡 밀어붙인 듯 반질반질한 위에 희끔한 솜털이 삐쭉삐쭉 조금씩 남아 있는 것이 고작이었다.

몸은 뼈를 싼 쪼글쪼글한 가죽만 헐렁하게 남아있었다. 햇빛을 보지 못해 얼굴은 박꽃처럼 창백했고 가뜩이나 왜소한 체격이 더 할 수없이 쭈그러들었다. 그러면서도 정신만은 생기가 돌아 우울함도 수심도 다 사라지고 샛별처럼 맑았다.

햇볕이 그리워 비칠거리면서 바깥에 나가보았다. 눈이 부셔서 사물을 볼 수가 없었다. 모진 목숨 살았다고 귀에 익은 새소리가 예전처럼 노래로 들려왔고, 뒤뜰의 살피꽃밭에 지천으로 흐드러졌던 여름 꽃은 이미 지워지고 초가을의 텃밭에는 내가 좋아하는 검붉은 가지가 시든 잎사귀에 가리어 두어 개가 시들하게 매달려 있을 뿐이었다.

며칠이 지난 어느 이른 아침 뒤뜰에서 와자지껄하게 떠드는 소리에 아침잠을 깼다. 어떤 좋지 않은 예감이 느껴졌다. 나는 궁금한 생각에 문밖으로 나가보았다.

아니나 다르랴. 뒤뜰 바자울 밑 살피꽃밭 앞에 커다란 멍석이 둘둘 말려져 있었다. 그 멍석의 한쪽 끝에 우리 집 누렁이 월이가 밧줄에 목이 매어있었다. 누렁이는 혀를 빼어 입 바깥으로 축 늘어뜨리고, 눈은 툭 불거져서 무엇인가 말하려는 듯이 나를 쳐다보며 바들바들 떨고 있었다.

찾아오는 환자들에게 위협과 불편을 주지 않기 위해 월이는 앞마당에 얼씬도 못하게 하고, 항상 뒷마당에다 풀어 놓았다. 기죽 목걸이는 채워 놓았으나 개 줄은 매어놓지 않았다. 넓은 뒤울 안 어디에고 제 마음대로 돌아다닐 수 있게 하여 자유를 만끽하게 해 주었다. 내가 늘 같이 놀아주어서 심심하지도 않았다.

월이는 우리와 한 가족이었다. 내가 뒤뜰에 나가면 월이는 얼른 다가와서 묵직한 몸을 바지자락에 기어들어 비비면서 꼬리를 흔들었다.

바자울 좌판 판매대에 로스케가 다가오면 험상 굳은 표정으로 악을 쓰고 짖었다. 월이는 로스케를 싫어했다. 로스케의 냄새가 싫었던 모양이었다. 로스케는 소련 군인을 하대해 부르는 이름으로 불리고 있었다. 월이도 그들 로스케를 하대했다.

그러던 월이가 숨이 끊어지기 얼마 남지 않은 임종의 시간을 보내고 있었다. 월이는 자기를 사랑해주던 나를 위해 자신의 희생으로 기꺼이 보답하노라고 말하는 것 같았다. 나를 쳐다보고 있는 눈이 원망하는 기색 없이 그렇게 보였다. 나는 가엾은 생각에 눈물이 났다. 내가 진즉에 알았으면 이런 끔찍한 일을 못하게 극구 말렸을 것이었다.

누렁이는 식구들의 사랑을 한 몸에 받으면서 죄 많은 나보다 행복하게 살았다. 부르면 다가와서 꼬리를 흔들고 비벼대던 누렁이가 눈앞에 선하건만 얼마나 슬프기에 눈을 부릅뜨는가 싶어 가슴이 저려왔다. 나는 누렁이의 영혼 앞에 꿇어앉아 애도의 말로 위로해줄 수만 있다면 그렇게 해주고 싶었다.

낯모르는 사람 셋이 월이의 목숨이 끊어지기를 기다리고 있었다. 어머니는 나한테 보고 있지 말고 방에 들어가 있으라고 하셨다. 삽시간에 월이는 손 싸게 해체되고 있었다. 이제 누렁이가 짖는 소리를 듣기가 아득해졌다.

낯선 장정 세 사람은 살코기만 남겨놓고 피가 뚝뚝 떨어지는 머리와 내장과 가죽까지의 나머지 부분을 마분지에 죄다 싸서 가지고 갔다.

뒤뜰은 예전보다 더 괴괴했다.

옛날부터 여름 보양식으로 개고기를 으뜸으로 먹었다. 개고기를 일컫기를 "성질이 따뜻하여 몸을 데워주고 양도陽道를 튼튼하게 한다"고 하였다.(犬肉性溫壯陽)

부모님은 가엾고 모진 운명의 이 자식을 위해서라면 못할 것이 없으셨다. 그래서 그런 끔찍한 일도 서슴없이 하셨다. 그것 말고도 허약해진 몸을 추스르는데 가장 좋은 보약을 정성껏 달여서 조석으로 먹었다.

　그와 같은 극진한 조섭으로 나의 회복은 빨랐다. 얼굴에 혈색이 돌고 기운이 생겼다. 거리에 나가고 싶은 욕망도 생겼다. 그러나 머리는 반들반들한 중대머리 그대로였다. 머리뼈가 잘 익은 흰 박처럼 단단해서인지 머리카락은 쉬이 돋아나오려고 하지 않았다.

월이의 왕생을 염원하다

서빙고역에서의 고액과 앙화

공산치하의 난세에 보안대원들의 행포는 도를 넘고 있었다. 이에 시달린 시민들은 고달팠고 집집마다 한숨이었다. 그런 사람들은 암암리에 38선을 넘을 구체적인 계획들을 세우고 있었고 시내에는 비워둔 집들이 허다했다.

38선을 남하하겠다고 친구를 꼬여 무모하리만큼 계획 없이 무단 가출을 단행했던 나는 실패로 인한 허탈감으로 시르죽어 있었다. 그 후유증으로 이번에는 역병에 걸려 또 한 차례 죽음의 길목에서 헤매다가 극적으로 살아났다.

그런 일, 이런 일로 의기소침해 있던 중 아버지의 빈틈없는 사전 계획으로 형과 나는 전문 안내원이 밀착한 가운데 함흥을 기차로 떠났다. 멀리 한반도를 가로질러 서해의 38선에 인접한 해주까지 무사히 도착했다.

전문 안내원의 민첩한 동작으로 해주의 남쪽 어느 해안가에 이르렀다. 그곳에서 달도 없는 어둔 바다를 자정 넘은 시간에 쪽배를 탔다. 썰물지기 전 시간을 소리죽여 노를 저어 건너편 개펄에 내려주고 안내원은 되돌아갔다. 우리 형제는 죽을힘을 다해 펄을 달려 뭍에 닿았다. 그 닿은 곳이 남한 땅이었다. 그렇게 염원하던 38선 월남은 성공했다. 그때가 1947년 3월 18일이었다.

아버지는 우리에게 두 통의 편지를 써주셨다. 그 중 한 통의 편지에는 서빙고에 사시는 노선생을 찾아가라고 하셨고, 그것이 여의치 않으면 다른 한 통의 편지로 후암동에 사시는 태선생을 찾아가라고 하셨다.

태선생은 열성 독립운동가로서 이따금씩 아버지를 찾아 얼마간의 독립운동자금을 얻어 가신 분이였으니 살림이 궁해도 의리는 지키실 분이라고 하셨다. 그렇기는 하지만 독립운동가로 너무나 청렴한 성품인데다가 자식들이 많아서 사시는 형편이 어려울 것이니 뒤로 미루고 노선생을 먼저 찾아가라고 하셨다.

노선생에게는 버르장머리 없는 삼대독자 재신宰臣이라는 망나니 아들이 있었다. 늦은 나이에 하나밖에 없는 자식이다 보니 제 하자는 대로 내버려두어서 도무지 안하무인이었다. 재신은 20대 초반의 젊은 나이에 기생집을 제집 드나들 듯 오입질을 일삼다가 성병 중에 가장 지독한 매독에 딱 걸렸다. 당시의 매독은 지금의 에이즈에 비견할만한 무서운 성병이었다.

노재신은 아픈 사타구니를 두 손으로 움켜쥐고 어기적거리며 병원 이곳저곳을 쫓아다녔지만 치료가 여의치 못하여 고생고생 하다가 마지막으로 자기 아버지 노선생을 앞세워 찾아온 의원집이 우리 집이요 우리 아버지였다.

노선생은 한숨 쉬며 건달아들을 데리고 매일같이 우리 아버지를 의탁하여 치료 받게 했다. 재신이 우리 집 문턱을 넘나들지 얼마 안 되어 사타구니에 생겼던 헌데가 차츰차츰 아물기 시작하여 차도를 보이더니 헐어서 어기적거리며 다니던 재신의 혹독한 매독이 말끔히 낳았다.

병이 나아져 몸이 자유로워지자 언제 고생했더냐 하고 또 다시 못된 짓만 골라가며 일을 저지르면서 거리를 휘젓고 다녔다. 그렇게 부모의 속을 어지간히도 썩이는 자였다. 그 후로 노선생은 우리 아버지에게 크게 감사하며 가족 모두 아버지를 주치의로 삼고 자주 찾아왔었다.

일제로부터 해방이 되자 일본인은 저지른 악행에 대한 보복이 두려워 하나같이 목숨을 살려 본국으로 도망갔고 일본인을 상대로 사업하던 사람들은 사업 줄이 끊겨 더 이상 사업할 수가 없게 되었다.

본시 서울사람인 노선생은 사업 줄이 끊긴 함흥에 그냥 그대로 있을 필요가 없어졌다. 노선생은 가족과 함께 바로 38선을 넘어 서울에 집을 얻어 이사를 갔다. 그 노선생이 이사를 가면서 아버지에게 인사차 들려서 38선을 넘어 서울에 오시게 되면 들리시라면서 주소를 건네준 바가 있었다.

우리 형제는 서울의 큰 도시에서 두려움 속에 부질없이 거리를 헤매다가 근근이 수소문하여 노선생 댁을 먼저 찾았다. 형은 자식을 부탁하는 아버지의 간절한 편지를 내밀어올렸다. 편지 내용이 '가족 모두가 곧바로 월남할 것이니 그때까지만 자식들을 맡아주시면 고맙겠습니다' 고 부탁하는 간절한 사연이었다.

그 집이 서빙고역의 철도관사였다. 방이 세 개가 있는 일본 집 구조였는데 마당 앞에 창고가 달린 일본식 목욕탕이 있었다. 노선생 내외분과 재신이 방 하나씩 쓰고 남은 방 하나를 우리 형제에게 내어주었다. 밥은 거실에서 함께 한 상에서 먹었다.

지난날 함흥에서 의원을 찾아 우리 집을 왕래하던 노선생을 나는 가끔씩 곁눈으로 보기는 했어도 낯이 설어 서먹서먹한 나날을 보내고 있었다.

구차하게 의지한다는 생각을 버리려고 애썼지만 늘 바늘방석에 앉은 것 같아 둥근 밥상머리에 마주 앉기가 송구스럽고 아무리 어린 몸이라 하더라도 잠자리는 불편했다.

우리 형제는 일거리를 찾았다. 서빙고에서 몇 사람이 다니는 일자리를 우리 형제는 함께 따라나섰다. 아침 일찍 이태원까지 걸어가서 기다리고 있으면 트럭이 왔다. 채석장으로 가는 차였다. 트럭 적재함에 짐짝처럼 타고가면 바로 일이 시작되었다.

돌을 채석하여 어디론가 싣고 가면 나머지 부스러기를 쇄석기가 자갈로 부셔놓는다. 그 부서진 자갈이 쇄석기 주변에 쌓이지 않도록 외바퀴 손수레로 나르는 단순한 작업을 많은 일꾼들이 땀을 흘려가며 하고 있었다. 하루의 작업을 마치면 이태원으로 다시 데려다주었다.

형과 나는 저녁 일찍 잠자리에 들었어도 아침에 일어나기가 힘들 정도로 피곤한 하루하루를 보내고 있었다.

그러던 어느 날 저녁에 곤히 잠든 우리를 20대 후반의 그 집 외아들 재신 아저씨가 깨워서 일어났다. 그는 아무 설명 없이 그냥 따라

오라고만 했다. 우리 형제는 영문도 모르고 백수건달 재신 아저씨를 따라나섰다. 우리는 몸을 기탁하고 있는 처지로 주인댁 외아들의 분부를 거역할 입장이 못 되었다.

깊은 밤 개 부리듯 시끄럽게 불러 이끌고 간 곳이 서빙고역참의 수십 갈래로 깔린 철로 위에 수도 없이 늘어서 있는 수백 량의 화물차량이었다. 그 화물차에는 미군의 군수물자가 가득가득 실려져 있었다. 그 대부분이 건설자재였다. 미송이라는 제재목이 제일 많았고 그 다음이 시멘트였다.

캄캄한 한밤중에 어느 차량의 묵직한 검은 문이 삑 소리를 내며 손쉽게 열렸다. 그 안에는 시멘트가 꽉 차 있었다. 노재신은 차에 올라 시멘트 포대를 내리면서 우리더러 어깨에 메라고 했다. 우리는 거절할 처지가 못 되는지라 시키는 대로 시멘트포대를 어깨에 메고 집 앞마당의 목욕탕 창고에 부려놓았다. 수십 번 걸음으로 시멘트는 창고에 꽉 찰 때까지 차곡차곡 쌓였다.

우리 형제가 남의 집에 얹혀 살다보니 본의 아니게 사람이 해서는 아니 될 절도행위에 가담하게 되었던 것이다. 그것도 군수물자 절도였다. 그것은 현장에서 총살당해도 무어라 할 말이 없을 중대한 절도 행위였다.

노재신은 잠결에 어리둥절한 우리 형제를 끌어다가 나락으로 떨어뜨렸고, 우리는 본의 아니게 도적질에 가담하면서 상도常道를 어기는 바 되었다.

그곳을 경비하고 있던 국방경비대 경비병이 게으름을 피우며 흩어져 잠을 자고 있다가 새벽순찰에 나섰다. 시멘트 포대에서 새어 흘러내린 시멘트가루가 화물차량 앞바닥에 수북했고 거기에서부터 집 마당 앞 창고에 이르기까지 시멘트 가루는 한 줄로 일부로 표시한 것처럼 흘려져 있었던 것이다.

당혹한 경비병은 성난 눈을 독살스럽게 부릅뜨고 범인 색출에 나섰다. 탐색을 지켜본 노재신은 기미를 알아채고 다급하게 형을 깨웠다. 그리고 두 사람은 어디엔가 바람처럼 도망쳤다. 다급한 나머지 나를 그대로 두고 자기들만 도망쳤다.

피곤한 잠결에 아무 것도 모르고 천진스럽게 자고 있는 나는 깨우는 소리에 눈을 떴다. 내 앞에는 구두를 신은 채 다다미방에 들어온 경비병이 구둣발로 툭툭 배를 걷어차며 으름장을 놓고 있었다. 나는 속이 뜨끔했다. 정신을 차릴 겨를도 없이 목덜미를 잡혀 끌려 나갔다.

나를 물증이 뚜렷이 남이 있는 화물차량 앞까지 끌고 가더니 하역작업 중에 부러진 굵은 미송각목을 주워들고 다짜고짜로 후려친다. 아직 뼈도 굳지 않은 어린 것을 몸통과 머리와 다리까지 어디를 가리지 않고 온 힘을 다 실어 닥치는 대로 때리고 또 때린다. 때리기 좋은 허리는 더 집중적으로 얻어맞고 있었다.

나는 형과 재신아저씨가 극도로 미웠다. 도망가려면 나까지 데리고 갈 것이지 저희들만 살겠다고 도망갔다고 원망했다.

나는 더 이상 버틸 수가 없었다. 각목에 얻어맞은 허리에 살이 찢어져 몹시 쓰리고 아팠다. 계속되는 매질 앞에 내 의지는 하잘 것 없이 미약했다. 눈앞에 별이 뜨고 사물이 점점 흐릿해 보였다. 이젠 맞아도 아픈 감각이 없었다. 몸의 모든 감각이 마비되었다. 신음하려 해도 소리가 나오지 않았고 눈을 떠보려 해도 빛이 없었다. 몸은 나른하고 정신은 희미해져 저승 문을 두드리고 있었다.

그때 키가 훤칠하게 큰 미군 병사 한 사람이 다가와서 매질하고 있는 그 경비병을 M1소총 개머리판으로 내리치는 것을 희미한 정신 속에서 가물가물 본 것 같았다. 나는 그만 까무러쳤고 그것이 내가 본 마지막이었다.

열여덟 살의 소년은 미처 커보지도 못하고 그것도 절도범의 오명을 쓰고 이렇게 저승길 언덕을 헤매고 있었다. 아직 여물지도 못한 내 영혼은 울부짖으며 어린 육체를 버려두고 이탈하려고 하였다.

인간사 흥망성쇠 무상도 하다는데, 이 내 몸 어이하여 옥조이기만 하는 것일까? 부모와 천리 밖에 떨어져 각기 나눠 살다가 몸은 죽고 넋도 외롭고 뼈도 거두지 못할 것 같았다. 이렇게 죽어가는 내 신세가 숲 속에 깃든 까막까치보다 못했다.

그렇게 나는 그대로 죽어 있었다.

죽어 쓰러졌다가 눈을 떴을 때에 나는 서빙고역 대합실의 긴 나무 의자에 누워 있었다. 선로 위에 쓰러져 있었던 나를 누가 옮겨놓았는지 알 수가 없다. 그 악질 경비병이 옮겼다고는 생각지 않았다. 그렇다면 경비병을 나무라던 키가 큰 미군이 옮겼을 것이었다.

이른 아침부터 한낮에 이르는 6시간을 그렇게 죽은 상태로 누워 있었다. 응급치료를 받은 흔적은 전혀 없었다. 살아나면 다행이고 그대로 아주 죽어버리면 불량소년의 행려사망쯤으로 처리되었을 것이었다.

세상에는 재벌이나 고관대작의 자식으로 태어나 호강 속에 일생을 마치는 팔자 좋은 아이가 있다. 반면에 부모의 얼굴도 모르고 천애 고아로 외로움과 배고픔 속에 허덕이며 살아야하는 기박한 운명을 사는 아이도 있다.

그렇다면 나는 무엇인가? 어엿한 가정에서 부모의 보호와 사랑을 받으며 그리 나쁘지 않은 환경에서 살고 있어 그런대로 살만한 팔자가 아니던가. 그런데 왜 이다지 매사에 꼬여 어린 나이임에도 불구하고 죽음이 하도 잦게 찾아 죽음을 일상으로 여길 만큼 고달프게 살아야 하는가 하는 억울한 생각을 할 때가 한두 번이 아니었다.

웬만한 집 아이들이라면 아직도 부모에게 매달려 어리광이나 부리면서 살아야 하는 나이에 나는 무엇이 어떻게 잘못되었기에 벌써 몇 번이나 고된 황천길을 왕래해야 하는 모진 일을 당하고 있는가? 내가 전생에 씻지 못할 큰 죄를 얼마나 지었기에 이 같은 고통의 굴레를 벗어나지 못하고 있는 것인가?

나는 소나 말처럼 당하기만 했다

취조실

내가 어떻게 눈을 떴는지 기억할 수가 없다. 눈이 뜨이자 미처 정신 차릴 겨를도 없이 다른 경비병 몇 사람이 다가와서 지프차에 나를 태워 어디론가 가고 있었다. 나는 아픈 허리를 가눌 수가 없었다. 아마도 척추에 크게 변고가 생긴 것 같았다. 신음소리는 나 자신의 의지와 달리 저절로 새어나왔다.

나는 나를 세상에 태어나게 한 하늘을 저주하고 있었다. 절도죄로 인한 재앙으로 숨이 끊어졌다가 되살기는 했어도 가문의 명예를 도둑으로 더럽힌 것이 못내 꺼렸다.

'더 이상 맞을 자리도 없는데 될 대로 되어라. 팔자라고 더럽게도 태어난 내가 무슨 뉘를 보겠다고 버둥거릴까보냐. 죽으면 그만이지 뭐! 차라리 잘 되었다.' 이렇게 모든 것을 자포자기하고 있었다. 별의별 생각이 꼬리를 물고 있는데 차는 태릉에 있는 국방경비대 연대본부의 취조실 앞에 이르렀다.

취조실에는 노재신과 형이 이미 잡혀와 있었다. 군수물자 절도범 셋이 모두 다 잡혀온 것이다. 그때부터 군수품 절도범에 대한 취조가 시작되었다.

국방경비대는 미군정하에 모집, 창설된 초기군대로서 오늘날 국군의 모체였다.

당시 모병에 응모한 병사들 중에는 국가 재건에 힘을 보태겠다는 투철한 국가관을 가진 청년들이 많았다. 그런가 하면 반대로 오갈데 없고 의지가지없는 청년들과 사회에 패악을 끼치다가 경찰에 쫓기던 무지막지한 자들이 은신처로 입대한 경우도 많이 있었다. 그런 자들이 많이 참여한 군대였던 만큼 참된 용기가 있는 자가 있는 반면에 매우 거칠고 악랄하고 포악한 자들이 많았다.

노재신과 형이 옆방에 불려가더니 누르께하고 질깃한 무슨 고무덩어리 같은 긴 물건으로 무수히 얻어맞고 있었다. 나는 대기실에서 건너 방 유리창 안을 들여다보면서 두려움에 벌벌 떨고 있었다.

대기실에 있던 병사들이 지금 때리고 있는 고무 같은 저것이 말의 신腎을 빼어내서 볕에 말린 것으로 찔깃찔깃하면서 한 번 때리면 살에 칭칭 감기는데 참을 수 없는 고통을 준다고 서로들 말하고 있었다.

나는 얻어맞는 두 사람을 유리창 너머로 건너다보면서 단순한 하수인에 불과한 형이 안쓰러워 볼 수가 없었다. 매는 주모자와 하수인을 가리지 않고 똑같이 때리고 있었다. 그것을 보고 있는 나는 너무 불공평하다는 생각이 들어 노재신에게는 복수심 같은 것이 더 치밀었다. 내가 맞은 것만큼 실컷 더 많이 얻어맞았으면 좋겠다는 비뚤어진 생각을 아니할 수가 없었다.

두 사람은 옛날 죄인이 관아 앞에 엉덩이를 들어내고 엎드려 곤장

중에 제일 두꺼운 버드나무 치도곤治盜棍으로 볼기가 터지도록 얻어 맞는 그와 같은 혹독한 매를 몸을 뒤틀어가며 맞고 있었다. 그렇지 만 지금 맞고 있는 매라야 이른 아침에 내가 얻어맞은 무지막지한 매에 비하면 아무 것도 아니다 싶었다. 두 사람은 그런 고통을 겪고 나서 다른 방으로 끌려갔다.

나는 내 차례는 언제 오나 하는 공포심에 마음이 조여들어 견딜 수 가 없었다. 그렇게 조마조마 기다리고 있었는데 별다른 움직임 없이 의외로 조용했다.

나는 서빙고 현장에서 이미 많이 맞고 6시간이나 실신한 상태로 죽어있었고, 허리가 끊어지는 아픔을 견뎌가면서 연행되었다. 그러 한 보고를 받았는지, 아니면 아직 어리다고 건드리지 않는 것인지 아무튼 대기실에서 그냥 마음 조이며 기다리고 있었을 따름이었다.

노재신은 어젯밤에 저지른 절도행위를 순순히 인정하고, 다시는 이런 행위를 하지 않겠다고 다짐하는 조서에 손도장을 찍고 그것으 로 이 사건을 마무리 지었다.

며칠이 지났는데도 허리는 견딜 수없이 아팠다. 굵은 각목으로 무 지막지하게 얻어맞았던 그래서 가사상태로 6시간이나 정신을 잃고 죽어있었던 후유증이 쉬이 가라앉지 않았다. 몸도 많이 아팠지만 마 음을 더 앓고 있었다. 사람은 상대가 누구냐에 따라서 차갑게도 따 뜻하게도 느껴지는 것이다. 한 집에서 어쩔 수없이 함께 지내야하는 처지에 노재신을 보기가 정말 싫었다. 얼러 키운 후레자식이란 말이 딱 어울리는 그런 망나니였다.

노선생이 하나밖에 없는 자식이 출세하여 고관대작에 오르라고 애써 지어준 이름 재신宰臣이 다만 무색했다.

그 일이 있고부터 노선생님은 우리 형제에게 미안하고 무엇보다 아버지에게 면목이 서지 않아 안절부절 못하고 있었다. 무뢰배 아들로 인한 예기치 못한 사고와 그로 인해 남의 자식 하나를 죽일 뻔 했던 끔찍한 일을 놓고 생각할 때 마음에 죄스러워 감당할 방법이 없었을 것이었다.

그도 그렇지만 마을 사람들에게 망신스러워 얼굴을 들고 밖에 나설 수가 없었다. 그래서 서둘러 용산구 청파동 입구에 일본식 건물을 사서 이사를 갔다. 우리 형제도 따라갈 수밖에 없었다.

환경이 바뀌었다 하여 나의 비뚤어진 마음속의 아픔이 쉬이 치유되지는 않았다. 나는 살아나갈 방도를 잃었다. 나는 더 이상 참을 수가 없었다. 노재신을 보기가 정말 싫었다. 노재신은 물론이지만 형을 보기조차도 정말 싫었다.

그러던 어느 날 나는 서울역에서 춘천으로 가는 개찰구에 이어지는 줄을 서고 있었다. 줄은 네 줄로 역 대합실의 바깥 수십 미터까지 늘어졌다. 춘천에서 기술소년병 모집이 있다는 광고를 본 소년들은 죄다 모인 듯했다.

기다리는 줄을 한 걸음 한걸음씩 좁혀나가면서 나는 생각했다. 이른 봄 바위틈에 숨어 피는 노루귀꽃처럼 아무도 보아줄 사람 없이도 홀로 피고 성장할 수 있는 능력을 나 혼자의 힘으로 키우자 하고 다부진 각오를 하고 있었다.

또한 이번 길만이라도 불우한 길이 아니기를 바랐다. 그랬건만 험난한 나의 인생에 그 무엇이 내 뜻에 맞으리오. 내가 선 줄이 역 대합실 큰문 안으로 막 들어설 무렵 나는 또 실패를 자인해야 했다.

노선생과 형은 내가 보이지 않음에 의심이 일어 방안을 살펴보았다. 형은 나의 옷가지가 없어진 것을 보고 깜짝 놀랐다. 내가 방안에 무심코 놓고 나왔던 광고지를 발견하고 낌새를 짐작한 두 사람은 급히 서울역을 향해 달렸다.

수백 명의 소년들이 길게 줄을 서있는 가운데에서 조급히 찾다가 나를 발견하고는 안도의 한숨을 내쉬었다. 노선생은 자기 자식의 악행으로 믿고 맡겼던 은인의 귀한 자식을 잃게 될 것에 몹시 불안하였던 것이었다.

노선생과 형은 나의 손을 잡고 집으로 돌아가자며 애원하고 있었던 것이었다.

그 애원에 나의 굳은 의지는 또 한 번 꺾이고 말았다. 이 일련의 사건이 노선생 댁에 의탁한지 불과 3개월 사이에 일어난 사건들이었다.

거짓만 있고 진실은 겉돌았다

가난에 쪼들린
독립운동가의 집

　우리 형제는 고민해야 했다. 노선생 댁에 더 이상 머물 수가 없었다. 피차간에 눈치가 보여 어색하기 이를 데가 없었다. 연세 70줄에 들어선 노선생 내외분은 우리를 보기가 미안하여 어찌할 바를 몰라 하셨고 우리는 노재신을 보는 것이 너무나 싫었다.

　형에게는 아버지가 써주신 또 한 통의 편지가 있었다. 그것이 후암동에 있는 태 선생님이었다. 그래서 우리 두 형제는 후암동 태 선생님 댁을 물어물어 찾아갔다.

　태 선생은 독립운동의 공로로 후암동에서 동장 일을 맡아보고 계셨다. 태 선생은 해방이 되었는데도 양쪽 옆구리에 항상 쌍권총을 차고 있었다. 지난날 일본의 압제에 맞서 싸웠던 것이 지금은 공산당 지하조직과의 암투로 늘 위험에 처해 있었기 때문이었다.

　태 선생에게는 가정이 없었다. 그 많은 가족을 돌보는 일은 관심 밖의 일이었고 일본의 압제 하에서나 해방된 지금이나 오직 국가에 충성하는 것 말고는 없었다.

　그러다보니 태 선생 댁은 늘 가난을 벗어날 수가 없었다. 우리 형제보다 나이가 훨씬 많은 큰아들부터 시작하여 아들만 일곱 명이었다. 그리고 막내로 어린 딸 하나가 있었다. 태 선생의 독립운동 주무대가 만주벌이었다. 태 선생은 독립운동자금을 모금하려고 가끔씩 밀입국하였다. 그럴 때마다 병이 들어 몸이 불편한 동지를 데리고 아버지를 찾아왔고, 더하여 독립운동자금으로 약간씩의 도움을 아버지로부터 받아 가셨던 분이었다.

그리고 내친걸음에 잠시 그리던 집에 잠입해 들기만 하면 아들이 생겼다. 태 선생은 나라가 우선이라 집에는 관심이 없었다. 항상 쫓기는 몸이라서 자식들을 공부도 제대로 시킬 수가 없었고 자식들을 돌볼 겨를이 없었다. 또한 자식들은 일제하에서 불령선인不逞鮮人(일제에 항거하는 세력)으로 낙인 찍혀 학교에 다닐 수도 취직할 수도 없었다.

오늘날의 경험으로 보아 독립운동가의 자손들 대부분이 사회에 빛을 보는 일이 매우 드물다. 그러한 형편이라 집안이 찢어지게 가난할 것은 어쩌면 너무도 당연한 일이었다.

그렇게 열악한 환경 속에 우리 형제가 얹혀살았다. 하루에 두 끼를 깡 보리밥 반 사발에 멀건 간장을 숟가락 끝으로 찍어먹는 것을 일상처럼 하고 있었다. 그런 집에 우리 두 형제가 끼어 살자니 우리 마음은 송곳방석 같았다.

그 당시 형이 무슨 일을 했는지 기억나지 않는다. 나한테는 태 선생께서 당신이 동장으로 있는 동사무소에 기류계보조원으로 일하라고 하셨다. 38선을 넘어온 피난민이 대거 후암동 변두리의 산동네에 찾아들었다. 이들 대부분이 평안북도 선천군에서 피난 온 사람들이었고, 그 중에 다른 지역사람도 더러 끼어 있었다.

많은 식솔을 거느리고 월남한 사람들이 자리를 잡고 동사무소에 등록해야 했다. 그리고 새로운 호적을 만들어야 했다. 이 절차가 이루어져야 대한민국 국민이 될 수가 있었고 무엇보다 구호미를 배급받을 수가 있었다.

이렇게 밀려드는 피난민으로 하여 동사무소에서는 일손이 터무니없이 부족했다. 그렇게 폭주하는 업무를 동사무소 정직원만으로는 감당할 수가 없어서 보조직원을 둘 수밖에 없었다. 그 일을 내가 맡았고, 그 후에도 피난인구 수의 폭주로 이근성과 최점석등 두 명을 더 기용했다.

후암동 동사무소 보조직원이 된 것이 내 나이 18세 때였다. 나는 창구에 앉아서 밀물같이 밀려드는 월남피난민을 상대로 입주등록수속을 해주고 가족 수에 맞추어 구호미 배급 통장을 만들어 주었다. 내가 맡은 주 업무가 그것이었다. 더하여 용산구청에서 새 호적을 만드는 일까지 도와주었다.

월남피난민들에게 각기 가족 수에 맞추어 저가로 구호미를 배급해주는 일도 나는 팔을 걷어 부치고 틈나는 대로 도왔고 동사무소에 수많은 주민들을 줄 세워놓고 예방접종 하는 보조 의료행위까지 익숙하게 해냈다. 이렇게 주변을 살펴가며 내가 할 수 있는 일은 무엇이고 다 했다.

태선생은 그런 내가 착하고 귀여우셨던지 동내 유지로부터 저녁 초대가 있을 때면 의례히 나를 앞세워 데리고 가시는 은혜를 베푸셨다. 사회를 헤쳐 살아가자면 견문이 넓어야 한다면서 사람 사는 모습을 잘 보아두라고 하는 교훈을 잊지 않으셨다.

    동사무소 보조직원 일을 시작한지 한 달 남짓 보낸 1947년 8월 하순에 그렇게도 그리던 우리 가족이 모두 다 월남하여 수용소 천막에서 잠시 머물렀다가 후암동 동장이신 태 선생님의 주선으로 후암동 외곽 달동네에 터를 잡고 집을 지어 오랜 만에 열한 식구가 행복한 웃음 속에 다 모였다.

    그곳이 용산구 후암동 415번지의 야산을 각자가 적당한 넓이로 의욕 껏 깎아 만든 달동네요, 월남피란민들의 취락지역이고 보금자리였다.

    또한 남한에 월남하여 새로 만든 우리 집 호적의 본적지 주소이기도 했다.

세상에서 제일 올곧은, 사람들

4장

번성한
우리겨레

윗대의 얼

우리 조상 중에 신윤면申允冕(1835~1917)이라는 함자를 가지신 어른이 평산 신씨 세계平山 申氏 世系의 33世가 되시는 나의 고조부님이시다. 이 어른이 함경남도 홍원군 경포면에 사시면서 의원醫員을 가업으로 첫 출발하셨고 대를 이어 6대에 이르게 하신 의사 가문으로서의 시조어른이시다.

조선 선조 때의 명의로 동의보감을 저술한 허준과 의술을 견주어 그 정도의 차이를 가늠할 수는 없겠으나 의원으로서의 얼 만큼은 그 누구에게도 뒤지지 않으신 어른이셨다.

고조부님의 뛰어난 의술과 고매한 인격, 그리고 높은 덕망은 그곳 고을에서는 물론이거니와 인근 여러 고을에 이르기 까지 명성이 자자하였다.

고조부님은 수많은 환자의 임상일지를 정리함으로써 엮은 침구의 서鍼灸醫書를 필사본으로 남긴 저서가 비방으로 전해지고 있었으나 6.25전쟁의 시달림에 여러 지역을 전전하는 과정에서 행방이 묘연해졌다.

정확히 어느 해였는지를 자세히 알 수 없지만 유래 없는 한발旱魃

이 지속되어 천수天水에 의존할 수밖에 없었던 당시의 열악한 농경 기술로는 어찌할 도리가 없어 농작물은 다 타죽고 말았다.

백년 내에 처음 겪는 대흉년(哲宗 年代)에 백성들은 아사지경에 허덕이었고 절규는 골수를 메웠다. 배고픔에 얼이 빠져 실성한 어미가 죽어서 상한 아기를 그냥 업고 다녔다 하기도하고 강가의 모래톱에서는 굶어죽은 가족을 끌어 낳고 슬픔에 탄식하는 한 매친 귀곡성鬼哭聲이 끊이지 않고 밤낮을 이었다고 한다.

이러한 참상을 나라에서도 곡간이 비어 별 대책이 없다며 굶주림에 죽은 사람을 길거리에 방치해둔 채 외면하여 거두는 이가 바이없어 그저 지켜볼 수밖에 없는 참혹상을 겪었다는 그런 대 흉년이었다.

백성들은 허기를 메울 수 있는 것이라면 그것이 무엇이건 닥치는 대로 먹어치웠다. 산을 헤쳐 멧돼지처럼 칡뿌리는 다 캐어먹었고, 마침내 소나무의 속껍질까지 너나없이 긁어먹었다. 그러다보니 산에 있는 소나무가 벌겋게 다 말라 죽었다고 하였다.

이러한 참상을 지켜보는 것이 너무나 가슴이 아프셨던 고조부님께서는 고민 고민 끝에 곡간을 열어 매일같이 소죽가마에 좁쌀을 비롯한 갖은 곡물을 다 털어 죽을 쑤어 한 사발씩 나누어 주린 창자를 위로하는 등 허기진 백성을 구휼하셨다. 마침내 곡간이 바닥나고 힘이 다하여 함께 굶주렸다는 미담이 우리 가문에 전해지고 있다. 좁쌀은 수수와 함께 그 지역의 주산곡물이었다.

옛날이나 지금이나 가진 자들은 더욱 더 가지려고 온갖 수단방법을 다 쓰다가 법망에 걸려들어 옥살이하기도 하고 심지어 지나친 욕심으로 잘못되어 죽음에 이르는 경우도 비일비재하다.

가진 것에 만족치 아니하고 욕심껏 더 가지려고 하는 것은 인간의 본성으로 그것이 극에 달하면 살인도 불사한다. 이것이 동서고금을 막론하고 이루어지고 있는 현실사회다.

이처럼 현실을 뛰어넘어 온갖 욕심을 자제한다는 것은 여간해서 어려운 일이다. 그런 고귀한 심성의 사람들이 어쩌다 있다 하더라도 세상 사람들은 귀를 의심하고 그대로 믿으려고 하지 않는다. 그러므로 선은 지극히 적고 교만함만 팽배하는 것이 세상사이다.

그런데 우리 조상은 달랐다. 입공立功을 염두에 두고 공덕을 후세에 남기고자 한 것이 아니라 의원으로서 창생을 구제하려는 순수한 목적에서 굶주림에 허기진 사람을 환자로 간주하여 치료 차원에서 구휼하셨던 제세안민濟世安民의 자애로운 마음씨를 지니신 분이 우리의 조상 고조부님이셨다.

우리는 이러한 조상의 얼이 너무나 자랑스러워 자긍심이 일지 않을 수가 없다. 박애정신과 인仁만을 베푸셨던 우리의 고조부님께서는 가난한 자를 연민하며 치료의 근본으로 삼으셨고 인자한 성정으로 환자를 어루만지셨다. 마음이 힘들어도 사람을 진정으로 어루만지는 아름다움과 몸은 고달프더라도 참 인술을 베푸는 덕업을 쌓아오신 거룩한 조상이셨다.

이와 같은 높으신 뜻과 관인대도寬仁大度한 봉사정신을 인륜의 사표로서 자식들에게 몸소 보임으로서 가문의 갸륵한 전통으로 이어가게 하시었고 그런 것이 무언의 훈언으로 우리 가문에 뿌리를 남겼다.

고조부님은 이처럼 욕심이 적으시어 근본부터 맑으셔서 83세를 일기로 장수하신 어른이셨다. 고조부님은 자신과 가문, 그리고 사회에 보람 있는 값진 생을 사신 우리 후예들의 자랑스러운 조상이셨다. 그와 같은 조상의 고귀한 얼을 5대째 이어받은 나의 막냇동생 명의 신재용은 조상을 능가하는 광범위하고 지속적인 봉사활동으로 이 사회의 본보기로 우뚝 서 있어 더욱 자랑스럽게 여긴다.

선대의 얼을 이어받으신 증조부님(申觀湜 1856~ 1930년 음1월)은 수염이 삼각수로 탐스럽게 많으시고 체격도 우람한 멋진 남성미를 풍기셨던 분으로서 성품이 후덕하신 어른이셨다

호걸 영웅이라면 으레 삼국시대의 관운장을 일컬어 왔고 미염공이라면 또한 운장 관우를 먼저 떠올린다. 우리 증조부님도 관운장에 못지않게 체격이 크고 헌걸찬 어른이셨고, 관운장에 못지않은 삼각수로 빼어나게 아름답고 용모는 환하게 귀티가 넘치신 어른으로 한마디로 귀골선풍이셨다.

이 말들은 내가 어렸을 때부터 우리 할아버지의 바로 위 형님이셨던 큰 할아버님으로부터 귀가 닳도록 익히 들어서 너무나 잘 알고 있는 사실이었다.

그뿐이 아니었다. 붓글씨는 명필 한석봉을 겸허하게 누를 만큼 잘 쓰셨고, 침술은 허준의 맥을 전수한 듯 고매하여 타고난 것 같았다고 하셨다.

의원은 당신의 부친이신 고조부님께서 하고 계신 터라 여가를 허송할 수가 없어 따로 서당을 세워 인근 아이들에게 학문과 붓글씨를 가르치면서 틈틈이 부친의 의원 일을 도우셨다. 당대의 신사 의원으로서 명성이 높으셨고, 시대에 드물게 우뚝 서신 어른이셨다.

회남자淮南子에 나오는 말이다. '재주가 만인萬人을 능가하면 영英이라 하고, 천인千人을 능가하면 준俊이라 하고, 백인百人을 넘으면 호豪라 하고, 십인十人을 넘으면 걸傑이라 한다.'고 하였다. 그렇다면 우리의 증조부님은 이를 총망라한 '영걸'이셨다하여 어긋남이 없을 것 같다.

이 어른이 학식과 의술을 겸비한 명의요 호걸남아로 명성이 높다 보니 함흥시 관청에까지 알려졌고, 시에서는 특별히 모셔다가 일정시대 함흥의 의생보수교육 격인 침술강좌에 나가셔서 실기와 이론을 가르치게 했다고 전해지고 있다.

고조부님은 윗대의 인자한 가르침을 법도처럼 여기시며 가업을 이어받아 향수 75세를 일기로 사시면서 아드님 네 분을 두셨다. 아드님 네 분 중 위로 세 분은 함흥으로 각각 독립하여 이주하셨고, 말년에 막내아드님(申東奎)이신 나의 할아버지에게 가업인 의원 일을 이어가게 하시었다.

그곳이 함경남도 홍원군 경포면 관덕리라는 고을이었고, 이웃 고을인 보청면 화동리에 선영이 모셔져 있다.

조부님의 참담한
실수와 몰락

가업 3대를 이어받으신 덕재 동규德齋 東奎(1888~ 1982)할아버지는 연세 30세에 조부님(允冕)을 여의시고, 40세에 부친(觀湜)을 여의셨다. 할아버지는 어려서부터 장년에 이르기까지 조부님을 이어 부친의 의술을 슬하에서 자연스럽게 배우신 터라 의술만큼은 남 못지않지 않으셨다. 그러나 그 탁월한 의술로도 대를 이은 터전을 이어갈 능력과 의지는 연약하시었다.

할아버지의 아호가 덕재德齋신데 실질적인 공덕은 없으신 듯하고, 휘諱가 동자 규자東字 奎字 이신데 규문奎文- 學文 또한 윗대에 미치지 못하셨다.

생애가 지은 죄 없이 무엇인가에 방해되고 막히어 한마디로 꽁꽁 묶여버린 궁박한 선비셨다. 고과살孤寡煞을 지니고 태어나신 듯 너무나도 여복이 없으셨다.

그것이 숙명이었는지 94세까지의 장구한 세월을 사시는 동안 수도하는 스님도, 신부님도 아니건마는 초년의 몇 년 말고는 줄곧 홀아비로 고독하게 지내신 불쌍한 어른이셨다. 생애의 거의 대부분을 끝없는 바다의 외로운 갈매기처럼 한이 맺힌 삶을 사시었고 운수가 기박하여 기쁨일랑 아예 잃고 사셨다. 세상사가 싫고 시샘이 나서 학처럼 꺽꺽 울고 싶으셨을 터인데도 그것을 내색하고 괴로워하시는 것을 본 일이 한 번도 없었다.

할아버지는 슬하에 두 아드님과 세 따님을 두셨다. 그런데 할머니는 막내 고모님을 낳으시고 젊은 연세에 수전증手顫症을 수반한 풍증으로 정신을 놓고 앓고 계셨다. 할머니는 좁은 골방에 칩거한 채 어린 며느리의 수발에 의존하면서 모진 목숨을 이어가시다가 18년의 고생 끝에 비운 속에 세상을 마치셨다.

나의 조부님

1930년 초, 정월 대보름을 이틀 앞두고 할아버지의 연세 43세 때에 할아버지의 부친이신 관식觀湜 증조부님께서 세상을 뜨셨다. 귀염둥이 막내아들로 얼싸둥둥 곱게 자란 할아버지는 부친을 여읜 외로움을 이기지 못하고 이내 형님 세 분이 사시는 큰 도시 함흥으로 이주할 결심을 하고 집과 전답 모두를 처분하셨다.

할아버지는 세 분 형님들이 사시는 대처 함흥으로 이주하여 도시 사람을 상대로 나보라는 듯이 살고 싶으셨다. 삼대를 이어온 가업이라 지닌 의술에 자부심이 일어 의원도 큰 도회지에서 번듯하게 해보고 싶으셨다.

그런 다부진 각오로 어려운 결단을 내리시고 대대로 이어오던 번 듯한 의원 집과 논밭을 남김없이 다 팔았다. 홍원군 경포면 관동리 는 비옥하고 양지바른 큰 마을이여서 집과 전답이 다른 촌락에 비해 결코 헐값이 아니었다.

이 과정에서 가장이신 할아버지는 어떤 사람과의 악연으로 인하여 집과 전답을 판 전 재산을 보따리 채 몽땅 털리는 기막히고 참담한 실수를 겪게 되었다.

집과 전답을 판 가멸한 전 재산을 당신의 장자인 내 아버지가 아직 어려서 혹여 실수라도 있을까봐서 그러셨는지 아버지와 삼촌에게는 이삿짐을 지키게 하고 무람없이 지내는 다른 사람에게 잠시 맡겨놓 고 볼일을 보았다.

그랬는데 그렇게 철석같이 믿었던 그 사람은 믿음을 저버리고 맡 겼던 거금을 보따리 째 옆에 끼고 어디론가 줄행랑을 치고 말았다. 할아버지가 돌아와 아무리 찾은들 이미 도망간 사람이 다시 나타날 리가 없었다. 은행이 보급되지 않았던 당시에 집과 전답을 판 전 재 산의 돈뭉치는 제법 컸었다.

함흥은 큰 도시였다. 그 큰 도시의 어디에서 마음먹고 도망친 사 람을 찾는단 말인가. 통곡한들 무슨 소용이며 욕설을 퍼부으며 포탈 을 부린들 무슨 소용이 있으랴. 다만 빨갛게 노을 낀 하늘만 원망스 럽게 쳐다볼 뿐 달리 무슨 방법이 없었다.

4형제 중 막내로 귀엽게 자라 세상 물정에 너무나 어두우셨던 할아 버지는 지나칠 정도로 어질고 착하고 무양무양 하시여 오히려 화를 당하는 돌이킬 수없는 중차대한 실수를 겪는바 되고 말았던 것이다.

그렇게 기가 막히고 참담한 일을 당하고 난 상태로 많은 식솔을 거느리고 의지가지없어 함흥시의 변두리 본동 5가의 남의 집 길가 행랑채를 겨우 얻어 살 수밖에 없었다.

그 비좁은 집에 몸을 떨며 비영비영하여 운신이 어려운 중환자 할머니도 함께 살아야 했으니 아무리 삼대 째 내려오는 명성 높은 의원 가문이라 한들 환자를 맞아 진료할 집이 마땅치 못했다. '의불삼세 불복기약'醫不三世 不服其藥이라는 말은 의원이 3대를 이어 오지 않았으면 그 약을 쓰지 말아야 한다는 뜻의 말이다. 아무리 3대를 이어 내린 믿음 가는 의원이라 할지라도 진료할 집이 없으니 그 재주를 어디에 쓸 것인가.

할아버지는 환자를 찾아 나서려니 낯선 도시에서 누가 가난에 허덕이는 보잘 것 없이 한미한 의원을 찾아주랴. 그것은 마치 소금 낀 바닷가 백사장에 감자를 심어놓고 싹 트기를 기다리는 것과 다름없는 헛된 희망에 불과했다.

살림이 군색하고 살 길은 막막했다. 대처에 나와 윗대의 후광으로 가업을 계승하려던 다부진 저간의 각오는 완전히 물거품이 되고 아무런 희망도 욕망도 다 사라지고 말았다.

할아버지는 느닷없이 닥친 고난의 인생을 원망하면서 생계유지를 위한 갖은 방법을 모색하였지만 별 뾰족한 방법을 찾지 못하셨다. 도시 끝자락의 달팽이 같은 작은 집에서 병자를 진료하기에는 턱없이 열악한 형편인지라 집에서 환자를 맞아들이기를 포기할 수밖에 없었다.

도를 걱정하되 가난은 걱정하지 말라고 옛사람들은 말했다지만 혹독한 가난 속에 도만 염두에 둘 처지가 못 되었다. 하릴없이 할아버지는 가장으로서의 가계책임을 피할 수가 없어 부득이 침통과 약간의 산제散劑와 환약丸藥 등속을 넣은 반보 짐을 등에 짊어지고 장진 등의 오지를 향해 북으로 300리길을 다만 도보로 옮겨 다니셨다.

이른 봄날, 두메의 안개 속같이 아련히 낯선 길을 환자를 수소문하며 하염없는 발길을 옮겨 다니시면서 행여나 하고 꿈속처럼 어렴풋한 희망을 안고 힘없는 발길을 터덜거리며 막연히 걸어 다니셨다. 휘모는 봄바람 속을 쓴 얼굴을 지으면서 헛헛한 빈 발걸음만 옮기고 있을 뿐이었다.

그러나 아무리 의술이 고매하다 한들 초췌하고 꼬질꼬질한 차림의 의료행각에 아픈 몸을 맡길 환자가 누가 있었으랴.

허기진 몸으로 하염없이 떠돌아다니지만 푸대접을 받는 일만 잦을 뿐 말을 걸어줄 사람마저 없었다. 아름드리 자작나무 밑에 다리를 쉬면서 닳아 떨어진 짚신만 갈아 신어야 할 뿐 소득 되는 것은 아무것도 없었다.

집에서 가장의 손만 기다리며 굶주리고 있을 가족을 생각하면 가슴이 무너질 것 같이 쓰렸다. 당신의 경솔한 처사를 스스로 질타하고 후회하나 그것은 이미 지나간 아픈 사연일 뿐이었다. 그러면서도 어디에서건 그 배신자를 만나기만 하면 복수하고 싶었고, 무엇보다도 남은 돈 얼마라도 되찾고 싶은 허망한 생각만 자꾸 떠올렸다.

그런 생각을 하면서 외진 마을로 병자를 찾아다니며 침을 놓고 처방을 일러주고 하여 약간의 푼돈을 거지처럼 얻어 챙기시며 흙먼지

길 여기저기를 허기진 발길을 헤매고 다니셨다.

　물 좋고 공기 좋은 곳에 사는 두메사람들은 감기도 배탈도 없었다. 그렇게 정처 없이 헤매어도 해어진 짚신만 갈아 신을 뿐 소득이라곤 바이없었고 식솔들의 끼니꺼리를 해결할 만한 수익은 못 되었다.

　할아버지는 봄바람에 마른 묵은 갈대가 와삭와삭 뒤흔드는 오솔길을 지나 외진 장진호반의 잡초를 깔고 앉아 피곤한 다리를 주물면서 배신당한 억울함을 되씹고 계셨다. 가슴에 조여드는 답답함을 한숨으로 모아 끝없이 푸른 호수에 흩뿌리셨다. 앙상한 숲속에서는 까마귀소리만 처절했다. 한숨에 엉긴 호수바람은 더욱 애를 끓였다.

　살고 죽고 가고 오고하는 일이 모두가 꿈이라지만 꿈치고 너무나 혹독했다. 기진맥진한 할아버지는 질척한 여름장마가 다가오자 더 이상 행려의원行旅醫院도 이어갈 수가 없어서 단념하고 말았다.

　그 와중에 자부는 두 번째로 아들을 또 낳았으니 얼마나 참담하고 가슴이 쓰리셨을까.

세상은 말짱 공이더라

지금껏 살아오면서 가난이라고 겪어본 일이 없으셨던 할아버지였다. 자고로 이름뿐인 봉래방장蓬萊方丈의 신선을 바라는 것도 아닌데 어찌하여 이다지 지겨운 현실을 겪어야 하는가? 함흥에서의 기가 막히는 궁핍한 생활을 더 이상 버틸 힘이 없어 체면을 불구하고 대대로 정붙어 살던 홍원으로 다시 봇짐을 옮겼다. 거기에서 고향사람을 상대로 근근이 가업은 이어졌다. 고향사람들은 3대를 이은 의원 집 아들의 의술을 믿어 주었다.

소년명필 경보
庚甫= 아버지의 아명

    명필이셨던 증조부님의 슬하에서 한학은 물론, 먹을 갈고 열심히 글씨 공부를 하시던 아버지(昔耘 昇爕 1910~ 1973)에게 용기와 희망을 주는 엄청난 일이 일어났다.

    아버지는 아직 소년티를 벗지 못한 18세에 불과한 어린 소년이었지만 그때에 이미 신혼부부인 어엿한 지아비였고 가문의 종손인 나의 형님을 낳으셨다.

    고려 건국공신 신숭겸 장군을 시조로 한 우리 신씨 세가는 15세世에 이르러 하夏자 휘를 쓰시는 어른이 한성판윤漢城判尹=서울시장으로 임관되셨다. 그런데 신 판윤은 어떤 정치적 모함으로 인하여 함주咸州 땅에 유배되는 처지에 이르게 되었다. 이 귀양살이로 두메에 살면서 세상과의 인연을 끊고 말았다.

    그 어른의 후손들이 한성판윤공 할아버지를 기리면서 지파를 이루어 '한성판윤공파'漢城判尹公派라 불리게 되었다. 함주 땅 홍원군 보청면에 그 할아버지의 선영이 모셔져 있었다. 그때로부터 오백 년이 지난 후 문중에서는 이 파조의 선영을 풍수지리에 부합한 함흥의 성천강변 반룡산 산록(함흥군 주북면 흥상리)에 이장하였다. 그리고 문중 어른들이 모여 문중의 학식 높은 선비가 새 비석에 쓸 문장을 새로 지으시고, 이어서 비문 글씨를 누구에게 맡겨 쓰게 할 것인가를 의론하였다.

심사숙고 끝에 명필로 소문난 18세의 어린 경보庚甫에게 쓰게 하라는 거역할 수 없는 사명이 떨어졌다. 증조부님은 곧바로 이 사실을 손자 경보에게 알리셨다.

경보庚甫는 우리 아버지가 경술년에 태어나셨다 하여 지어진 아버지의 어릴 적 아명이다.

나는 친구와 함께 따뜻하고 양지바른 우리 문중 산에 시도 때도 없이 자주 놀러갔었다. 그것은 우리 문중 산에 이어진 사과 과수원집 딸 유춘복이라는 여학생을 마음속에 두었기 때문이기도 했다.

널찍이 자리 잡은 큰 봉분 아래에 내 키보다 훨씬 더 높은 거대한 비신 위에 개두인 가첨석이 지붕처럼 묵직하게 얹혀져 있고 농대석으로 높이 받친 비신 앞면에는 큰 글씨의 비명이 방정한 해서체로 반듯하게 씌어져 있다.

비석 옆면을 돌아 뒷면에 이어 오른 쪽 옆면에 이르도록 파조이신 한성판윤공의 사적을 한문 해서체 글씨로 잘게 빽빽하게 써 나갔다. 그리고 맨 마지막 끝자락에 '승섭 근서'昇燮 謹書라 새겨진 아버지의 함자銜字가 자랑스럽게 새겨져 있다.

앞면의 큰 글씨나 사적을 적은 잔글씨나 할 것 없이 원숙한 필봉이 뛰어나게 우수하여 비석의 격을 한층 높이고 있었다. 필세의 운치는 집안 전래의 재주로서 너무나 해박하여 18세 소년의 글씨라고는 믿기지 않을 정도로 경이롭게 느껴진다고 문중 어른들은 한 결 같이 말하고 있었다.

나는 그 묘소를 참배할 때마다 우리 아버지가 더없이 존경스러웠고 함께 간 친구에게 이 비문이 아버지의 열여덟 살 어릴 적 글씨라고 늘 자랑했었다.

내가 항상 염원한 것이 있다.

내가 세상을 마치기 전에 함흥의 고향 땅에 자유로이 왕래하여 살던 집과 마을을 두루 구경하는 것이 소원이요, 주북면 홍상리의 조상 묘소에 참배하고 내 아버지의 글씨로 새겨진 비문을 탁본하여 대대로 이어온 선비 집안의 풍조에 얽혀 있는 가문의 자랑거리로 후세에 남기는 것이 마지막 소원이다.

우리 아버지는 구름중의 백학이셨다

삼희성 三喜聲

　아들형제만 셋이었던 우리 집에 처음으로 예쁜 여동생이 태어났다. 그 이름이 정자貞子였는데 불행하게도 홍역으로 미처 커 보지도 못하고 영이별했다.

　그리고 밑으로 여동생만 줄을 이어 태어났다. 아마도 딸 씨만 품고 있다가 차례대로 하나하나 낳으신 모양이다. 마지막으로 봉익鳳翼이라는 여동생이 또 있었는데, 돌도 되기 전에 먼저 간 큰언니를 따라갔다.

　아버지와 어머니는 사내아이들만 키우시다가 처음으로 태어난 딸을 볼 때 새로 돋는 어린 꽃망울보다 더 예뻤을 것은 말할 나위도 없다. 그것은 딸만 셋을 키워 본 내가 어쩌면 그 정을 더 자상하게 알 것 같다.

　텔레비전도 라디오도 없었던 당시에는 오락거리로 찾을 만한 것이 바이없었다. 긴긴 밤 시간을 달을 보면서 감상에 젖어들거나 떨어지는 낙숫물소리로 정서를 채우는 일이 고작이었던 것이다. 점잖은 가정에서는 소리 내어 책을 읽고, 다듬이소리를 음악으로 듣는 것이 전부였다. 그런 시절에 어린 자식들을 키우는 재미가 그 중에서 제일 큰 즐길 거리였다.

이와 같은 것을 일컬어 '삼희성'三喜聲이라고 한다.

즉 옷을 다듬는 다듬이소리와 선비의 글 읽는 소리, 그리고 어린 아이의 재롱소리를 말함이다. 이것을 사람이 살면서 가장 즐거운 세 가지의 기쁜 소리라고 예부터 일러왔다.

연세 높으신 시할머니와 풍증으로 오랜 세월을 운신할 수 없는 시어머니, 그리고 지체장애로 몸이 불편한 시누이까지 합하여 모두 열두 식구나 되는 살림을 혼자의 손으로 어렵사리 꾸려나가야 하는 어머니의 힘들었던 하루하루를 내가 철들었던 많은 세월이 지나고 나서야 약간이나마 이해하게 되었다.

그와 같이 힘든 살림을 혼자의 손으로 고달프게 이어 나가야 하는 어머니에게는 이런 집에 내가 왜 시집왔던가 하는 한탄과 신세타령만 있었을 뿐 낙이라고는 어느 한 구석에서도 찾아볼 수 없었을 것 같았다.

낮 시간은 버거운 일거리에 치여 한가롭게 아무 생각도 할 겨를이 없었을 것이다. 그렇지만 매일같이 거듭되는 편치 못한 기나긴 밤 시간은 갓난아기를 젖을 먹이면서 바라보는 재미를 그냥 흘러버릴 수가 없었을 것이다.

어린 것은 남이 보아도 예쁜 법이다. 오롱조롱 딸린 어린 자식들의 꼬물거리는 재롱이야말로 유일한 재미였을 것이고, 그것에서 받는 행복감은 그 무엇에 비할 바가 못 되었을 것이다.

큰 여동생이 세 살 되었을 때의 일이었다. 저녁상을 물리고 식구들이 모여 아이를 앞에 세워놓고, "너 노래 잘 하지? 한번 해봐" 하고 아버지가 노래를 부르게 했다. 아이는 이제 막 말을 배우는 어린 나이였는데도 기다리고 있었던 것처럼 서슴없이 노래를 부르곤 했다.

발을 앞뒤로 왔다갔다 발 춤을 추면서 노랑 꾀꼬리가 빨간 부리를 오물거리듯이 아직 영글지 못한 입으로 노랫말을 혀끝을 들락날락 얼버무리면서 잘도 불렀다. 식구들이 "잘 한다!" 하고 무릎을 탁 치면서 칭찬하면 아버지에게 달려가서 안기곤 했다. 엄마에게는 젖먹이동생이 안겨져 있었다.

그 노래가 어떤 노래였는지 노랫말이 무엇이었는지는 기억할 수가 없지만 노래를 부르는 그 모습이 그렇게 예쁘고 더없이 귀여워서 밤마다 웃음꽃이 그치질 않았다. 그때의 재롱떨던 모습이 아직도 눈에 선하다.

우리 집에서 할아버지를 비롯하여 아버지 어머니의 노래를 들어본 적이 좀처럼 없었다. 어쩌다 한 번 아버지가 "석탄백탄 타는데 연기가 펄펄 나구요, 이내 가슴 타는데 연기도 김도 안 나네……" 하는 노래가사의 일부만을 어설프게 부르셨던 일이 기억난다.

그것마저도 단 한 번만 들은 것 같다. 어머니는 어쩌다 한 번씩 등에 업은 아기를 달래면서 전래의 자장가를 고요히 부르기는 했어도 자주 듣지는 못했다. 그렇게 노래 없는 가정이라 삭막할 것 같은데 그렇지는 않았다. 아이들이 순하고 말을 잘 들어서 그런지 늘 화목하고 평화로웠다.

이같이 집안 모두가 음치의 내림이라서 노래 소리라고는 오직 여동생들의 설익은 노래가 유일한 노래였다.

그 당시의 어머니는 시어머니의 병수발을 비롯해서 하 많은 식구를 혼자의 힘으로 보살펴야 했고, 그 많은 살림살이를 감당해 내야 했다. 이러한 수고로움을 어디에다 지청구할 데도 호소할 데도 없이 연약한 여인의 몸으로 견뎌내면서 그저 하늘만 원망스러웠을 뿐이었다. 이럴 때 쌓이고 쌓인 스트레스를 다소나마 풀 수가 있었던 것이 어린 것들의 꼬물거리는 재롱이 전부였을 것은 보지 않아도 번한 일이다.

과학이 미처 개명하지 못했던 때라 어두운 등불 아래에서 조차 바

느질로 쉴 사이가 없었던 매일 매일의 무겁고 고달팠던 삶에 별이 반짝이며 이슬을 보내는 밤을 귀뚜라미 도란도란 귓가에 수심가를 구슬피 불러 줄 때 그나마 어린 딸들의 재롱이 있어 그것이 위로요, 영양제요, 힘이 되어 오롯한 삶으로 전환되곤 했을 것이다.

평화와 즐거움

만년의 아버지

　6.25전쟁으로 북한군에 쫓겨 군산, 대구, 대전 등지로 전전하여야 했던 아버지의 의원은 서울이 수복되자 다시 서울로 올라와 종로구 누하동을 거쳐 적선동 우체국 앞 실골목에서 한의원을 개업하셨다.

　그 집에서 나를 장가까지 보내고 나니 집이 더 협소해 졌다. 그래서 이사한 곳이 효자동 전차 종점의 넓은 2층집이었다. 그 집에서 아래층을 살림집으로 쓰고 위층 전체를 진료실과 약실, 그리고 대합실로 구분하여 쓰고, 나는 따로 세간을 났다.

　이 집이 청와대 정문 바로 앞이라서 우여곡절이 많았다. 1960년에 있었던 4.19 의거를 이곳에서 호되게 겪었다.

　시청 옆 4층 사무실 창문에서 희생되는 시민을 숱하게 내려다보았던 나는 시국이 어수선하여 퇴근하는 길에 이 집에 와 있었다. 그곳에서 지척인 옥인동에 나는 살고 있어서 걸핏하면 어머니 집에 들리던 참이었다. 신혼인 아내가 무섭다며 낮부터 미리 와 있었다. 집 대문 앞에는 계엄군의 바리게이트가 삼엄하게 쳐져 있었고, 군인과 경찰 십 수 명이 무장하고 분주히 왕래하며 지키고 있었다.

　우리 집이 효자동 전차 종점인 청와대 정문 앞에 있었다. 우리 집과 담을 격한 뒷집이 초대 법무장관과 제헌국회의원을 지냈던 이인 선생 저택이었다.

저녁밥을 먹고 났는데 우리 집 이층 쪽에서 웅성웅성하는 소리가 들려왔다. 계엄군에게 쫓기던 운동권 대학생들이 한 밤중에 이인 선생 저택 담을 넘어갔다가 많은 사람이 몰리자 우리 집 뒷담을 다시 뛰어넘어 지하실과 이층에 꽉 차 있었던 것이다.

이들 학생이 계엄군의 검문에 행여 걸릴까봐 나와 처가 한 가족처럼 꾸며 두세 명씩 데리고 바리게이트 바깥 보이지 않는 곳까지 보내주고 있었다. 첫 한두 번은 무사히 성공 했는데, 세 번째에 수상하게 여기던 계엄군에게 딱 걸렸다.

학생들은 잡혀서 어디론가 끌려갔고, 나는 집 대문 앞에서 화가 머리끝까지 올라있던 계엄군에게 무수히 얻어맞고 군화로 짓밟혔다. 심한 타박상과 서빙고역참에서 이미 고질이 되었던 허리 통증으로 이십여 일 동안을 2층 방 침대에서 출근도 못하고 꼼짝없이 누워 일어나지 못했다.

다음 해에 있었던 5.16혁명을 이 집에서 공포 속에 또 겪었다.

아버지에게는 명성 높은 저명인사분들이 많이 드나들었다. 이름만 대면 누구나 알 수 있는 문인을 비롯해서 언론인, 정치인과 그 밖의 각계각층의 인사들이 많았다. 이 분들을 사귐에 돈후하고 겸손하시었다. 아버지의 의술이 뭇 의사에 뛰어나서 흠모하는 바도 있기는 했지만 워낙 물욕이 없고 후덕하시어서 아버지 주변에는 사람들이 모였다.

그렇다보니 청와대까지 명성이 알려져 대통령 내외분의 진료도 맡아 한방주치의처럼 왕래하셨다. 청와대에서 선물도 자주 보내왔다. 대통령 내외분이 워낙 청렴한 분이어서 금전적으로 고가품은 아니었지만 우리나라 고유의 향기 짙은 난이 아니면 한국산 라디오 정도의 선물을 보내오면 보물처럼 고맙게 받으셨다.

아버지는 나를 앞세워 종로 4가에 있었던 최면학원에 다니시며 수신하고 심신을 맑게 하시었고, 합기도 도장에서 합기도를 연마하여 몸을 수련하셨다. 이처럼 아버지는 높은 연세에 구애됨이 없이 무엇이고 도전하고자 하시었다.

그런 아버지가 자신도 알 수 없는 사이에 종아리가 부어 손가락으로 누르면 움푹 들어간 자국이 펴지지 않았다. 그때 이미 병은 돌이킬 수 없이 깊어져 있었던 것이다. 간은 병이 들어도 아픔을 느끼지 못한다. 자각증상이 없는 병을 소홀히 하여 간이 경화되도록 아무도 모르고 있었던 것이다.

물과 돌처럼 명성을 만고에 남기시다

병은 깊어 나을 기미를 보이지 않는데, 자식들의 위로가 무슨 소용이 있으랴.

그 당시 내가 살고 있던 집이 산을 깎아 택지로 조성한 곳이어서 주위에 솔밭이 울창하여 한적하고 공기가 좋은 곳이었다. 집에서 내려다보면 별내와 태릉벌이 한 눈에 들어오는 번동의 언덕바지였다.

아버지는 좀처럼 자식들 집에서 유하시는 일이 없으셨다. 그럼에도 불구하고 공기 좋은 우리 집에서 당분간 요양하시라고 나는 강력하게 아버지를 권하였다. 아버지는 마침내 수락하셨다.

1973년의 따뜻한 늦은 봄날, 넓은 우리 집 뜰 안을 사과나무에 재재거리는 새소리도 들으시며 어린 손녀들의 해맑은 웃음소리와 재롱을 즐기시며 찬찬히 걸어보시고 집 앞 언덕을 부축 받으시면서 산책도 하셨다.

방에 들어오시면 부드러운 클래식음악을 골라 틀어 드렸다. 아버지의 기분은 매우 좋으신 듯 했다. 그런데도 자식에게 짐이 된다는 부담감을 느끼셨는지 2주를 넘기지 못하고 기어이 본가로 되돌아 가셨다.

그리고 두어 달 남짓하여 해저물자 쓰르라미 신산하게 울어대던 1973년 7월 28일, 질환은 어찌 할 수 없이 위중하시어 안색이 아슴푸레 쓸쓸하더니 한 많은 세상을 조용히 하직하시었다.

늦여름의 묵직한 밤하늘에 달도 없는 그믐께의 공허한 하늘에 별들만 어슴푸레 슬픔을 품고 얼비치고 있었다.

장례는 집에서 조용히 거행하였다. 장의는 숙연했고 조문 오신 지인들은 오열하였다. 특히 가장 절친하게 지내시던 소설가 정비석 선생은 더욱 애통해 하셨다. 장례를 마치고 김포면 풍무리의 장릉공원 묘지에 안치하였다.

그 때 아버지의 연세가 64세였다. 근세의 우리 조상 중 가장 단명하신 바 되어 너무나 아깝고 애처로웠다.

가족음악회

연말행사라면 어느 누가 하지 않을까마는 우리 가문의 모임은 남달리 이채를 띠는 특별한 모임을 해를 거르지 않는다.

해마다 연말이 가까우면 한데 모여 가족음악회를 갖는다. 장소와 식사는 소올 저素兀 邸에서 대부분 제공한다. 의학박사인 조카가 기획하고 음악박사인 조카며느리가 지휘하여 조촐한 무대를 꾸민다. 이 무대를 위하여 수개월 전부터 미리 계획하고 준비하는 것을 해를 거르지 않는다.

이날은 각자가 취미로 익힌 재주를 마음껏 발휘하는 날이다. 색소폰을 비롯한 관악기, 첼로 등 현악기와 타악기가 고르게 동원된다. 피아노는 기본이지만 마린바 같은 전문가 용 대형악기도 동원된다.

그뿐이 아니다. 소형 북인 봉고를 앞에 끼고 손을 자유자재로 움직여 부드럽게 치는가 하면 팀 발레스 같은 소형 북도 나무

채로 쳐서 화음 되게 한다. 이같이 각종 악기를 구색을 갖추어 큰 무대처럼 연주한다.

　어린 아이들을 위해 과일셰이커도 준비하여 아이들의 작은 손으로 흔들게 한다.

　또 각자가 취미로 익힌 악기를 들고 나와 기량을 다해 연주하는 모습은 다소 서툴더라도 오히려 신선한 멋을 보여준다. 혹은 우쿨렐레 같은 희귀한 하와이악기를 들고 나와 음악가 못지않게 다루는 것이 여간 보기 좋은 것이 아니다.

　이같이 제각기 갈고닦은 솜씨로 각종 악기를 능숙하게 다루며 영광을 다투어 해맑은 얼굴로 연주에 열중하는 모습은 큰 무대가 부럽지 않다. 그뿐이 아니다.

　부부가 마주하여 아름다운 스텝으로 현란한 동작의 자이브댄스를 열정적으로 추워 모든 가족이 웃음과 함께 즐겁게 관람하기도 한다. 얼굴에 얼룩얼룩 칠을 하고 광대처럼 익살스런 춤을 추는가하면 어설픈 동작으로 웃음을 자아내고자 하는 모양은 그 자체가 더 우습고 재미가 있다.

　70대, 80대 노인층은 하얀 장갑을 끼고 핸드벨 하나씩을 손에 들고 흔드는데 각자가 자기의 음계를 맞추어 팔을 흔들어

힘껏 울린다. 노인들이라 틀릴 때가 잦다. 그럴 때면 웃어버리면 그만이다. 그렇게 웃는 것이 순박하여 재미는 더 있다.

노래는 노인부터 손자들에 이르기까지의 3세대가 각기 자기가 준비한 노래를 가수가 무대에서 부르듯이 정색하여 재주껏 부른다. 아름다운 목소리의 노래가 회장에 가득차고 반주하는 음향이 어른들의 가슴을 적셔준다.

외부에서 교수 급 음악가를 초빙하여 찬조 출연하기도 하고, 유명 남성합창단 단원 수 명을 초청하는 등 대규모의 가족음악회를 연말이 가까워지면 모두의 기대 속에 성대하게 행하고 있다.

뿌리 깊은 나무는 무성하다

자손이 3대를 내려가면 단합되기가 수월치 않다. 더욱이 도를 넘는 이기주의로 자기만 아는 요즘 같은 세상에는 여간 어려운 것이 아니다. 이것을 70여 명이나 되는 우리의 대가족은 해를 거르지 않고 수년 동안 해내고 있다.

신재 주세붕愼齋 周世鵬의 가훈에 '일가화목 즉 생복필성'一家和睦 則 生福必盛이라는 가르침이 있다. '한 집안이 화목하면 복이 절로 생겨 반드시 번성할 것이니라.' 하는 말로 지극히 보편적이면서 막상 실행에 옮기려면 그리 쉽지 않은 말이다. 그것을 우리가족은 해내고 있는 것이다.

여기에는 우리의 8남매 중 항상 베풀기만 하는 막내 동생 소올素兀이 있기에 구심점이 생겼고, 그 구심력이 전체 가족을 화합의 장으로 자연스럽게 결집하도록 하는 것이 가능한 것이다.

  또한 의사 조카가 진료시간을 아껴 헌신적으로 강력하게 추진하고 있기에 가능하고, 무엇보다 음악박사 며느리가 있어서 노련한 진행이 가능한 것이다.

  그리고 이에 적극적으로 호응해주는 형제자매와 그 가족들이 기꺼이 참여해줌으로써 아름다운 결실을 맺는 것이다.

  우리의 자랑스러운 거대가족 모두에게 고마울 따름이다.

2016년 가족음악회

명의 소올 신재용

의사를 가업으로 출발하신 고조부님의 뛰어난 의술과 고매한 인격 그리고 높은 덕망을 이어받은 나의 막내 동생이 이름 높은 소올 신재용이다.

소올은 5대를 이어내려 온 명의 중의 명의로 KBS, MBC, SBS 등 여러 TV방송에 자주 뜨는 관계로 전국의 어디를 가나 사인공세에 진로가 막힐 정도로 널리 알려진 저명 의사이고 인기 높은 저명인사다.

그의 부단한 노력은 더욱 놀랍다. 진종일 환자와 마주하여 진료에 피곤할 터인데도 밤을 새워 각종 원고를 쓴다. 그러면서 후학들에게 탁월한 지식을 전수한다.

그렇게 바쁜 중에도 라디오동의보감, TV동의보감을 비롯한 저서가 서점 가에 진열된 것만도 80여 권을 헤아린다. 이 중에서 여러 권의 책이 건강베스트셀러에 올라 서점의 서가에서 내려와 좌판 대에 얹힌다. 소올의 저서는 그 정도로 격이 높고 인기가 높은 책이다.

동생 소올이 미처 크기도 전의 애동대동한 17세의 나이에 고등학교 2학년 학생으로는 감히 생각지도 못할 수필집 '휘파람을 부세요, 네?'라는 책을 펴내어 세상을 놀라게 했다. 소올의 옹골찬 학식과 글재주는 그때에 이미 기린아로 만천하에 드러낸 재완이었다.

그는 경희대학교 한의과대학을 수석으로 입학하여 수석으로 졸업한 수재로서 한의사 국가고시에는 장원으로 급제했다. 그렇게 망자존대妄自尊大할만한 나이에도 스스로 수신하여 덕성을 함양하며 겸손함을 몸소 실천하여 우리 가문을 비롯한 많은 사람의 사표로서 일월과 같이 세상에 밝은 빛을 비추고 있다.

항상 몸을 낮추는 소박한 인품, 교만과 사치를 스스로 물리치는 용기 있는 인품, 오직 의로움만 생각하는 겸손한 인품을 지닌 이 사람이 우리 형제 중의 막내 동생 소올 신재용이다.

소올은 1992년에 의료봉사단체 '동의난달'을 설립했다. 이어서 1994년에 동의난달 미국지부를 설립했다. 즉 동양의학으로서 어디든 막힘없이 사통팔달한다는 폭 넓은 활동을 표방한 단체를 만든 것이다.

그렇게 원근을 가리지 않고 소외된 낮은 계층의 사람들을 찾아 위무하고 향기 물씬 풍기는 의료봉사를 위시하여 복지와 의학강좌 등 학술활동까지 다방면의 활동을 30여 년을 줄기차게 지속하고 있다.

소올은 진실의 화신이다. 그는 근엄하고 숭고한 것 보다는 친근감을 주고 근엄하지 않고 인자하고 정성으로 사람을 품에 안는다. 착함이 좋아 법도로 삼는 진정한 봉사단체 동의난달은 동의의 전통계승, 사랑의 실천, 진리의 추구를 이념으로 하는 사단법인으로 법인화하여 활동을 더 넓혀가고 있다.

동의난달은 의료봉사 뿐 아니라 산하단체로 진단방약학술회, 문화복지회, 운숙미술회, 다락회, 혼울림예술회 등을 만들어서 빛에 가려진 열악한 환경의 아이들에 이르기까지 다방면의 봉사를 계속하고 있다.

뒤쳐진 사람을 사랑으로 돌아보며 더욱 얽혀 넓혀 나간다. 앞을 못 보는 청각장애아들에게 그림을 그리게 하는 기이한 지혜를 발휘하여 장애를 극복하게 유도하여 각기 자기의 작품을 전시함으로써 공부에 힘쓰는 기반을 만들어 주고 있다.

그는 없는 시간을 더 쪼개어 소외된 다문화 아이들의 가슴속을 열어 용기를 불어넣어 모두가 하나로 밝아 두려움과 부족함이 없는 마음을 심어준다. 사람들은 복 위에 복을 더 받으려고 하나님께 빌고 부처님께 빈다. 그럼에도 소올은 구석구석 숨은 복을 찾아내어 불우한 이들에게 나누어 주려고 노심초사한다.

이와 같이 음덕으로 선을 쌓고, 남이 알지 못하는 수고와 노력과 봉사를 기뻐한다. 마음이 너그럽고 도타워 봄바람이 만물을 따뜻하게 하는 것 같은 소올을 스승으로 따르면서 그 스승의 너그럽고 자애롭고 넉넉한 마음씨를 존경하며 그대로 배운다.

2010년 11월 2일에는 소올의 헌신적 봉사정신을 기리어 인격적으로 존경 받으며 큰 업적을 남겨 한국사회발전에 기여한 사람이라 하여 그 갸륵한 뜻을 기리어 자랑스러운 도산인상 봉사부문 상을 수상한 바가 있다.

총명하고 지혜롭다 하더라도 내세우지 않는 겸손한 마음가짐을 지키는 사람이 소올이다. 공로가 세상을 뒤덮지만 사양하는 마음가짐

으로 살아가는 사람이 소올이다. 그런 소올의 극구 사양에도 상은
수여되었다.

그 수상 내용은 이러하다.

=도산 봉사상 수상자 신재용 동의난달 이사장=

〈도산 봉사상 수상자인 신 이사장은 5대 째 가업인 한의사를 이어
오면서 많은 사람들에게 의술과 인술을 베풀며 선행을 실천하고 있
다. 특히 지난 1992년, 사재를 털어 노인복지, 의료봉사를 기치로 하
는 비영리 자원봉사 단체 '동의난달'을 설립해 다양한 의료 봉사와
복지활동을 벌여오고 있다〉는 내용의 상이었다.

시상식은 저녁만찬을 겸하여 500하객들과 함께 축하하였다. 밀레
니엄서울힐튼호텔 그랜드볼룸에서 도산선생 탄신 제132주년을 기
념하여 열린 "제 21회 도산의 밤" 행사를 겸해 성대하게 열렸고 식장

에 만장한 500축하객의 박수소리가 우뢰처럼 장내를 흔들었다. 바다가 광활하고 하늘이 창창하여 끝이 없는 것과 같이 도량 넓은 동생을 우리 형제들은 마음 합해 기도하며 존경한다.

남을 불쌍히 여기는 어진 마음으로 처음부터 살아온 그가 어느덧 일박서산日薄西山 하여 70을 넘었다. 그럼에도 전국의 방방곡곡 강단에 정중히 초빙되어 청중을 매료시키는 유창한 강의로 시간 가는 줄 모르게 한다. 그의 지식은 더욱더 달관하여 마치 신이 이리이리하라고 맡겨놓은 사람과 같다. 그의 말재주는 원초적 재능과 함께 신으로부터 직접 받은 선물인 듯싶다. 그의 머릿속에는 신이 특별히 장착해준 회로가 들어있어 그 회로 전부를 남김없이 가동하는 것 같다.

이 모든 처사는 조상의 얼을 이어받은 누구도 하기 어려운 일로서 인륜을 계도한 공자, 맹자처럼 성인의 길을 가고자 하는 군자로서의 도를 실천하는 것이라 하여 어긋남이 없을 것 같다.

그러한데도 아직도 득도하지 못함을 근심한다. 이와 같이 신의 사명으로 참여함으로써 참되게 사는 동생 소올은 성인聖人이나 할 수 있는 덕성을 지닌 세상에 보기드믄 인물이라 아니할 수가 없다.

5대를 이은 의사 중에 가장 많은 것을 베푸는 갸륵한 얼을 가진 소올. 지난 조상 4대를 용을 그렸다면 소올은 눈동자를 그렸던 것이다. 즉 화룡점정畵龍點睛을 한 셈이다. (화룡점정= 용을 그리고 마지막에 눈동자를 그렸더니 그 용이 살아서 하늘로 날아올라갔다는 고사)

의로움만 사람이 갈 길이라고 그 길만을 찾아가는 소올은 아버지의 마음을 나의 마음으로 생각하면 자기의 자식이나 형제들의 자식이나 조금도 차이가 없을 것이라는 성인 같은 생각을 진즉에 터득하고 그것을 실천에 옮기는 하늘같은 도량으로 형제자매와 조카들을 정으로 얽어 하나로 결집하고 있다.

사람이 어떤 좋은 일을 하려고 교회 안에서 예수의 이름 받들어 기도하지만 교회 밖으로 나오기가 무섭게 잊어버린다. 그것이 인간사다. 그렇건만 소올은 다르다. 긴 세상 삼백육십일이 반백년을 지나 이제 지칠 만도 하련만 지나칠 정도로 이웃을 위해 노파심절하며 동병상련의 마음씨를 간직하고 살아오면서 눈 한 번 찡그려 본 일이 없이 한결같다.

이런 제반사를 옆에서 지켜볼 때 옛날에 있었던 성현들은 어떠했을까하고 동생 소올과 견주어보면서 소올의 오늘날의 선행을 생각해보게 한다.

명의 소올의 도산인상 수여
나의 서각작품을 기증하고 있다

성인은 하늘의 모습을 배우기를 바라고, 현인은 성인의 모습을 배우기를 바라고, 선비는 현인의 모습을 배우기를 바란다고 하였다. 그렇다면 소올은 누구의 모습을 배울까? 아마도 하늘의 모습을 그대로 따르고자 하는 것이 아닌가싶다.

소올 신재용은 오직 하나 세상의 모범으로 으뜸이다. 어느 누구도 하지 못할 훌륭한 일들을 죽백에 남기고, 성현 같은 칭송의 울림소리를 슬기로운 누군가가 나서서 빗돌에 새겨 후인들에게 남겨두었으면 좋겠다는 바람이 가득함을 감출 수가 없다.

5대를 이어내린 의사 집안의 상징

도광양덕 韜光養德

도광양덕韜光養德이라는 사자성어를 흔히 쓰고 있다. 섬광이 번쩍이는 날카로운 칼날을 번득여 사람을 위협 하거나 겁을 주어 두렵게 하지 말고 예리한 칼은 항상 칼집에 깊숙이 넣어두고 덕을 먼저 기르라는 뜻의 말이다.

즉 지위나 재능이 남보다 앞섰다하여 고압적이거나 예의를 저버리고 시건방지게 사람을 대하기보다는 재능을 뒤에 감추고 사리를 밝혀 덕으로서 대해야 하며 누구에게도 원한을 사는 일이 없이 겸손하라는 교훈의 말이다.

국회의원이 되려고 별의별 짓을 다 한다. 표 한 장을 위해서라면 흙바닥에 두 손 집고 엎드려서 아무에게나 절을 하는 것을 다반사로 여긴다. 그것을 수모로 생각하거나 비열하다거나 언짢게도 여기지 않는다. 그렇게 어찌어찌하여 그 높은 전당에 오르기만 하면 딴판으로 일변하여 뭇 사람위에 군림한다. 그때부터 서슬이 시퍼래서 무소불위로 이성을 잃어간다. 칼날에 빛이 번득이고 해서는 안 되는 막말과 행동까지 아무런 거리낌 없이 함부로 자행한다.

우리는 국회청문회라는 기이한 관경을 많이 보고 있다. 질문하고 따지는 의원들이 자기 자신이 지은 죄는 봇짐에 야무지게 싸서 사물함에 고이 집어놓고 파렴치하게도 상대방이 답변할 틈도 주지 않고 미주알고주알 소리 높여 질책만 한다. 권좌에 앉은 그 의원들은 마치 국민들이 자기를 향해 박수갈채를 보낼 것이라고 착각하고 있는 것이다.

그런 사람들이 자기 자신이 몰염치한 위인이라고 국민들이 뒤에서 손가락질을 하지나 않을까 하는 의구심 따위는 전혀 생각하지도 않는다. 그들은 이미 지녀야 할 덕을 잃고 있는 것이다. 이런 일은 비단 정치권력의 예 뿐이 아니고 세상 살아가는 모든 분야에 걸쳐 다 그렇다.

사회적 계급이나 직위의 고하를 막론하고 남의 윗자리에 있는 사람은 모름지기 겸손할 줄 아는 덕을 먼저 쌓아야 한다. 힘으로 남을 누르려는 사람은 그만큼 자신이 완벽하지 못하기 때문이라는 것을 깨달아야 한다. 힘없는 사람을 덕으로 다스리고 사랑으로 보듬어주어야 한다. 그런 사람이 남의 존경을 받는 진정한 군자인 것이다.

나는 딸만 셋을 두었지만 그 세 딸들이 한 결 같이 나대지 않는 겸손한 덕목을 선천적으로 지니고 있어서 아버지로서 여간 고맙게 여기는 것이 아니다.

율곡 이이를 키워낸 신사임당이나 맹자를 세상에 있게 한 맹모가 하였듯이 우리 딸들 역시 각기 제 자식들을 키움에 있어서 자신의 사생활을 완전히 희생해가며 자애로운 가운데 엄하게, 부드러운 가운데 강하게 오직 열정 하나로 올곧게 키우는 것을 나는 감탄하며 지켜보았다. 그런 점에서 속으로 칭찬하며 딸들이 아비인 나보다 몇 갑절 지혜롭고 훌륭하다 여기고 있었다.

그와 같은 양육모습을 볼 때에 나는 손자들의 앞날에 적지 않은 희망이 있을 것임을 진즉에 예감했다.

아니나 다를까 그러한 결실이 있어 그 보람은 손자, 손녀들을 더욱 훌륭한 덕목을 두루 갖추게 하였고 공부 또한 일취월장하여 할아버지인 나의 귀에 손자들에 대한 자랑할 만한 소식만을 시시각각으로 들려주었다. 나는 뿌듯한 심정을 감추지 못했다.

일취월장

막내손녀는 아직도 재학 중이고 큰 손녀는 홍콩에서 영국 계의 명문대학을 졸업했다. 손자 하나는 연세대학교 대학원을, 미국에 있는 손자 하나는 브라운대학을, 보스턴에 있는 맏손자는 세상의 모든 젊은이가 다 선망하는 하버드대학교 로스쿨을 졸업하고 이들 모두가 다 각기 자신의 전문 분야를 향해 어엿하게 사회에 진출하고 있다.

손자들 모두가 각자의 분야에서 뜻을 펴며 성실하게 노력하고 있을 뿐 우월감을 갖고 우쭐대는 기색은 전혀 찾아볼 수 없이 겸손하여 저들의 부모는 물론 할아버지인 나에게까지 걱정을 하지 않게 처신한다. 그런 것이 가장 큰 효도다.

손자들 모두가 보통을 뛰어넘는 재완이라고 나는 그렇게 보고 있다. 그럼에도 더욱더 부지런히 광범위하게 공부를 계속하고 있다. 그것은 사회를 헤쳐 나가면서 한 치의 착오나 교만으로 인한 실수로 불미한 일이 없게 하려는 사려가 가슴 깊이 잠재되어 있기에 그다지도 노력하는 것 같다. 그런 것이 바로 그 자신들이 터득한 지혜인 것이다.

그와 같이 겸손한 지혜는 그들 부모로부터 무언의 행동으로 뿌리를 내려 배워서이다. 그 부모를 닮아 인간에 대한 자애도 전수받은 참 사회인이라고 보아 의심치 않는다. 나는 손자들이 그와 같은 올곧은 정신과 용기를 지니고 있다는 점에 대해 말없이 찬사를 보내고 있다.

손자들에게 더 바랄 것이 없다. 다만 공익과 원칙에 상반되는 일에 동화하지 말고 얼음같이 강직하되 인간적으로는 정을 품은 유연함도 잃지 말아야 할 것이다. 그런 것이 군자의 본보기다.

또한 앞으로 지위와 업적이 태산같이 높다하더라도 스스로 높은 체 방자하지 말고 교만하지 말아야 할 것이다. 그리고 뛰어난 인물을 만나면 그를 흠모하여 가까이 지냄으로 하여 그의 높은 덕과 향기가 자신에게 스며들게 하라는 말을 더 하고 싶다.

오직 지혜와 덕망으로 사회를 계도하는 인물로 긍정적인 평판과 함께 존경 받는 큰 인물이 되어서 사회에 족적을 남기고 이름이 청사에 길이 남기를 바랄 뿐이다.

진실이 무엇인지 알면 그대로 지켜라

5장

무분별

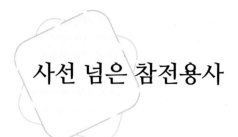

사선 넘은 참전용사

1950년 6월 24일 저녁에 나는 명동성당 뒤에 있었던 수도극장에서 영국영화 '애원의 섬'을 구경하고 한밤중에 도보로 남산을 가로질러 집으로 돌아왔다.

우리 집은 후암동 외곽의 산자락 언덕바지에 있었다. 38선을 월남한 사람들의 취락지역으로 대충 지어진 작은 집 여러 채가 울타리도 없이 손수레나 겨우 다닐 수 있는 좁은 길을 사이에 두고 옹기종기 모여 사는 피난민들의 취락지역이었다.

마을 한 가운데의 길가에 비교적 아담하게 지은 조촐한 집이 우리 집이었다. 마을길과 집 사이가 마당이었고 마당에 방공호를 파놓고 큰 무덤 같은 방공호를 울타리 겸 냉장고로 겸하여 쓰고 있었다.

간밤에 늦게 돌아온 나는 피곤으로 깊은 잠에 빠졌다가 바깥이 시끌벅적 소란스러워 선잠에 눈을 부비며 나가보았다. 밥 끓는 냄새가 구수한 일은아침이었다. 마을어른들의 수군거리는 말 속에 놀람과 두려움이 잔득 배어있었다. 북한군이 38선을 넘어 기습적으로 지금 막 침범하고 있는 중이라는 것이었다. 한 군데도 아니고 38선 전 지역에 걸쳐 쳐들어오고 있다고 하였다.

우리 윗집 아저씨가 무슨 특별한 기계에서 떼어낸 것인지, 폐 선박에서 떼어낸 것인지 알 수 없는 라디오가 있었다. 검은 색이 짙은 작지만 묵직한 쇳덩어리 같은 것이었는데, 음질이 썩 좋은 라디오였다. 그것이 제니스라디오 보다 성능은 더 좋다고 하였다. 그 라디오가 동네에서 뉴스를 접할 수 있는 유일한 기계였다. 그 집이 마당이 없는 집이라 옆길에 이어진 우리 집 방공호 앞길과 마당에는 동네 사람들로 메어졌다.

마을 사람들이 하나같이 북이 싫다고 월남한 사람들이다. 그러니만큼 놀램은 더 컸다. 모두들 어쩔 줄을 모르고 설왕설래하며 두려움에 떨고 있었다.

전쟁은 일방적으로 아군이 밀리고 밀려 이틀 만에 미아리고개를 넘고 있다고 뉴스는 매일매일 시시각각으로 들려왔다. 적의 도하를 막기 위해 한강교를 폭파시켰다고 하였다. 그렇게 3일 만에 서울이 북한군에 점령당했다.

나와 형은 집 뒤의 비좁은 굴뚝 밑에 땅을 파고 숨어 있었다. 아버지는 그것만으로도 믿을 수가 없다 하시며 무릎에 약을 바르고 주사를 놓아 인위적으로 부어오르고 헐게 하여 억지 환자로 만들어 인민군에 끌려가지 않도록 온갖 방비책을 쓰고 있었다.

서울이 수복되어 기쁠 사이도 없이 후암동 동네 청년들 34명이 집단으로 포병부대에 자진 입대했다. 한겨울 추위에 세검정 고개 밑 서울공고에서 한 달 동안 기초훈련을 받고 치열한 전선에 바로 투입되었다. 후암동 청년들 34명 중 28명이 7사단 포병 제16대대 2중대에 집단으로 배치되었던 것이다. 중대는 일사불란하고 어느 중대에 비할 수 없이 막강하여 사단에서는 군부대의 본보기로 삼았다.

사선 1

아무리 보병보다 후방에 배치되는 포병이라 하더라도 전선은 전선이었다. 전진하고 후퇴하는 과정에서 포병이라고 안전이 보장되는 것은 아니다.

어느 주둔지였다. 아침에 고개를 넘어 포를 배치하여 종일토록 포사격하고 저녁에 다시 그 고개를 되넘어 안전한 후방에서 쉬는 그런 작전의 전투지였다.

그러던 어느 날 어제와 마찬가지로 아침 일찍 고개를 넘어 미리 구축된 어제의 포진지에 포를 집어넣는 사격 준비에 분대원 전원이 각자 자기 위치에서 작업에 열중하고 있었다.

한 순간이었다. 한 전우가 밟은 대전차지뢰에 육중한 105미리곡사포가 완전히 박살나고 분대원 거의가 사상되었다.

대전차지뢰는 탱크를 격파하기 위한 것으로서 지뢰 중 가장 강력한 지뢰다. 매일 매일의 낮 동안을 연일 자기들을 괴롭히던 아군의 포를 격파하기 위해 밤사이에 특공대를 파견하여 포진지에 다량의 대전차지뢰를 매설해 놓았던 것이다. 그런 줄을 까맣게 모르고 있었던 우리 포부대는 아무 대비 없이 여느 때처럼 사격준비 자세로 분주히 작업을 하다가 당했던 것이다.

포 부대에 분대원이 11명이다. 그 중에 운전병은 차고로 이동하는 중이었고, 두 명은 탄약을 가지러 탄약고에 들어갔다. 그 나머지 8명이 포에 매달려 각기 자기의 소임을 다하고 있었다.

그런데 갑자기 고막이 터지는 폭음이 울렸다. 지뢰를 밟은 부분대장은 성한 살 조각 하나 없이 완전히 가루가 되어 흩어졌고, 나하고 나란히 좌측 포 다리를 벌리고 있던 전우는 얼굴 반쪽이 어디로 날아갔는지 없어졌다.

다른 전우 세 명이 더 전사하고 세 명은 중상을 입어 후송되었으나 후송도중에 두 명이 전사했다. 그런데 이상했다. 그 끔찍한 상황 속에 오직 나 하나만 다친데 하나 없이 멀쩡하게 살아있었다. 나는 살아 있어서 다행이라기보다 전우들에게 살아있음에 더 미안한 마음을 떨칠 수가 없었다.

사선 2

또 한 번은 이러하다. 저녁의 해질 무렵 인제와 원통사이의 강가에 진군하여 포를 막 설치하려던 순간이었다. 그때 바로 지척의 앞산에서 우리 포진지를 향해 소총탄이 집중적으로 퍼부어졌다. 지형파악이 안 되는 곳에서 무작정 응사했지만 어둠 속에 적이 어디에 숨어있는지 알 수가 없어서 일방적으로 당하기만 했다. 그래서 포를 쏘기에는 너무 가까운 거리인데도 불구하고 기본 장약만 장전하고 앞산을 향해 무작정 포를 쏘았다. 그 서슬에 적은 다소 누그러드는 듯했다.

그렇게 밤을 지새우고 아침 일찍 왔던 길을 되돌아 후퇴하려는데 산모퉁이를 나오자 지난밤의 총알이 또 퍼부어졌다. 할 수 없이 포차를 세워두고 길 아래 논바닥으로 중대원 전원이 뛰어내려 대피했다. 중대장도 작전장교도 누구도 갈피를 잡지 못하고 논바닥에 숨은 채 무전으로 대대본부에 보고하여 공중지원을 요청하는 것 말고는 꼼짝달싹 하지 못하고 그냥 엎드려서 대기하고 있었다.

신병인 나는 이제 죽거나 아니면 포로가 될 것으로 판단했다. 그럴 바에는 차라리 응사하면서 전우들이 피할 수 있는 기회를 만들어보자 그렇게 작심하고 단신 포차에 올랐다.

순간 머릿속에 우리 가족들 얼굴이 영화처럼 스치고 지나갔다. 내가 죽을 때 내 옆에 가족 중 누구라도 있었으면 하는 생각도 해 보았다.

부대에서 가장 계급이 낮은 일등병인 내가 단신 포차에 올라갔다. 포차에는 항상 큰 기관총이 장착되어 있었다. 나는 기관총을 적 방향으로 돌리고 무차별로 쏘았다. 그 서슬에 여러 곳에 참호를 파고 숨어 있던 적병은 죽은 듯이 움츠리고 있었다. 빗발치듯하던 적탄은 잠시 멎었다. 그에 힘입어 논바닥에 숨어있던 부대원들이 능선으로 적을 향해 추격하고 있었다.

시간이 얼마나 지났을까?

누군가가 기관총에 매달린 내게 다가와서 이제 그만 쏴도 된다고 했다. 나는 그제야 정신이 들어 차에서 내렸다. 적탄에 포 바퀴며 트럭의 타이어는 폭삭 갈앉아 있었고, 포의 두꺼운 강철날개에 부딪쳐 떨어진 누런 총알이 바닥에 수북이 떨어져 있었다. 그런데도 총알은 나를 피해갔다. 끈질긴 목숨이 아닐 수가 없었다. 한 고달픈 영혼이 그렇게 또 한 번 되살아났다.

우리는 적이 포차와 포를 쓰지 못하도록 중요부품을 빼어내고 차와 포를 길바닥에 그대로 방치했다. 그리고 강을 건넜다. 등 뒤로 총알이 무수히 날아와 수많은 병사들이 물보라를 퉁기며 힘없이 쓰러졌다. 인제 강물이 붉은 핏물이 되어 흐르고 있었다.

산 능선 두 개를 넘고서야 다리가 무거워서 내려다보니 고무줄로 묶은 아랫바지 가랑이 속에 인제강의 피 섞인 강물이 가득 차있다는 것을 알았다.

어제 저녁부터 먹지 못한 배를 굶주리며 산 능선 몇 개를 더 넘고 넘어 대대 본부를 찾아가면서 천근만근 무거운 몸을 터덜거리며 이틀 만에 가까스로 본대에 합류했다. 흩어진 중대원 100여 명 중 내가 7번째로 앞서 도착했다. 본대로 돌아오지 못한 대원도 엄청 많았다.

사선 3

장마도 지난 무더운 한 여름에 인민군도 중공군도 지쳤는지 전투는 소강상태를 유지하고 있었다. 우리 포부대가 당분간은 그곳에 그대로 주둔하고 있을 것으로 짐작하고 있었다. 그래서 우리 부대는 병사들의 해이된 정신에 정서적 여유를 잠시나마 주려고 주둔지에 미화작업을 하기 시작했다.

나는 포탄상자를 이용하여 막사마다 간판을 써서 부쳤다. 철수한 미군부대의 쓰레기 무더기를 뒤져서 쓰다 남은 페인트를 주워 다가 한껏 모양을 내어 막사에 어울리는 글씨를 써서 문설주 위에 현판처럼 부쳤다.

부대 입구는 가장 중심이 되는 곳이라서 특별히 신경을 더 썼다. 부대 바로 옆에 맑은 계곡이 흐르고 있었다. 그 계곡의 서덜 중에서 다소 납작하고 길쭉하고 아름답게 생긴 3미터가량의 큰 돌덩이를 주워서 차로 끌어 부대 앞에 눕혀놓았다.

나는 기계용 큰 드라이버로 命中塔명중탑이라고 이틀에 걸쳐 어렵싸리 새겼다. 내가 보기에 글씨도 좋았다. 이것이 생후 처음으로 만든 나의 서각작품이었다. 세워놓을 자리를 땅을 파고 운전병의 도움으로 차에 달린 윈치를 끌어서 가까스로 세웠다. 둘레에 여름 들꽃을 캐어다가 심고 가장자리를 잔 돌로 돌렸다. 명중탑은 꽃과 함께 잘 어울렸다. 중대장을 비롯하여 전우들도 한결같이 박수치며 즐거워했다. 그리고 우리의 포탄이 적진의 목표물에 정확히 명중하라고 기원도 했다.

저녁식사를 마치고 여러 장병들은 막사에 들고, 일부 전우들은 포진지 내 뜰을 서성거리고 있었다. 찬란한 노을이 서산하늘에 아름다운 그림을 붉게 그리고 있었다. 이윽고 어슬어슬 어둠이 깔리기 시작하고 있었다.

그때 갑자기 바람을 가르는 다급한 소리가 쌩쌩하더니 쾅쾅쾅 연달아 적탄 수십 발이 우리의 포 부대와 맞은편 미군탱크부대를 향해 집중적으로 날아왔다.

나는 좀 전에 세운 명중탑이 마음에 걸려 견딜 수가 없었다. 답답한 가슴을 움켜쥐고 포탄이 터지는 막사 밖으로 뛰쳐나갔다. 고막을 찢는 폭음 속에 파편은 여러 막사의 얇은 판자벽을 뚫고 들었고 전우들은 우왕좌왕 혼란에 빠졌다. 위생병을 부르는 비명소리는 사방에서 처절했다.

육중한 105미리포가 방향을 바꾸어 뒤틀려 있었고 포탄이 터지는 순간의 섬광에 시체가 뒹굴고 선혈이 흥건했다. 숨이 꺼지면서 위생병을 연달아 부르는 가냘픈 목소리가 너무나 비통했다. 부대는 참혹하고 처절했다. 그렇게 숱한 사상자를 내고 시간이 얼마나 흘렀는지 포 소리는 멎었고 위생병은 분주했다.

부대 맞은편에 있던 미군탱크부대도 완전히 초토화되었다. 원래 적의 타격 목표가 그곳 탱크부대였을지도 모를 일이었다.

막사 안에 있던 수많은 병사들도 죽고 다치고 했는데 밖에 나가 터지는 포탄 속을 우왕좌왕 뛰어다닌 나는 다친 데 하나 없이 또 멀쩡히 살아났다. 정말로 질긴 목숨이었다. 죽음 길도 하도 잦다보니 이제 이골이 나서 지뢰며 총알이며 포탄 파편까지도 다 나를 피하는 것 같았다.

얼마 전에 내가 구상하고 이틀에 걸쳐 직접 새겨 세운 명중탑이었다. 그랬는데 그 명중탑으로 인해 우리 부대가 도리어 적탄에 명중당한 바 되었으니 그 황당한 자책감에 가슴이 찢어지는 아픔을 견딜 수가 없었다.

아침이 밝아지자 나는 전우들의 시체를 손수 지키며 빈 포탄상자를 집채처럼 제각기 쌓아놓고 그 위에 시체를 업혀 올려 소각했다. 그리고 하얗게 탄 재속에서 남은 유골을 수습하여 각자의 집으로 돌려보내주었다. 그러는 동안 애써 세워놓은 명중탑은 다른 병사들의 손에 의해 그곳 계곡 어디엔가 버려졌다.

그로부터 60년이 지난 지금도 원통리의 그 계곡 어디엔가 명중탑이 버려진 채 누워있겠지 하며 그 부근을 지날 때마다 과거의 아픔을 기억하곤 한다.

6.25전쟁 3년 1개월 동안 한국군의 전사자가 무려 415,000명이나 된다. 그 많은 전사자를 낸 전장에서 다친데 없이 살아났다 하여 다행하게 여기지는 않는다. 그러나 모질게도 질긴 나의 목숨은 기이하다 아니할 수가 없다. 그것이 하늘의 보우하심인지 조상의 보살핌인지 알 수 없지만 아무튼 불우한 가운데 무엇을 하라는 것인지 생명만은 끈질기게 지켜주는 것 같았다.

휴전이 되자 나는 육군본부의 심리전과에 배속되어 지리산 공비를 회유하는 일에 기여했고, 국방부 심리전과에 다시 옮겨 근무하다가 4년 3개월 만에 제대했다.

당시의 나는 보통 때의 군 복무기간의 두 배를 넘는 긴 기간을 목숨을 걸고 싸웠다.

그렇게 용맹했던 전사들에게 국가는 '참전용사'니 '국가유공자'니

하는 허울 좋은 종이쪽 한 장으로 위로를 가장하고 있다. 너무도 인색하고 야속하다 아니할 수가 없다.

전쟁 없는 민족화합은?

허리 없는 대학공부

　나는 아버지의 둘째아들로 태어났는데도 8남매 중에 오직 나 하나만 유일하게 기초교육을 받지 못해 항상 주눅 들어 살아야 했다. 그런 운명을 안고 고달프게 살아온 나는 한없는 슬픔을 안고 늘 기가 죽 처져있었다.

　그럼에도 나는 학력을 속여 공무원이 되었다. 컴퓨터가 일반화되지 않았던 시절이라 웬만해서 들키는 일이 없었다. 그렇기는 하지만 마음속의 양심은 늘 불안하여 뒤가 켕기고 주눅 들어야 했다. 공직사회에서 마저 내심 기가 처질 수밖에 없었고 누가 무어라 하는 것도 아닌데 자괴심으로 괜히 얼굴을 붉히는 일이 잦았다.

　그렇다고 일을 못하는 것이 아닌데도 자신감을 잃어야 했고, 잘 하고 있는 일도 혹시 잘 못되고 있는 것이 아닌가 하고 진행하는 일에 의문이 앞섰다. 그러한 걱정들은 공부를 게을리 하지 않게 하는 동력이 되었고, 일에 접하게 되면 다부지

승리

게 처리할 수 있는 능력을 스스로 키웠다. 나는 기회가 닿는 대로 기관지에 기고하기를 게을리 하지 않았다. 그러한 기고로 연관한 어떤 중요한 직무에 발탁되기도 했다. 그러나 단순한 기록에 불과한 공인된 학력은 열악한 나를 늘 따라다니며 괴롭혔다.

이 사정을 누구보다도 안타까이 여기던 바로 밑 동생이 국민대학 입학을 주선해주었다. 그러나 어쩌랴. 직장 관계로 더 이상 다닐 수가 없었다. 그래서 궁여지책으로 새로운 길을 모색하다가 찾아간 곳이 인사동에 있었던 야간대학인 정치대학이었다. 학생 대부분이 직장을 둔 사회인이었다. 영관급 군인 장교가 가장 많았다.

기초학력이 없는 터라 강의를 익히기가 수월치 않았다. 그래서 공부는 더 많이 하지 않을 수가 없었다. 그럭저럭 4년을 마칠 무렵 내가 다니던 정치대학이 건국대학교와 병합되었다. 그래서 졸업식은 운 좋게 건국대학교에서 학사모를 썼다.

나는 어엿하게 대학교 졸업장을 받고도 이력서에는 떳떳하게 학력을 기재할 수가 없었다. 허리가 빠져있는 학력을 나 스스로가 부끄러워서였다. 그래서 나의 이력에는 학력을 아예 넣지 않고 내가 전문으로 하는 약력만을
나열하고 있다.

마치 독수리가 깃들이듯이

단종수술 斷種手術

　남들은 나이 이십 세가 되면 늦을세라 다 장가를 가는 시절에 나는 30세가 가까운 나이에 이르러 겨우 늦장가를 들었다. 영화배우 잉글리드 버그먼을 닮은 여인과 이루지 못할 사랑에 빠져 헛세월만 보내고 있었다. 남자 이십에 아들을 두어야 한다고 일찍부터 전해오던 시절인데도 나는 그렇게 늦장 부렸다.

　1957년 3월 28일, 아침부터 컴컴한 하늘에 진눈깨비가 마뜩치 않게 흩뿌리는 날에 서대문 사거리의 어느 예식장에서 저명 소설가 정비석 선생의 고천문 낭독에 이어 구구절절 고마운 주례사로 혼인이 이루어졌다.

　이어서 하객들에게 인사하고, 사진 찍고 곧바로 밖으로 나갔다. 대기하고 있던 검은 세단에는 오색테이프가 감겨져 있었고, 쭈그러진 빈 깡통 두 개를 꽁무니에 매달고 차는 기다리고 있었다. 검은 세단 차는 요란한 깡통소리를 내며 달렸다. 남산공원에 올라가서 두 팔을 벌려 기지개를 켜면서 서울 시내를 내려다보았다. 거기에 막연한 희망이 도사리고 있었다. 사람도 없어 고독하리만큼 공허한 공원인데도 오히려 행복이 느껴지는 간소한 신혼여행이었다.

늦은 결혼이라 남의 부인들이 배가 부른 것을 보면 그렇게 부러울 수가 없었고 그것이 그토록 아름다워 보였다. 자식은 보아야 하는데 감감 무소식이더니 4년이 가까워서야 삼신할미의 점지로 태맥이 집혀 기쁜 마음을 가눌 수가 없었다.

소한 날의 강추위 속에 산기가 보여 나는 산모의 고통을 어루만지며 간곡한 마음으로 순산을 빌었다. 아내는 그런 나에게 기대어 아픔을 참고 아기의 울음소리를 기다리고 있었다. 경험 많은 산파는 능란한 솜씨로 삼신이 내려주시는 복을 두 손을 받쳐 조심스레 받았다.

첫 아이는 태어났다. 딸이었다. 아들이기를 기다렸지만 딸이어도 너무 기뻤다. 갓 태어나 눈도 뜨기 전의 쪼글쪼글한 모습인데도 그대로 예뻐 보였다. 늦자식을 얻은 즐거움이 오직 나 하나만의 것인 것처럼 좋았다. 산모와 아기는 건강했다.

사직공원 앞 어느 작은집 건넛방에 세 살면서 산모에게 따끈한 미역국은 끓여 먹였지만 바깥쪽에 면한 바람벽 벽지 위에는 얼음 같은 서리꽃이 두껍게 서려 있었다. 그 서리꽃을 숟가락으로 긁으면 하얀 얼음이 빙수처럼 한 숟갈씩 수북이 나오는 추운 방이었다. 연탄불을 괄게 피어도 바닥만 뜨거울 뿐 외풍을 막을 수는 없었다. 그런 추위를 산모와 아기는 견뎌야 했다.

4년 만에 얻은 늦자식이라 남달리 소중했다. 아기가 젖 달라고 울면 온갖 시름이 사르르 녹아났다. 아기의 방글방글한 웃음소리는 하늘의 소리로 들렸고 오물거리는 빨간 입술은 금붕어가 입질하는 것을 보는 듯했다. 아기는 별 같은 눈을 감았다 떴다하다가 작은 입을 벌리고 늘어지게 하품하기도 했다.

백일이 지나고 한 달은 더 넘었을 때의 꽃이 흐드러진 봄이었다. 월급날이 주말인 화창한 날씨에 모처럼 바람을 쏘이려 나가기로 했다. 아내는 시청 앞 덕수궁 담 밑 경계석에 걸터 앉아 아기에게 젖을 물리며 나의 퇴근을 기다리고 있었다. 첫아기를 길가에서 젖먹이는 젊은 어미의 그 모습을 보노라니 한 편 창피스럽기도 했지만 오히려 그런 체면 같은 것은 다 지워버리고 천진스럽고 자연에 순응하는 아름다움이 배어보였다.

우리는 남대문시장에 먼저 들렀다. 아기 옷가게를 수십 집을 돌고 돌다가 제일 예쁜 모자 하나를 사서 씌우고 결혼식 뒤풀이로 올랐던 남산공원에 올라갔다. 아기가 예쁘다고 보는 사람마다 들여다본다. 나는 너무나 자랑스러워 이 세상에 나만 자식이 있는 줄 알았다. 무슨 특권이나 지위라도 있는 것처럼 우쭐했다.

직장에서는 더욱 팔불출이었다. 남들은 들으려고도 하지 않는 딸자랑을 시도 때도 없이 하면서 모처럼의 술자리도 마다하고 집으로 직행하곤 했다. 겨울의 주말에 어머니 댁에 갈 때에는 오버코드 속에 아기를 안고 밖으로 단추를 잠그면 아기와 내가 하나가 되어 포근한 가슴속에서 아비의 심장 뛰는 소리를 자장가로 들으며 쌔근쌔근 잠을 자고 있었다.

우리 집에는 하늘 꽃이 흐드러졌다. 꽃보다 예쁜 딸이 줄줄이 셋이었다. 난향기가 그윽이 풍기는 집에 천상운집千祥雲集이라 모든 행복이 구름이 일듯했다.

아들만을 선호하던 시절에 이런 예쁜 딸만 셋을 낳았는데도 할아버지와 부모님에게 면목이 서지 않았다.

혹여 우렁찬 울음의 아들을 낳으면 지어주려고 가장 좋은 이름을 셋이나 미리 지어놓았는데, 하나도 써보지 못하고 그냥 버렸더니 할아버지께서 숙부님과 함께 지어놓으신 촌스런 이름을 붙여 아비인 나도 모르는 사이에 호적에 등재하곤 했다.

그런 것이 나는 화나고 싫어서 셋째 딸 이름은 내가 지어서 재빨리 호적에 올려버렸다.

나와 한 직장에 근무하던 최 모라는 동료직원 한 사람은 고추 한번 만져보지 못하고 행여나 하는 기대감 속에 계속해서 낳고 또 낳다 보니 줄줄이 딸만 여덟을 낳았다. 이번에는 아들이겠지 하고 기대했는데 삼신도 무심하시지 이번에도 또 딸이었다.

그렇게 딸만 아홉을 낳았다. 그래서 마지막 딸 이름을 구소九笑라고 지었다고 했다. 아홉 번째로 막내딸을 낳고 하도 어이없고 기가 차서 턱을 치켜 올려 껄껄 웃었다는 것이다. 그런 뜻의 이름이라고 했다.

그것이 부인의 탈만이 아닌데도 부인은 집안에 죄스럽고 남편에게 죄스러워 항상 위축되어 남편 보기에 미안해한다고 했다.

지구상에 살아있는 모든 생물이 자기의 유전자를 남길 종족번식을 원한다. 그것이 고등동물이거나 하등동물이거나를 막론하고 생산하는 자손의 자웅이 반반이다. 이것은 하나님의 조화로서 성비를 균형 있게 존속하고자하는 배려로 자연의 법칙이다.

그런데 사람은 진화하면서 힘이 강한 남자들이 여자를 지배하고 사회를 다스리고, 가정을 다스리게 되었다. 그래서 남자의 세계世系

를 따르게 되었다.

우리나라와 이스라엘 정도의 나라를 제외한 대부분의 나라법이 여자가 결혼하면 남자의 성씨를 따르게 되어있다. 이러한 풍습은 남녀가 결혼하면 여자는 조건 없이 남편에게 예속된다는 의미를 강제하는 사회적 통념으로 당연시 되었다.

여자의 성씨를 그대로 지니고 결혼하는 우리나라 하더라도 여자의 위상이 남자에 미치지 못했다.

특히 조선조시대에는 더욱 심했고 얼마 전까지만 해도 그러하였다. 딸을 낳아도 족보에 올리지 못했다. 며느리를 들여도 이씨니 김씨니 박씨니하는 성씨만 있을 뿐 이름을 올릴 수가 없었다. 그래서 사람마다 아들 낳기를 오로지 염원했고 딸을 낳는 것을 천하게 여겼다. 그러다보니 아들을 낳지 못한 가정에서는 양자를 두면서까지 자기 자신의 대를 잇기를 원했다.

심지어 칠거지악 중의 하나로서 아들을 낳지 못하면 시집에서 쫓겨난다 해도 할 말이 없었고 첩을 두어도 아무리 조강지처라 하더라도 군소리나 강짜를 놓지 못했다.

세태인정이 그러한 만큼 나도 또한 대를 잇기를 원치 않은 것은 아니었다. 그러나 이것이 원한다고 되는 것이 아니다. 구소九笑를 낳은 동료직원 최 모 씨 같이 딸만 계속 낳게 된다면 나도 또한 구소를 낳지 않을까 하는 끔찍한 우려가 다분했다.

나는 그러한 생각을 하면서 조상과 부모님께 효도하기에는 이미 글렀다 싶어 아들 낳기를 단념하고 있었다. 구소를 우려하여 아들이건 딸이건 더 낳기를 포기하고 난초 같이 빼어난 딸 셋만을 김매고 북돋아 키우자고 다짐했다.

그러던 차에 국가에서 정관수술을 무료로 해준다는 홍보가 있었다. 인구 팽창으로 산아제한 한다는 것이었다. 이 운동에 참여하는 사람에게는 시술 후에 보양식을 하라고 용돈까지 주면서 장려하고 있던 참이었다.

나는 그 당시의 정부시책에 지체 없이 동참했다. 즉 내시가 거세하듯이 나도 정자의 통로인 정관을 묶어놓는 단종수술斷種手術을 하고 말았다. 그리고 약간의 보양식 값도 받아서 쇠고기 한 근을 사가지고 왔다.

세태인정이 아들을 선호하던 시절이라 남자가 혼자 정관수술을 원한다고 바로 해주는 것이 아니었다. 부인의 동의서가 반드시 있어야만 집도가 가능했다. 그래서 아내를 설득하여 가까스로 동의한다는 동의서에 도장을 받아냈다. 아내는 아들을 못 낳은 죄로 첩을 두거나 시집에서 쫓겨날지도 알 수 없다고 생각했는지 못내 아쉬워하면서 승낙하였다.

그 동의서를 제출 하였는데도 다시 한 번 후회 없는지를 다짐하고 단종대斷種臺에 눕혔다. 나는 단종대에 누워 별의별 생각을 다 하고 있었다. 그 중에서도 제일 걱정되는 것이 씨를 말린다는 어른들의 꾸중이었다. 그러는 동안 어느새 외과의사의 노련한 집도는 간단히 끝내고 있었다. 마치 궁중내시가 거세하듯 그렇게 단행하고 말았다.

이 사실을 우리 부부끼리 비밀에 붙였으면 좋았으련만 아내는 미련스레 무슨 자랑이라도 하듯이 금방 어머니에게 일러바쳐 한 바탕

난리가 났다. 이 중차대한 일이 할아버지에게 납득이 될 문제가 아니었다. "너희들이 씨를 말렸으니 이제 어찌해야 하느냐"는 것이었다.

할아버지는 둘째 조카를 우리에게 입양하라 하셨으나 우리는 사양했다. 그 첫째는 형님과 형수님에게 염치가 없었기 때문이었고, 박봉으로 양자를 데려다가 훌륭하게 키울 자신이 없었고, 무엇보다 딸 셋만으로도 너무나 만족했기 때문이었다.

그랬는데 지금은 정반대로 30대 중반에 들어서도 결혼 자체를 기피하고 결혼하고서도 좀처럼 아이를 낳으려고 하지 않으니 거리에서 임산부를 보기가 어렵고 아이들을 보기가 어려울 정도로 세태는 변했다.

그러니 지방정부에서는 출산수당까지 주어가면서 아이 낳기를 장려하고 있는 실정이다. 따라서 아이를 낳더라도 아들보다는 귀여운 딸을 낳기를 더 원하고 있는 것이 요즘의 세태로 바뀌어졌다. 세월의 변천이 너무 빠르다는 생각이 들지 않을 수가 없다.

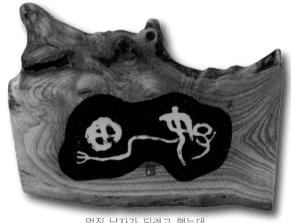

멋진 남자가 되려고 했는데

딸들의 극진한 효심

　나는 형제자매가 8남매나 있다. 위로 남자 형제가 셋이고 그 밑으로 여자동생이 넷이 있다. 그리고 막내로 남동생이 하나가 더 있다. 그러다보니 어렸을 때 어머니의 일상 일을 도와드리는 것은 전적으로 내 몫으로 돌아왔다.

　형은 가문을 이어갈 종손이라고 그런 일을 하면 절대로 안 되는 위치에 있었고, 동생은 너무 어려서 안 되었다. 그러다보니 중간에 낀나 말고 누가 대신할 사람이 없었던 것이다.

　세상의 모든 가정이 아들 낳기를 소원하고들 있었지만 아들을 낳아봤자 나처럼 아들답지 못하고 여자가 하는 일이나 할 수 밖에 없는 처지였다면 차라리 미리부터 여자로 태어나는 것이 더 낳을 뻔했다. 나의 어린 시절이 그러했기에 아들을 마다하고 딸만 셋을 낳았는지 모르겠다. 되레 다행이다 싶었다.

　아이들을 키우면서 재롱받이로 행복한 재미를 한껏 느꼈던 나는 50여 년 전의 당시를 생각하며 혼자 웃을 때가 잦다. 지금도 딸들의 어렸을 때를 떠올리며 걸핏하면 두 늙은이가 경박스러울 만큼 주책없이 웃으며 지난날의 행복을 상기시킨다.

딸만 키우는 재미를 어느 누가 나만큼 알 것인가 하고 생각해볼 때가 많다. 세태가 바뀌면서 딸 재미를 느끼는 감정이 판이하게 달라졌다. 격세지감이 아닐 수가 없다.

얼마 전까지만 해도 딸이 결혼하면 출가외인이라고 했다. 그러던 것이 근래에는 처갓집 문지방을 남편이 뻔질나게 드나든다. 옛날과 지금이 이와 같이 판이하게 달라졌다. 남자는 열등하고 여자가 오히려 우월한 습속으로 기울어지고 있다.

최근에 베이징의 한 길거리에서 한 젊은 여자가 남편이듯 한 젊은 남자를 길바닥에 꿇어 앉혀놓고 뺨을 때리는 장면을 TV화면으로 본 일이 있었다. 우리나라보다 더 보수적이던 중국에서조차 인심이 정반대로 바뀌었다. 중국의 모택동 주석은 "하늘아래 여자가 반이다"라고 말한 적이 있었다. 그 말은 남녀가 평등하다는 뜻을 우회적으로 표현한 말이었다.

우리나라를 비롯한 전 세계에서 여성 대통령이 속속 출현하고 있다. 대소 여성 기업가가 기업을 이끌어가는 것이 일반화 되었다. 부부가 제각각의 직장에서 일을 하고 있다. 이같이 여자의 위상이 놀랍도록 커졌다는 것은 부인할 수가 없다.

옛날에 아들을 낳은 사람들은 꽤나 으스댔다. 아들만 선호하던 오랜 폐습으로 굳어져 있던 사회라 딸만 낳은 나에게 무슨 재주가 그러냐고 비아냥거렸다. 그러나 나는 그런 것에 전혀 구애받지 않았고 딸들을 데리고 가족여행도 꽤나 다녔다. 아들을 가진 그들보다 자식에 대한 행복감은 오히려 더 컸다. 얼마 전에 그런 텔레비전광고가 유행했었다. "니들이 게 맛을 알아?" 하는.

딸만 키우는 재미를 아들만 낳은 그들이 어찌 알겠는가 하는 말을 대변하는 것 같았다. 그런 점에서 딸만 낳은 것을 전화위복이라 여기지 않을 수가 없었다.

대를 잇는다는 것이 반드시 아들이어야 한다는 것은 아니다. 손자의 반은 아비의 친가 쪽 혈통임이 분명하지만 또 다른 반쪽은 틀림없이 모계의 혈통이기 때문이다.

비록 손자들의 성씨가 아비 쪽 성씨를 따르다 보니 성씨는 나와 다르다지만 그 반쪽은 분명 나의 손자, 나의 손녀들이다. 이 손자들이 남을 뛰어넘을 만큼 출중하여 할아버지 할머니에게 무한한 기쁨을 주고 우월감을 주고 있다. 이것이 아들의 자식이 주는 행복감과 비교해서 무엇이 어떻게 다르겠는가 싶다.

딸만 셋을 낳았다고 비아냥거렸던 그 사람들이 오히려 거꾸로 부러워할 만큼 전화위복이라 아니 할 수가 없다.

딸 셋이 효심이 극진하고 덕행이 아름답다. 그들이 고맙게 베풀어주는 극진한 효도를 나는 그저 덤덤하게 받기만 한다.

어린 딸들이 한참 재롱부릴 나이에 나의 경솔한 판단으로 가세가 기울어 안

타까이 사랑만 주었을 뿐 물질적으로 해준 것이 너무나 없었기 때문에 늘 미안한 마음이 앞섰다. 그런데도 아버지의 마음을 미리 헤아려 무엇인가 해주고 싶어 하는 아름다운 효심과 덕성을 그들 셋은 다 지니고 있다.

딸들 모두 부부간의 금슬이 원앙처럼 유별나게 좋다보니 사위들이 회갑을 맞이하는 지금까지도 변함없이 제 아내의 마음을 잘 헤아려 주는 것 같다.

작은 사위는 내과전문의사로서 장인장모의 건강관리를 자기소임이라 여겨 별스럽게 챙긴다. 그것이 결혼 초부터 지금까지 한결같다. 조금만 편치 못하다 싶으면 자기 병원으로 모셔다가 각종 검사를 주의 깊게 하여 미리 병 예방에 힘쓰는 배려를 잊지 않는다. 막내딸은 저도 수간호원처럼 이래라저래라 하면서 거드는 것이 나름대로는 제법 진지해 보인다. 내 눈에는 막내의 재롱쯤으로 보이는데도 그렇게 해야 편안한 모양이다.

우리 집안이 원래 6대째 내려오는 한의사 집안이다 보니 동생은 한방으로 챙겨주고 사위는 양방으로 챙겨주고 하여 늙어가면서도 큰 병에 걸릴 염려가 전혀 없다. 그래서 미수米壽인 지금까지 싱싱한 몸으로 잘 지내고 있다.

둘째는 독실한 기독교인이라 하나님에게 매달려 우리아버지 엄마를 잘 보살펴 주십사하고 기도하고 또 기도한다. 그렇게 졸라대는 지극한 기도를 하나님은 가상히 여기시어 우리 두 늙은이에게 늦게나마 많은 복을 챙겨주시고 우리는 그 복을 감사드리며 잘 챙기고 있다.

둘째 딸 내외가 중국 산동반도의 연태에 7년이나 살았다. 그 딸이 보고 싶어서 연태까지 걸핏하면 찾아갔다. 그때마다 연태의 본 주민들이 사는 모습을 보려고 현지 재래시장풍경을 비롯해서 시내의 거리거리를 딸을 앞세워 여유롭게 자주 다녀 보았다.

손수레에 맥주를 싣고 수도꼭지를 열어 거품 나는 맥주를 검은 비닐봉지에 담아 파는 그런 장사가 있었는가 하면 같은 아파트의 살림집에 발마사지시술소가 있기도 했다. 그와 같은 것이 무척이나 신기했었다. 그때만 해도 중국이 엄청 낙후되어 있었다. 그랬는데 지금의 중국은 전 지역 모든 분야에 걸친 발전상은 깜짝 놀라지 않을 수가 없으리만큼 변했다. 불과 10년의 짧은 기간 동안 격세지감이 너무나 크게 느껴진다.

사위와는 중국의 전통을 어렴풋이나마 엿볼 수 있는 곳이면 다 찾아다녔다. 중국의 근본사상이 배어있는 인근의 여러 군데를 보여주려고 바쁜 시간을 함께해주는 자상함과 갸륵한 정을 담은 깊은 효심을 보여주었다. 부부간의 사랑이 남달리 깊기에 이 같은 효심이 배어나오는 것이 아닌가 싶어 고마울 따름이다.

미국에 있는 큰딸이 뉴저지에서 살더니 지금은 플로리다 주 올란드 변두리의 한적한 신흥휴양도시에서 새로운 재미를 붙여 살고 있다.

지난 추석에는 엄마의 생신이라고 사위와 함께 사업을 핑계로 일부러 찾아와 주었다. 그때에도 엄마 아버지를 집으로 모셔다가 새로 이사한 집과 남국의 겨울을 보여주겠다고 약속하고 갔다. 딸의 효심이 물씬 묻어나 보이는 고마운 배려였다.

십여 년 전에 미국에 사는 셋째 여동생이 팔남매나 되는 형제들을 초청해서 미국의 어지간한 관광지는 다 구경시켜주었다. 그 후에도 플로리다의 여러 군데를 두루 구경시켜 준 일이 있었는데도 딸의 집이라서 가보고 싶었지만 딸에게 짐이나 되지 않을까 하는 의구심이 일지 않은 것은 아니었다.

미국에는 저들이 사는 집에서 가까운 곳을 말고도 큰딸과 사위의 안내로 47일 동안 주요 관광지는 구석구석 다 구경 다녔다. 그러다 보니 나 같은 촌로가 미국의 동서남북을 완전히 섭렵한 셈인데도 욕심은 감출 수가 없었다.

안개 속 딸의 집 후원

큰딸 집에는 풀 방구리에 쥐 드나들 듯이 뻔질나게 들락거렸다. 넓은 대지위에 큰 저택이 듬성듬성 서 있는 마을에 이웃집과의 수인사도 없이 딸은 살고 있었다. 그 곳이 뉴저지의 알파인 리오비스터라는 곳이었다.

그 집에서의 한 단면을 그때에 지어놓은 한시를 연상하며 회상해 본다.

'어제까지 푸른 잔디 뜰 위에 봄볕이 아롱아롱 내리비치더니 오늘은 짙은 안개 속에 봄비가 한가히 흩뿌리고 있다.

드넓은 후원 뜰에 엷은 안개가 마법의 세계처럼 깊은 숲에 자욱하다. 나는 묘한 분위기의 초록잔디 뜰을 선룸에 앉아 내려다보면서 도가의 경지에 깊이 들어 적당한 한자를 골라가며 시상을 떠 올리고 있었다.

딸은 붉은 와인을 유리잔 그득히 담아가지고 와서는 혹여 아버지가 적적하실까봐 마주 앉아 벗해준다.'

세상의 모든 자식들이 어버이를 생각하는 마음이야 한결같겠지만 우리 딸들은 부모를 유별나게 챙겨왔다. 금슬이 좋은 사위들은 한 발 더 앞장섰다.

송강 정철은 그의 시조에서

'어버이 사라신제 섬기기란 다하여라

지나간 후면 애달프다 어이하리

평생에 곳쳐 못할 일은 이뿐인가 하노라' 하고 읊었다.

내가 지난날 서예학원을 경영하면서 아이들에게 특별한 인사법을 가르친 바가 있었다. 서예공부를 마치고 집으로 돌아갈 때에는 반드시 "효도 하겠습니다" 하고 인사하게 하였다. 이것이 전파되어 주변의 많은 사설학원과 학교에서까지 유행처럼 그대로 따랐다.

그렇기는 하지만 딸들에게 효도해야 한다는 말을 따로 강조하며 가르친 적은 없었다.

자식은 부모가 행동으로 가르치는 것이다. 새들도 그렇게 가르치고 원숭이도, 사자도 그렇게 가르친다. 물론 내 딸들도 그렇게 제 자식들을 가르치고 있다.

나락 위를 외줄 탄
꼭두각시

 구로동에 2층으로 집을 짓고 살다가 질척거리는 진흙탕길이 하도 지겨워서 미아리 넘어 수유동 일대를 전전하며 살았다. 그곳에서 집을 짓고 팔고를 거듭 하였더니 약간의 웃돈이 생겼다. 마지막으로 번동의 신 개척지에 내 처지에는 분에 넘치는 제법 번듯한 집을 무리해서 욕심껏 지었다.

 건축을 총 지휘할 대목장으로 아주 특별한 기술자를 우연히 만났다. 일정치하의 말기에 거창군수를 지냈다는 노인이었다. 그러한 경력의 소유자라서 머리가 뛰어났다. 그래서 보통 인건비의 두 배에 가까운 돈을 쳐주고 정중히 대접했다. 그럴만한 능력도 가치도 충분히 있었다.

 거실마루바닥을 무늬가 아름다운 느티나무조각을 사방 세 치씩 두껍게 잘라서 모자이크로 고루 깔고 그라인더로 곱게 갈았다. 그런 연후에 거울같이 반질반질하게 덧칠을 했다.

 그때만 해도 아직 일반적으로 보급이 되지 않았던 양변기를 놓았고 대부분의 가정에서 연탄만 때던 시절에 석유보일러를 놓았다. 안방에는 침실 부분을 턱을 지어 높이고 아치형으로 둥글게 치장한 위에 연분홍 투명 커튼을 쳤다. 침대를 놓고 뒤로 벽을 기대어 우리나라 역대 우표로 여덟 폭 병풍을 꾸며 장식했다.

넓은 지하실 바닥에 푹신한 다다미를 깔고 그 위에 천막용 헝겊을 덮어 합기도도장을 꾸몄다. 합기도 2단인 내가 사범이 되어 우리 딸들과 동네 아이들에게 아침 일찍 호신용 합기도를 가르치기도 했다.

넓은 뜰에 딸들이 고무줄놀이를 하는 것을 볼 때도 너무 귀엽고 행복했다. 아이들은 비온 뒤의 죽순처럼 싱싱하게 자라고 있었다.

일반 서민용 주택으로는 다소 호사스럽고 내 신분에 도를 넘는 집이라고 느낄만했다. 마음도 한가로워 어제까지의 시비를 따지는 극성도 사라지고 아이들과 행복한 하루하루를 보내고 있었다. 그렇다 보니 남들 보기에 퍽이나 잘 사는 줄 알고 방문객이 늘었다. 장모를 비롯한 처가 쪽 인척의 왕래도 물론 잦았다.

내 나이 40대에 들어서자 정년퇴직 후의 노후가 걱정되었다. 그런 걱정을 하고 있던 차에 마침 처고모부가 처고모를 대동하고 집 구경을 핑계로 내 집에 찾아왔다. 처고모라야 처와 거의 동 연배라서 처는 친구처럼 자별하게 지내던 사이였다.

두 사람은 제법 진지하게 화두를 꺼냈다. 달콤한 제안이었다. 사업하기에 좋은 기회가 찾아왔으니 노후를 생각해서 함께 사업 한 번 해보자는 고마운 제안이었다. 남도 아닌 처고모부의 말이었고, 하도 진지해서 나도 아내도 믿음이 갔다.

처고모부의 지인이 부득이한 사정이 있어 장위동에서 한참 잘 나가는 편직공장을 헐값에 넘겨주겠다는 것이었다. 처 고모부와 고모는 다시없을 좋은 기회라고 조카사위인 나와 조카인 처를 입이 닳도록 설득했다.

일거리는 물론, 기술과 물건의 납품거래처 등은 당신이 책임 질 터이니 걱정할 필요가 조금도 없다고 했다. 나에게는 다만 공장의 인수자금만 내어주고 반반으로 동업하자고 제안했다. 남도 아니고 사랑하는 처의 고모부가 하는 말이라 의심 없이 철석같이 믿었다.

그때에 이미 제1차 석유파동이 시작되어 석유가 폭등하였고 모든 산업이 위축되기 시작하고 있을 때의 1973년도였다. 그러한 사실에 청맹과니였던 나는 전혀 깨닫지 못했던 것이다.

하는 일이 별로 없어 백수로 빈둥빈둥 놀고 있던 처 고모부는 행여 석유파동이 금방 잘 풀릴 거라 생각했던 모양이었다. 곧 부자가 될 것 같은 생각도 했을 것이다.

청맹과니로 아무 것도 모르고 있던 나는 며칠을 두고 망설이고 망설이면서 아내와 진지하게 의론했다. 아내도 어릴 쩍 부터 같이 자란 살붙이인 고모와 그의 남편인 고모부를 믿었던 터였다. 그래서 이내 수긍했다. 아내와 나는 공무원으로 박봉에 어려웠던 생활에서 이제 제대로 한번 잘 살게 되는가보다 하고 들뜬 마음으로 크게 기대하고 있었다.

공무원으로 근근이 살아왔던 나에게 사업자금이라 할 만 한 돈이 있을 리가 없었다. 무리해서 집을 짓고 돈이 얼마 남아있지도 않았다. 아내의 근면절약으로 얼마간 모아둔 약간의 비자금을 아내는 박박 긁었다. 그리고 나는 직장의 동료로부터 상당 부분의 돈을 빌렸다. 사업에 맹물인 나는 앞뒤를 판단할 능력이 전혀 없었다. 어수룩

한 나는 허울 좋은 부사장이 되어 사장인 고모부가 하자는 대로 그저 따랐다.

얼마간 일이 제법 잘 돌아가고 있었다. 그러던 어느 날 거래처에 갔다가 돌아온 고모부가 한숨을 쉬고 있었다. 오더 따기가 너무나 어렵다는 것이었다. 그제야 아차 하는 부정적인 생각이 번개 치듯 강하게 머리를 때렸다. 등에서 오싹 땀이 솟았다. 이제 끝장이구나 하는 체념에 가까운 비관적 절망감으로 전율이 일어 머리에서부터 등골을 타고 항문까지 찌릿했다.

모처럼 내 앞에도 길이 열리나 보다 했는데, 또다시 재앙을 불러들이는 길일 줄이야. 나같이 충직한 사람이 무슨 죄가 있어 쉼 없이 벌을 받아야 하는가 하고 한탄했다. 나의 삶에 즐거움이 없음을 슬퍼하며 해결의 방법을 찾으려 해도 길은 막막했다.

중동 분쟁으로 석유를 무기화하여 석유생산을 감축하는 바람에 석유 값이 폭등하여 모든 생산단가가 높아졌다. 당연히 수출가가 따라서 높아져서 수출길이 막혔다. 큰 기업의 생산이 중단되어 기업이 도산되고 있었다. 하도급의 소규모 업체는 마비되어 작업이 끊길 수밖에 없었다.

그러한 판국이라 오더 따기가 하늘의 별 따기였다. 일거리가 없어 수많은 공원들이 서성거렸다. 그렇다고 행여나 하는 기대감에 해고시킬 수도 없었다. 언제 일거리가 들어올지 몰라 50명이나 되는 공원들은 기계를 세워놓고 일거리가 오기만을 매일같이 서성거리며 고대하고 있었다.

다급한 나는 직장에 장기휴가를 내고 발을 동동 구르며 오더를 찾아 상급 기업체를 돌며 동분서주했다. 발품 판 보람으로 약간의 도움은 되었어도 역부족이었다. 나는 고모부를 원망했지만 싸우지는 않았다. 남과 불화하고는 내가 더 불편하고 괴로워서 못하는 것이 나약한 나의 모습이었다.

나는 무표정한 사람이 되어가고 있었다. 나는 사람을 대할 흥미조차 잃어가고 있었다. 이제 와서 후회한들 아무 소용이 없었다. 마치 처음 겪는 곡예사가 객기로 무모하게 나락 위를 외줄 타는 것 같은 심정이었다.

하릴없이 공무원을 그만두고 퇴직연금을 일시불로 찾았다. 생애의 마지막으로 욕심껏 어렵게 지은 집도 팔았다. 날이 어둑어둑 저물어 갈 때 즈음하여 돈 가방을 들고 짙은 안개가 잔뜩 낀 날씨같이 우울한 기분으로 공장에 나갔다. 직원들을 모아놓고 밀린 월급까지 말끔하게 치러주고 공장 문을 닫았다.

조금 남은 돈으로 아이들을 데리고 옥수동 산비탈의 달동네에 작은 집을 사서 옮겨갔다. 아이들의 학교도 그곳으로 전학시켰다. 지독한 가난으로 아이들을 제대로 먹이지 못했다. 나는 백수가 되었고 아내가 돈벌이에 나섰다. 아내에게 면목이 서지 않았고 아내는 고달팠다. 나는 마음속의 고뇌를 웃음으로 싸서 밤하늘에 흩어버리려고 애를 썼다.

처가붙이기에 믿었던 나를 처가에서 도리어 노기 띤 목소리로 질타했다. 아내마저 동조하였어도 내게는 어거할 능력이 없었다. 부부 간의 갈등은 도를 넘었다. 아내의 나를 보는 눈빛은 싸늘했다. 순박한 여성과의 사랑은 영혼을 승화시킨다는데 새로 집을 짓고 입주했을 때의 행복감으로 감싸줄 수는 없었던가? 잔인하지 않고 동정적일 수는 없는 것이었던가? 가시를 돋치지 말고 순탄할 수는 없는 것이었었을까?

나는 발붙일 곳을 찾지 못하고 겉돌았다. 나는 그때부터 하늘아래 여자로 생긴 사람은 다 싫어졌다. 내 직계를 제외한 모든 여자가 다 싫었다. 다만 박계주의 소설 순애보의 주인공 문선과 명희를 떠올릴 때가 많았다. 눈이 멀어진 문선과 희생적 결혼을 한 명희의 아름다운 사랑을 못내 그리워했다.

나는 구약성서의 욥이 처했던 괴로움과 나의 괴로움을 자주 비교해보았다. 나의 괴로움이 욥의 그것에 결코 뒤지지 않는다고 비관했다. 영혼부터의 괴로움을 욥이 그랬듯이 나는 세상을 살아가는 의미를 완전히 잃었고 몇 십 번인지 수도 없이 세상과의 하직을 시도했다.

남들은 훌륭한 이름을 남기지 못할까봐 두려워한다는데 나는 그림자도 소리도 없는 곳에 들어가 조용히 하직하려고 기회만 엿보고 있었다. 마음 달래려고 애써보았지만 넋은 몸을 떠나 멀리멀리 날아가고자 함을 어찌할 수 없었다.

죽음이란 그것이 필연이거나 의도적이거나 간에 쉽게 이룰 수 있는 것이 아니다. 죽음 앞에 의연할 사람은 별로 없을 것이다.

나 또한 죽음에 의연할 수가 없었다. 막상 결행하려들면 딸아이들의 앞날이 앞을 가로 막았다.

아홉 번 죽었다가 살고서도 변치 않는 끈질긴 악운을 아무도 살펴

줄 사람이 없는 고독한 생명을 이어가면서 다만 소원이라면 아이들만 올곧게 자라주었으면 그것만으로도 복이라 여겼다. 이와 같이 어둡고 험난한 길을 바쁘게 달리다보니 그런대로 시간은 흘러갔다.

 일찍이 침술을 공부해둔 것을 활용해보자 생각했다. 그 당시 국가에서 침술면허를 발급해줄 것이라는 소문이 떠돌고 있을 때였다. 그래서 더 열심히 배워두었다. 침술은 원래부터의 가업이라 그리 어렵지 않게 익혀두었다. 침 시술법을 자상하게 수첩에 잘게 써서 두 권이나 만들었을 정도였으니 면허만 없었을 뿐이지 돌팔이치고 실력이 아주 없었던 것은 아니었다.
 침술 면허가 없었음에도 불구하고 나의 처지와 생활의 다급함에 환자를 불러 침을 놓았다. 환자는 많았다. 환자가 많은 만큼 돈도 붙었다. 환자의 지병이 나아가는 모습을 볼 때면 보람도 있고 재미도 있었다.
 그러나 나라에서 금하는 돌팔이 침쟁이였음을 부정할 수가 없었다. 침술면허 소식도 요원했다. 더 이상 끌어갈 용기가 내게는 없었다. 돌팔이 의료행위를 하는 동안 늘 불안하여 심사숙고 끝에 마음을 닫고 스스로 삼가 마침내 침통마저 덮고 말았다.

그렇게 올곧게 살았건만

6장

만조

흑천에 띄운 묵향

1997년 5월 30일, 50여 년 세월을 서울에서 전전하며 줄기차게 살아왔던 내가 그렇게도 염원했던 두메생활을 하기 시작했다.

나 말고도 많은 사람들이 나이가 많아지면 서울을 떠나 자연 속에서 유유자적하고 싶어 하는 것이 고금이 한결같다.

나는 오랜 세월을 다른 많은 사람들처럼 복잡하고 어지러운 도시에서 정서적으로 허기진 가슴을 억누르고 살았다. 어딘가 텅 비어있는 것 같은 생활을 하면서 그저 목숨이 붙어있기에 살아 있는 그런 의미 없는 삶을 살았다. 도시의 번거로움이 진절머리가 나서 하루 빨리 벗어나고 싶었다.

나는 60대가 거의 끝나갈 무렵에 이르러서야 사그라져가고 메말라 잃어져가는 정서적 문화를 찾아보려고 적극적으로 행동에 옮겼다. 그런 삶을 향해 해가 뜨고, 달이 뜨는 것을 새삼 느껴보는 행복을 찾고 싶었다.

강원도 정선 땅을 찾아 나섰다. 또한 횡성과 홍천을 지목하고 물색했다. 지도의 여기저기에 형광펜으로 칠을 해가며 돌아다녔다. 그렇게 애를 쓰고 다니는데 사위들이 하나같이 거부의사를 밝힌다. 서운한 마음을 억제하며 오다가 들린 곳이 양평 땅 용문의 넓은 여울 광탄이었다. 자식들도 모두가 동의했다.

지금으로부터 거의 백년을 헤아리는 그 이전에 광탄 북촌의 산자락에 '광명의숙'光明義塾이라는 옛 교육기관이 있었다. 아랫마을을 두 팔을 벌리고 감싸 안을 듯이 내려다보이는 양지바른 산자락이었다.

조촐한 주택이 그림을 보듯 옹기종기 모여 있는 마을 어간에 태양이 눈부신 황금 빛 가을 논이 일렁이며 펼쳐져 있다. 마을 끝에 백로가 날아 내리는 거무내 흑천이 흐르고 흑천 건너에 날마다 눈에 띄는 갈지산이 책상처럼 안존하게 우뚝 솟아있어서 내가 앉은 자리가 한 눈에 평화롭다. 뒷산에 소나무가 울창한 가운데 봄이면 진달래가 흐드러져 보기에 아름답다.

어느 날 단월에 사는 문 모라는 키가 훤칠한 지관地官이 우연히 나를 찾아왔다. 앞마당에서 아랫마을을 넓 놓고 내려다보더니 긴 소리로 탄식한다. 정말 기가 막히는 명당자리라고 거듭거듭 감탄하고 있었다. 이 집에 살면 자손들이 크게 출세할 것이며, 많은 복을 받을 것이라고 장담하면서 부러워했다.

그 명당집터 탓인지는 몰라도 과연 그대로 들어 맞았다. 딸자식 셋이 다 금슬이 좋고, 집안이 화평하고 손자들이 큰 기업체의 쉽지 않은 자리에서 일하고들 있는 등 잘 나가고 있다. 큰 손자는 세계 제일의 명문 대학인 하버드대학교의 로스쿨을 졸업하고 보스턴에서 검사를 지내고 있다.

그렇게 복 받은 집에서 13년을 살고 좀 더 늙었을 때를 예단하여 그 복을 그대로 짊어진 채 아파트로 짐을 옮겼다.

광탄의 우리집 옥호 '연우헌'

내가 서울 신림동에서 서예학원을 시작한 것이 1985년도다. 학원이 너무 비좁아서 잠실 송파동으로 이주한 것이 1988년도다. 그로부터 지금까지 30수 년 세월을 수많은 사람들에게 아호를 지어주며 서예를 가르치고 있다.

내게 있어서의 서예는 조상으로부터의 내림으로 지극히 자연스런 일이다. 나의 4형제 중 두 형제는 한의사인 조상의 가업을 물려받았고, 동생 하나는 보건복지 관계의 고급공무원이었다. 그리고 내가 서예 쪽을 내림받았다. 그렇게 물려받은 서예인데도 아무리 용을 써 봐도 아버지의 글씨를 따를 수가 없다. 우리 아버지는 워낙 명필이 셨다.

아버지는 서예 5체 중에 초서에 가장 능하셨는데도 나는 초서를 미처 익히지 못했다. '호작초서 난필오지'好作草書 亂筆 汚紙라는 말이 있다. 즉 초서로 흐려 쓰기 를 좋아하고 어지러운 글씨로 종이를 더 럽히지 말라는 뜻의 가르침이다.

이 말은 율곡 선생이 아이들에게 가르 친 훈언이다. 내가 꼭 이 훈언을 따라서 라기보다 다른 것에 시간을 빼앗기다보 니 초서를 익힐 틈이 없었다. 그것은 게 을렀던 나의 핑계였을지 모르지만 아무 튼 그렇다.

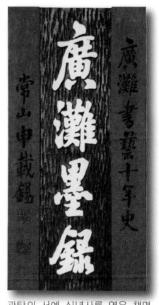

광탄의 서예 십년사를 엮은 책명

의숙이란 요즘의 학교를 축소한 옛날의 교육기관이다. 광명의숙 에서는 반상班常을 가리지 않고, 마을 아이들은 물론, 인근지역의 학 동들에 이르기까지 공들여 글을 가르쳐 세상이 놀랄 만큼 떨치는 인 재들을 많이 배출하였다. 그것이 백년도 채 안 되던 때의 일이었다.

100년 전 용문초등학교의 전신이었던 광명의숙이 1910년에 남원 양씨문중에 의해 세워졌다가 6.25전란으로 건물은 없어지고, 그 큰 학당이 있던 산 자드락의 언덕진 명당자리가 밭으로 변해버렸다.

내가 가거지지可居之地로 여겨 터를 잡은 집터가 바로 이 자리였다. 그것은 나 자신도 전혀 깨닫지 못한 상태에서 그곳에 작은 전원주택 한 채를 짓고, 70이 가까운 나이에 이주하게 되었다. 옥호를 연우헌 燕牛軒이라 지었고, 마당에 번듯한 사모정 정자를 짓고 연우정이라 이름 지었다. 정자의 네 기둥에 한시를 지어 주련으로 새기고 현액 과 시판을 손수 쓰고 새겨서 걸었다.

아담하고 품위 넘치는 정자에 올라 따끈한 차 한 잔을 마실 때면 문득 하늘에 오르는 한 마리의 자유의 새가 되는 흥분을 느끼게 하 는 그런 정갈한 노년을 신선같이 살았다.

딸들 셋이 손자들을 앞세워 자주 와 주었다. 남들에게 귀부인으로 보인다는 딸이지만 내게는 언제나 옛날부터 있어온 어린 딸일 뿐이 었다.

살아갈 날이 얼마 남지 아니한 늙바탕의 마지막 보금자리를 그곳에 틀고 좋은 물과 피톤치드가 스며있는 청정한 공기를 마시며 희열을 만끽했다. 밤하늘을 쳐다보면 별은 그 수가 부쩍 늘어난 것 같았다. 아마도 도시에서처럼 불빛이 강하지 않아서 그러는 것 같았다. 은하에 박힌 북두칠성을 비롯한 큰 별들은 에메랄드를 박아놓은 듯이 파르스레 빤짝였다.

　벼와 밭작물이 지척에서 짙푸르게 자라고 있는 위를 백로가 하얀 깃을 드리우는 전원의 아름다움을 보고 있노라면 신선이 따로 없었다. 극도의 과학문명만 난무하는 도시생활에서 침잠할 수밖에 없었던 정서가 새삼 그 싹을 틔우는 것 같은 감정의 변화를 체험할 수가 있었다.

　그 광명의숙 자리에 보금자리를 틀면서부터 문화에 메마른 그곳 주민들을 위하여 무엇인가 해야 하겠다는 생각을 했다. 그해 세한에 계몽의 차원에서 가장 수준 높은 문화인 한문서예를 가르치고 이어서 서각까지 가르치기 시작했다.

　성실한 것은 하늘이고, 성실하게 살려고 노력하는 것은 사람의 길이라고 하는 말이 새삼 생각났다. 여태까지 문화다운 문화에 접한 적이 없이 살아온 두멧사람이라 하더라도 스승과 제자가 모두 열심이다 보니 시간이 지나면서 서예 실력은 몰라보게 늘고 있었다. 그야말로 일취월장日就月將이었다.

　무보수의 재능기부봉사이고 보니 재미는 더 있었다. 나는 마을의 남녀노소에게 온갖 정성을 다 바쳤다. 나는 적은 생활비 외에는 돈에 욕심이 없었고, 무슨 지위 같은 욕심도 없는 사람이다. 또한 성실치 못한 것을 가장 싫어한다. 그렇게 일생을 밑지고만 살아온 사람이다.

서울에서 자란 나에게는 고향이라고 할 고향이 없었다. 그래서 이두메농촌을 고향으로 생각하고, 그곳 사람들에게 서예와 그에 수반되는 여러 가지 문화를 자연스럽게 접할 수 있게 했다. 그러한 문화계몽 효과는 괄목하리만큼 컸다. 사람들의 사고가 달라졌고, 정서가달라졌다. 마을도 문화가 있는 마을로 변모했다. KBS를 비롯하여MBC, SBS 등 방송사에서 취재를 나왔고 각 TV에 방영되어 원생들을 더 없이 기쁘게 하였고 자부심을 갖게 하였다.

2003년 2월에 나는 유래 없이 다양하고 큰 규모의 서예 서각 개인전시회를 열었다. 일반 화선지에 쓴 서예작품을 비롯하여 목판 서각작품과 납석 서각작품, 심지어 박 서각작품까지 서예의 모든 것과자료의 모든 것을 총망라한 작품 83점이 전시장의 벽면과 바닥에까지 전시되어 대성황을 이루었다.

이 전시를 서울 인사동의 백악미술관에 이어 양평미술관에서 그작품 그대로 또 열었다. 그래서 내가 사는 광탄 사람들 대부분이 관람했다. 그로 인해 서예 제자들은 물론, 마을사람들도 안목이 넓어지고 품성이 더 한층 높아지는 계기가 마련되었다.

내가 군 생활 마지막을 육군본부와 국방부 심리전과에서 근무했다. 일과를 마치고 남은 시간을 시도 아닌 시를 백여 편을 지어서 수첩에 깨알처럼 써놓고 표지에 '석하시집' '뽕잎 따는 낭자들'이라 이름 지어 잠사시험장의 낭자 수강생을 상대로 낭독한 일이 있었다. 이

때의 졸호 夕霞석하는 저녁노을이라는 뜻을 표현한 말이었다.

그랬는데 노을은 고사하고 먹구름속만 헤매다가 이제 겨우 노을빛을 바라보게 되었던 것이다. 그 졸호가 말했듯이 인생 저물녘에서야 노을빛을 보게 되었으니 내 나이 이십대에 미리서 예감했던 것이 아니었던가 하는 생각을 해보는 여유도 생겼다.

광탄廣灘이 너분여울이고 너분여울이 거무내요 흑천黑川이다. 그 흑천이 먹물로 검어졌다. 마을에 먹 향기가 풍기고 집집마다 서예작품이 걸렸다. 마을회관 앞 벽체에 새로 글을 깨우친 아이들이 먹물을 듬뿍 찍어 붓으로 괴발개발 쓴 낙서가 어지러웠다. 마을 어귀에는 '먹 향기 그윽한 마을 광탄'이라는 글씨를 큰 돌에 새겨 두 곳에 마을표지석으로 세워졌다.

光明義塾址 광명의숙지

聲名鄕塾北村昻　성명향숙북촌앙

必育英才勉敎章　필육영재면교장

篤學文徒驚世振　독학문도경세진

鳴呼俊士那遊浪　오호준사나유랑

斯邱緣作身然到　사구연작신연도

花影閑居百慮忘　화영한거백려망

忽覺授傳書又刻　홀각수전서우각

十年巷處墨幽香　십년항처묵유향

광명의숙의 옛터

이름난 의숙이 북촌에 우뚝 밝아

공들여 가르쳐 인재를 키웠었다

독실한 문도들이 세상에 떨쳤거늘

오호라! 그때의 그 준사들은 어디에 노닐던고?

이 언덕에 인연 맺어 내가 이르러

꽃그늘에 한가히 번거로움 잊으려 했는데

서예도 서각도 가르치자 문득 깨닫고부터

십년 세월 마을 곳곳엔 그윽한 묵향이

광탄에 이런 표지석이 두 개가 서있다

용문산국민관광지의 묵적

    사람이 6,70년을 살아오는 동안 좋은 일, 보람된 일 혹은 아주 험한 일 등 별의별 일을 다 겪으면서 산다. 그러면서 고매한 학식과 경륜과 높은 인격을 쌓는다. 그런 과정을 겪으면서 어떤 분야의 전문적인 지식으로 달인의 경지에 있는 사람도 헤아릴 수없이 많다. 그것은 그 사람만이 지닐 수 있는 값진 보물이다.

    그러한 값진 보물을 이제 늙어서 쓸모없는 것이라고 금고 속에 깊숙이 보관하기만 하고 그대로 방치해 두는 것을 노인들은 통념으로 알고 있다.

    그 값진 지식이나 경륜을 과감히 끄집어내어 재생할 생각을 왜 해보려고 하지 않는지 모르겠다. "나는 이제 안 돼" 하는 맥 빠진 생각을 버리고 좀 더 적극적인 의욕을 가지면 적어도 80세 중반까지는 더 활동할 수 있지 않을까 하고 조심스럽게 생각해 본다.

    나는 지닌 재주나 간직한 지식이 지극히 적음에도 90이 가까운 지금까지도 마지막 한 방울도 남김없이 다 털어내어 미력이나마 사회에 공헌하고 있다.

    내가 70대 중반에 들었을 때 하고자 하는 일에 힘을 보태기 위해 함께 동참할 노인들을 모았다. 그것이 향사연회鄕士硏會였다. 향사연회는 10명도 채 안 되는 노인들만의 작은 단체에 불과하다. 그렇지만 이룩한 업적은 적지 않다. 우리는 누구도 따를 수 없을 만큼 젊었을 시절의 열 배를 더 노력하여 한 지역에서나마 괄목할 만한 문화활동을 펴나갔다.

회원들 모두가 그렇지만 나를 비롯한 몇몇 노인은 누구에게도 뒤지지 않을 정도로 더 많은 노력을 기울였다. 그 중 하나가 2천 쪽에 달하는 용문면지 편찬과 양평유림총서 편찬, 그리고 용문산국민관광지를 공원화하는 데 깊이 이바지한 것이다.

공원 내에 시비공원을 조성하여 큰 시비 18기를 세워놓았다. 시는 옛 문인과 정객들이 용문산 정기에 취해 읊은 정취어린 한시를 골랐다. 그리고 글씨는 국내에서 제일가는 서예대가를 내가 노구를 이끌고 일일이 심방하여 어렵사리 휘필을 받아왔다. 물론 나 자신의 졸

필도 수고의 보상으로 두어 점을 함께 세워놓았다.

그 일의 일환으로 관광지 내의 농업박물관과 누각에 현판을 새겨서 걸었다. 누각 내에 시판도 걸고, 각 실마다의 간판까지 모두 나의 묵적과 각흔을 남겼다.

양평군에서는 용문산국민관광지를 상징하는 솟을삼문을 관광지 입구에 대궐처럼 크게 세웠다. 봄바람이 나른한 봄 잠결에 불어오는 계절에 솟을삼문을 건축할 대목장이 나를 집으로 찾아와 상량문을 써달라고 부탁해 왔다.

길이 7미터의 보목에 상량문 지어 쓰다

실버들이 노랗게 눈을 틀 무렵 콸콸 흐르는 맑디맑은 시냇물을 마음에 담아 그 솟을삼문 천정 위에 얹을 상량보에 경건한 마음으로 상량문을 썼다. 길이 7미터의 긴 보목에 상량문 100여 자를 손수 지어서 그 보목을 타고 앉아 정성들여 썼다. 그리고 건축물 정면 이마에 '경기제일용문산'이라는 현액에 나의 묵적을 남겼다.

이와 같이 국내 굴지의 관광지에 나의 묵적과 서각작품을 무수히 남겨놓게 된 것은 무엇보다도 노년의 부단한 노력의 소산이며 그에 따른 행운이라 아니할 수가 없다.

그 외에도 양평의 전 지역에 60여 점의 현판과 시판, 그리고 시비와 신축한옥의 상량문 등이 고루 산재되어 있다.

이 모두가 내 나이 70세를 넘은 10년을 남짓한 사이에 행한 것들이었다. 지난 세월 어디를 보나 마음 아프게 하는 것 뿐이었던 나를, 하는 일마다 뒤죽박죽이던 나를 뒤돌아보면서 홀로 웃을 때가 적지 않았다.

용문산국민관광지 속을삼문에 휘호하다

서각명인

나는 지난날이나 아주 늙어버린 지금까지도 남이 아직 생각하지 않고 있거나 생각하려고도 하지 않는 그런 것을 찾아서 즐겨하고 싶어 한다. 마치 탐험가가 미개척지를 찾아다니듯이 있는 것에 그대로 눌러앉아 있지 못한다. 그것은 아마도 타고난 버릇인 것 같다.

내가 10세 때였다. 마당에 있는 단단한 대추나무 삭정이를 꺾어서 돌에 문질러 갈고 깨진 유리조각으로 또 곱게 갈아서 칼끝으로 도장을 새겼다. 물론 내 성씨인 신자申字 한 자만을 어렵게 새긴 바 있었다.

내가 어렸을 때부터 잔재주가 많았던 것 같다. 17세의 어린나이에 마을의 철공소에서 선반공으로 일할 때였다. 휴식시간에 틈을 내어 버려진 스테인리스강판 조각을 주워서 드릴로 구멍을 뚫고, 그라인더로 갈아 겉면을 돌아가며 다이아몬드처럼 면을 냈다. 그리고 광이 나게 물 사포로 곱게 갈고 손바닥이 열이 나도록 문질렀더니 내가 보기에도 무척 예뻤다. 나는 기쁜 마음으로 어머니의 하얀 손에 끼어드렸다. 어머니의 왼쪽 무명지에 딱 맞았다. 어머니는 자식의 소중한 정성을 생각해서 적어도 10년 이상은 손에서 떠나지 않았다.

나무에 새기는 서각은 대장경판을 새기듯이 엄청 많은 사람들이 취미삼아 하고 있다. 그런데 나는 남보다 유별나서인지는 알 수 없으나 그것만으로는 만족하지 못했다.

서각을 본격적으로 손을 대다보니 나무에 새기는 것만으로는 양에 차지 않았던 것이다. 그래서 납석서각을 염두에 두었다. 납석은 석질이 부드러워 전각도장으로 많이 이용되는 돌이다. 그렇다보니 웬만한 서예가라면 많이들 다루어 본 경험이 있다. 그런 납석을 구하려고 전국을 수소문했다. 인사동 필방에서 구입하기에는 비용 문제가 만만치 않았고, 원석은 더더욱 구할 수가 없어서였다.

우여곡절 끝에 전라남도 땅끝마을에 인접한 해남군 황산면 옥동리라는 곳까지 갔다. 거기에 납석 광산이 있었다.

폭약으로 발파한 막 생긴 원석덩이를 사왔다. 그것을 앞에 놓고 볼 때 문자만을 새기기엔 아까운 생각이 들었다.

문자를 입체각으로 표현하여 보기에 활기차고 심미적 쾌감을 느낄 수 있는 그런 예술작품을 얻으려는 노력은 이미 오래전부터 일반화되어 있다.

나는 여기에 좀 더 진보하여 납석 원석에 어떠한 조형물을 조각하고 거기에 걸맞게 문구를 해설하듯 덧새기는 방향으로 구상해 보았다. 그렇게 작품화 한다면 환조조각이 지닌 특성을 십분 발휘할 수 있을 것은 물론 예술성과 감상 효과도 오히려 배가될 것이라는 확신이 생겼다.

그렇게 생각을 정리하고, 나는 납석 원석을 그대로 이용하여 면을 골라 조각하고 글씨를 새겼다. 납석은 재질이 부드러워 작품을 하면

보기에 좋고 감촉이 뛰어나고 비할 데 없이 격이 높다. 그래서 하면
할수록 매료되어 비싼 원석 값을 고려치 않고, 더 하고 싶은 충동이
일었다.

오랜 세월을 서예에 몰두한터라 서각 역시 서예적 안목에 치우치
지 않을 수가 없었다. 내가 전국공모전에 나아가 수많은 서각작품을
접하고 심사할 때마다 글씨가 좋은 작품을 보면 그 작품이 훨씬 돋
아보였다. 서각은 글자 그대로 글자를 새기는 작업이기에 그것은 너
무나 당연한 것이다. 그래서 글씨에 더욱 소홀하지 않았다.

2003년 2월에 서울 백악미술관에서 전시한 납석서각작품을 구경
한 '월간서예'는 납석서각작품을 특종으로 다루어 소개하였다. 월간
서예라면 서예계의 제반사항과 정보를 소개하는 잡지라서 어쩌면
당연하겠으나 자연수석을 다루는 잡지인 '월간수석'에서조차 오히려
대대적으로 2개월에 걸쳐 작품사진과 함께 자세하게 게재한 것은 매
우 이례적이라 하지 않을 수가 없었다.

이와 같이 내 작품을 보고 멋있다는 사람이 많았다. 그러나 그 작품 속에서 은근한 정서를 느꼈는지, 깊은 감정을 느꼈는지, 숨겨진 말을 찾았는지, 아니면 그냥 단순히 겉보기에 멋있다고 생각했는지는 알 수가 없다.

그런 작품이 세상에 남아 있어 봤자 내가 없어지면 나와 함께 내 기억 밖에 있을 것을 그렇게 누군가에게 남기려고 애를 썼다.

2013년 5월 한국예술문화단체 총연합회(한국예총)에서 전국에 산재되어 있는 각 분야별, 부문별 예술인을 발굴하여 2차에 걸친 심사와 현장 실사과정을 통해 엄중히 검증하여 그 결과에 따라 '명인'으로 선발 인증했다.

나전칠기, 탱화 등 수많은 예술 업종 중에 나는 공예분야 예술로 분류한 서각예술명인으로 인증 받았다. 특히 납석서각부문을 중시하여 특이하고 희귀한 예술이라 하여 명인으로 선발되었다.

이번에 인증 받은 예술명인이 고전적 전통만 다루는 과거의 인간문화재처럼 국가가 직접 나서서 주는 증서가 아니고, 한국예총이 대행하는 증서이다 보니 다소 격이 떨어지는 것이 아닌가 하는 의구심이 없는 것은 아니다.

그러나 과거의 인간문화재는 고전적 전통만을 고집한 명인이라면 현재의 예술명인은 과거의 전통은 물론이거니와 현대적 개척예술을 총 망라한 명인을 지칭하는 광범위한 진보적 예술명인이다.

그러니만큼 과거처럼 국가가 직접 나서서 인증하는 제도가 없어진 지금 우리나라 예술을 총 망라한 대표적인 단체인 한국예총이 주관하는 명인증서를 결코 격이 떨어진다고 보지는 않는다.

명인이 남긴 작품

1. 진맥 받는 소녀의 손

널찍한 납석원석덩이를 작업대에 얹어놓고 작품구상에 몰두하고 있었다. 그러다가 서예교실 공부시간이 되어 자전거를 타고 광탄의 서예교실에 들어섰다.

어른 교습생을 비롯해서 서예를 배우고자 하는 어린학생들로 교실 안이 꽉 들어찼다. 나는 여느 때와 마찬가지로 일일이 붓을 잡아주며 교실이 좁다하고 돌고 돌면서 열심히 가르치고 있었다.

그러던 중 문득 한 소녀의 손에 눈이 멎었다. "앗! 이거다" 하고 더 눈여겨보았다. 중학교 2학년 아이의 가냘픈 여린 손이 서예탁자 위에 자연스럽게 손가락이 위로 말려 올려 져 뒤집힌 대로 놓여 있었던 것이다. 마치 고전소설에서나 읽어볼 수 있었던 양반가의 요조한 규중처녀의 섬섬옥수纖纖玉手를 눈앞에서 현실로 보고 있었던 것이다. 그것을 보는 순간 그처럼 고뇌하던 작품구상이 떠올랐다.

한의사로 유명한 나의 동생 신재용의 손가락이 이 어린 소녀의 손목을 집고 진맥하는 모습의 작품을 시도하려는 것이었다. 한의사의 손이 어린 환자의 손목을 살며시 누르며 마주 대하는 모습의 작품을 머릿속에 그려보고 있었다. 그것이 2002년 입춘을 금방 지난 어느 날이었다.

학원 수업을 마치자 자전거 페달에 속도가 붙었다. 눈여겨보았던 대로 끌 칼에 망치질을 하고 파내고 긁어냈다. 소녀의 손 모습이 어렴풋이 들어나고 진맥하는 동생의 오른쪽 손가락 세 개가 맥박 뛰는 소녀의 왼쪽 손목 위에 정확하게 얹히어지는 형태가 대충 만들어졌다.

이와 같이 작품의 윤곽이 들어나자 손 옆자리의 넓은 바탕에 '東醫'동의라는 전서 대전체篆書 大篆體 글씨를 적당한 크기로 조화롭게 양각으로 새겨 넣기로 하고 자리를 잡았다.

여린 손가락 다섯 개를 입체적으로 깎아 실물대實物大로 만들어야 한다. 납석은 옥석이나 다른 돌처럼 단단하지 않다. 그래서 쉬이 깎이는 장점이 있는 반면 쉬이 부러질 염려가 다분한 단점이 있다. 그러니만큼 여간 조심하지 않으면 안 되었다.

좌대는 느티나무 고사목을 다듬어서 오장육부를 상징하는 문양으로 깎아서 곱게 갈아 만들고 그 위에 작품을 얹어놓았다. 이렇게 만들어놓은 東醫동의라는 작품은 지구상에 이것이 유일하다.

돌에서 느껴지는 차가운 기운은 납석이기에 매끄럽고, 초를 메겨 마감하므로 따뜻한 느낌으로 부드러워졌다. 열다섯 살 소녀의 연약한 하얀 손가락이 위로 향하여 구부러져 있어 손톱이 자연 노출되어 있다. 손바닥에 손금이 가로로 선명하고 엄지손가락 위의 어복이 통통하니 건강함을 들어낸다. 완골腕骨을 감싼 손목주름에 걸쳐 진맥

하는 한의사의 손가락 셋이 살며시 누르고 있다.

마치 아름다운 소녀가 구름 속에 나타난 것 같고, 섬섬옥수纖纖玉手는 무지개 속에서 보는 듯하다. 손목과 손가락은 애잔한 치기가 서리고, 어복魚腹은 통통하게 살이 쪄 아름답고, 엄지손가락은 다소 여위어 있는 것이 어쩌면 어린 공주의 방자함이 나타난 듯하다. 아름다움은 그 진가를 감상하는 사람이 소유한다지 않는가. 나는 그런 생각으로 실물처럼 아름답게 만들었다.

한의사 선생님은 이 어린 환자의 건강상태가 너무 좋아 어디가 아픈지 진맥만으로는 짐작도 할 수가 없다고 한다. 그러면서 어쩌면 옥황상제께서 보시기에 너무나 황홀하여 시기하는 마음이 생겨 훼방하는 것이니 잠시 아플 뿐 금방 나아질 것이라고 넌지시 일어준다.

이 작품은 6대째 가업으로 이어가는 한의사인 나의 막내 조카 승호 군이 경영하는 미국 뉴저지의 해성한의원 진찰실의 유리관 속에서 찾아오는 환자들의 눈을 즐겁게 해주고 있다.

'동의' -진맥받는 손

2. 매혹적인 발

요즘같이 문명이 극도로 발달한 세상에도 아프리카의 여러 곳이거나 동남아세아, 또는 남미의 아마존정글 등에서 거친 숲속 길을 뱀이 우글거려도 마다하지 않고 맨발로 거침없이 걸어 다니는 사람들을 텔레비전을 통해서 흔히 보게 된다.

아무리 선천적으로 예쁘게 태어난 발이라 하더라도 울퉁불퉁한 험한 땅바닥을 맨발로 싸다니고, 발을 짐승처럼 함부로 다루다 보면 갈라지고, 발바닥이 굳어져 군살이 붙고, 고무처럼 탄력이 생겨 발의 형태가 일그러진다. 그러한 생활에서는 어여쁜 여자의 연약한 발이라 할지라도 예외 없이 망가질 수밖에 없다.

원래의 발은 그런 용도로 사용하게 되어 있는 신체 조직의 일부다. 그러므로 발이 낙타의 발 같거나 원숭이 발에 코끼리가죽 같다 하더라도 별로 신경 쓸 필요가 없다. 오히려 무거운 몸을 지탱하고 오랫동안 험한 땅바닥을 걸어 다녀야 하는 기능면에서는 그런 편이 훨씬 더 효율적일 수 있다.

아름다움을 탐닉하는 것은 문명인이면 누구나가 추구하는 내면적인 정신활동의 소산이다.

요즘 정형외과병원 중에는 족부질환에 초점을 맞춘 특성화병원이 생기고 있다. 그런 병원에 무지외반증 등 족부 수술환자가 급증하고 있을 정도로 발에 대한 미적 욕구가 눈에 띄게 일반화 되어 있다.

이백李白은 일찍이 그의 시 '월녀사'越女詞에서 강남여인을 보고 얼굴도 예뻤지만 발을 더욱 찬양하여 시를 읊기를 "나막신 위의 서리 같이 하얀 발이 맵시 있게 수놓은 버선도 신지 않았는데…" 라 하여 고운 수를 놓은 것보다 더 아름다운 맨발을 찬양했다.

長干吳兒女 眉目艷星月　장간오아녀 미목염성월

屐上足如霜 不着鴉頭襪　극상족여상 불착아두말

나는 세상에서 가장 아름다운 발을 만들기로 작정하고 작업에 착수했다. 끌과 조각도가 가는 대로 별 어려움 없이 작업이 순조로워 내가 마음먹은 대로 아름다운 여인의 발이 돌 위에 오뚝하게 솟아올랐다.

그 옆 원석바탕에 "魅惑"매혹이라는 전서체글씨를 새겨 넣고 전각 도장까지 덧새겨 넣었다. 두툼한 원형의 느티나무로 받침대를 높게 하고 받침대 나무에는 전서체로 "眞秀"진수라고 은은하게 음평각陰平刻으로 크게 새겼다. 진수는 '참으로 뛰어나다'는 뜻이다.

眞秀진수 받침대 위에 납석원석이 우람하고 원석 오른 쪽 바탕에 魅惑매혹이, 왼쪽 상부에 여인의 오른쪽 발이 실물 크기로 오뚝하게 얹히어져 있다.

발가락 다섯 개가 가로로 주름져 꼬물거리는 듯하고 발가락 사이마다 촉촉한 것이 고릿한 땀내가 함초롬 풍기는 듯하다. 발등과 발가락은 살이 통통한 것이 애티가 있어 신선하다. 화장이라고는 네일 아트 한 것도 아니고 초를 녹여 입힌 것이 전부인데 천진스럽고 연약한 애련함이 배어있는 듯 민망할 정도로 정갈한 맨발에 혈관까지 돋아있어 생동감이 느껴진다.

발톱은 본시 발가락 끝을 보호하기 위해 생긴 것이지만 다섯 개의 발톱마저도 미적 요소를 잊지 않았다. 그래서 보기 좋게 다소 갸름하게 조각했다. 엄지가락에 속반달이 내비치는 치밀함도 잊지 않았다.

이 발의 주인공은 필시 귀한 집의 규수임에 틀림없다. 너무나 아름답고 앙증맞아 천진스런 요정이 문득 나타난 듯 수줍은 모습이 역력하다.

마치 월궁항아月宮姮娥가 천의무봉天衣無縫(천사의 옷은 원래 바느질이 없이 만들어졌다)으로 은하를 밟고 하강하는 발 같은가 하면 하늘의 직녀가 금강산 상팔담에 내려와 목욕을 즐기다가 나무꾼에게 들켜 화들짝 놀란 나머지 발라당 넘어지면서 물속에서 얼떨결에 들어 올린 직녀의 곱디고운 젖은 맨발을 보는 것 같기도 하다.

앙증스럽고 치기어린 아름다운 이 발을 드려다 보고 있노라면 옛 고사가 절로 떠오른다.

마치 한나라 성제의 손바닥위에서 춤을 추었다는 후궁 조비연의 작은 발을 연상케 하는가하면 남원 땅의 이 도령이 광한루 앞 신방에서 둘이 한 몸이 되어 사랑을 나누면서 보아둔 춘향의 오동포동한 오른쪽 발을 보고 있는 착각에 젖어들기도 한다.

이와 같이 찬사가 흐드러졌어도 오히려 부족한 듯 사람들은 보고 또 보며 느긋하게 머물러 감복하고 심취되어 번민하다가 만지고 또 만져보며 넋이 빠지는 줄 모른다.

이 발은 딸을 셋을 둔 아버지의 발과 그 어머니의 발을 모델로 합성하고 춘향의 발을 연상하며 만든 것이다. 이 발이 2011년 7월의 장맛비 속에 세상에 태어났다.

작품은 주인을 찾아 미국 플로리다주 올랜도의 한적한 휴양지저택에 조용히 머물러 있다.

매혹 그리고 수미

3. 청자 병青瓷 甁

표주박 형 주전자라면 보물 제1540호로 지정되어 있는 '청자표형
주자'青瓷瓢形酒子를 꼽는다. 또한 국보로 지정되어 있는 연화문표자
蓮花紋瓢子도 있다. 이러한 보물급 청자주자青瓷酒子들은 국립중앙박
물관에 소중하게 전시되어 그 진귀한 가치와 아름다움을 들어내고
있다.

이러한 신비스런 청자주자를 감상하고 있노라면 비록 그 방면의
문외한이라 할지라도 그것을 빚어낸 당시 도예가의 뛰어난 재주와
얼을 느끼며 감탄하지 않을 수가 없다.

일본에서 600년 만에 우리나라에 되돌아온 청자주자
라면서 사진과 함께 신문에 게재된 바가 있었다. 그
신문 사진을 본으로 하여 작품화하기로 마음에
정하고 자연문채가 있는 납석원석을 골라
서 작업에 착수했다.

술 따르는 주둥이에 구멍을 파서 좌측에
높이 치솟게 하였고, 동아줄처럼 꼬아 만든
손잡이를 주전자 우측에 둥글게 휘어져
매달라 놓았다. 규중낭자의 고운 손이라
야 만질 수 있을 자그마한 뚜껑을 덮었는데

'보물' 청자주자

뚜껑의 손잡이꼭지에 작은 구멍을 뚫어 앙증스럽기 그지없다.

청자 주전자에 받침 접시가 따로 또 있다. 연꽃무늬의 골이 진 납

작한 접시로 된 받침이다. 절반이 돌에 묻힌 주전자를 받친 그대로 함께 돌 속에 묻혀 놓았다.

표주박 모양의 몸통과 받침 접시에는 자연석에 사선으로 빗살무늬가 얼룩얼룩 돋아난 문채가 있어 청자에서는 느껴볼 수 없는 함축미가 이채를 띠며 더욱 아름답고 고귀한 비색翡色으로 보인다.

이렇게 만든 주전자에 은은한 옥색을 조색하였더니 그대로 혼이 담긴 듯하여 박물관에서나 볼 수 있는 비색秘色의 골동 청자주전자로 태어났다. 어찌 보면 보물 1540호로 지정된 청자표형주자를 능가하는 고풍스럽고 아름다움을 지닌 색다른 표형주자로 태어난 것 같다.

그렇게 만든 연후에 청자주전자는 그대로 남겨놓고 둘레 원석을 자연석처럼 깎아내렸다. 그리고 윗부분의 바탕에 '寶物'보물이라는 전서체의 글씨를 큼직하게 음각하고 글자 속에 상감하듯 금색을 넣었다.

이것이 천 년 전에 고려의 명장 도예가가 혼을 담아 빚어낸 청자주전자로 오랜 세월 돌 속에 묻혀 빛을 보지 못하다가 고고학자의 손에 의해 지금 막 발굴된 것 같아 한눈에 번득하게 띄지는 않아도 고박한 멋이 묻어나와 무엇에 비교할 수 없는 신비함이 엿보인다.

돌 속에 깊이 묻혀 이제 청옥으로 화석화한 이 보물 청자주전자를 끄집어내어 송도기생 황진이와 더불어 그의 청루에서 옥반에 마주 앉아 수작하는 공상이 가슴에 절로 서린다.

더 나아가 이 보물에 옥로玉露를 받아 빚은 명주銘酒를 그득히 담아 그의 고운 손으로 옥잔 가득 찰찰 부어 권勸커니 작酌커니 일 배 일 배 부 일 배하며 정연情緣에 얽힌 시조나 읊었으면 제격일 터인데 하는 생각이 절로 난다.

이와 같은 작품들을 정을 쏟고 혼을 기울여 만들었어도 언젠가 내 목숨을 걷어갈 때가 오면 나를 기억해 줄 사람은 아무도 없을 것이다. 다만 내가 만든 작품들이 어딘가에 오롯이 남아 있기를 바랄 뿐이다.

4. 내 생애의 마지막 작품

2017년 1월에 내 생애의 마지막 작품으로 아주 특이한 정자 기둥 서각작품을 완성시켰다. 동년 4월 20일 오후 3시, 그 주련작품이 정자의 준공식과 함께 일반에 공개되었다.

청화예원 둘레에 넘치게 흐드러진 벚꽃 아래에서 열린 준공식에는 미술계의 거장들과 명성 높은 각계의 인사들, 양평군수를 비롯한 관내 인사와 강상묵숙 숙생 여러분이 주관겸 축하객으로 참석하였다. 식전행사로 커다란 꼬리 연 백 개에 축하의 플래카드를 매달고 하늘 높이 띄워 치솟는 가운데 사물놀이 풍악소리가 요란하고 유명 무용수 이유나 교수의 고전무용이 나풀나풀 함께 하였다. 그것은 마치 문화재를 준공하는 국가행사처럼 성대했다.

지난 가을 벚꽃나무에 빨갛게 단풍진 잎사귀가 낙엽으로 떨어지는

맑은 하늘 아래에서 아픈 허리를 지탱해
가면서 노구를 무릅쓰고 작업에 온 힘을
다했다. 조각칼과 망치를 조자룡이 쌍칼
을 휘둘러대듯 거침없이 휘둘러 작업에
몰두했던 주련기둥작품이다.

　이것이 우리나라에 유일한 기법으로
서각작품화한 나 하나만의 특별한 정자
기둥이다. 이러한 정자 기둥은 양평 용
문면의 광탄리에 하나가 있고, 양평 강
하면에 하나가 있다. 그리고 강원도 양
양의 하조대 마을에 또 하나가 있을 뿐이다. 이 대련기둥들은 모두
가 다 나의 구상대로 내 손을 거쳐 만든 작품들로 국내에 유래가 없
이 독보적이다.

　청계산을 주봉으로 사방 둘레에 푸른 산이 병충처럼 둘러 쳐져 있
는 분지의 한 가운데에 논밭이 비옥하고 둘레의 산자락에 고급전원
주택이 듬성듬성 아름다운 곳이 양평군 양서면 청계리와 증동리다.
　고즈넉한 분위기를 풍기는 분지의 서북쪽에 작은 동산이 오뚝하고
그 산기슭에 이어진 삼천 평 넓이에 별스런 청화예원이 그윽이 자리
잡고 있다. 이러한 명당 터에 자리 잡은 청화예원은 고 하인두河麟斗
화백의 묘소를 겸한 화비 비탑畵碑 碑塔 여러 기가 얽섞여 세워져 있
어 더욱 신비한 분위기를 자아내는 곳이다.
　그 옆 자리에 우람한 네 개의 기둥이 떠받힌 사방 5미터의 큰 사모

모임지붕정자가 고전한옥양식 그대로 번듯하게 세워진 것이다.

지난 봄, 정자 규모를 크게 지을 요량으로 기둥용 통나무를 지름 한 자 두 치(36cm)의 굵은 양양송을 양양에서 직접 싣고 와 껍질을 갈아내고 여름 볕에 건조시켰다.

나는 유민자 화백과 고 하인두 화백을 주제로 한 한시 한 수를 지어서 행서체로 굵직하게 휘필하여 그것을 체본 삼아 청화예원 여주인 채연彩然 유민자 화백(양평미술관 관장)에게 직접 쓰게 하였다. 그것을 두 줄로 대를 맞춰 낱낱의 네 개의 기둥에 세로로 붙였다. 기둥머리에는 같은 시를 전서 소전체로 잘게 써서 한 바퀴를 채워 고전적 완자무늬와 함께 빙 둘러 붙였다.

맑은 가을하늘아래에 차일을 치고 그 그늘 밑에서 기둥나무를 타고 앉아 글자 획을 조심스럽게 윤곽을 도려냈다. 서각도가 지난 자국마다 획이 생기고 칼 밥 위에 글자가 살아난다. 그 뒤를 청화예원 여주인 채연이 보조하여 한 달에 걸쳐 주련서각작업은 끝났다.

기둥의 대련글씨에 칠을 하고 머리 부분의 전서체를 구리가루를 입혀 인위적으로 부식시켜 옛것처럼 골동품 화하였다. 골동품으로 모습이 바뀐 전서의 심오한 문자미학은 우리나라의 어느 문화재에서도 볼 수 없는 유일한 것으로서 차원을 달리 한 예술작품으로 승화되었다.

서각작품으로 변신한 네 개의 우람한 기둥은 서각의 조형예술을 과감하게 접목시킨 작품정자로 심미적 취향을 충족시키기에 손색이 없고 비할 수없이 기품이 넘쳐났다.

종래의 사찰기둥이나 정자기둥에는 나무판에 시구를 써서 기둥에 대련으로 붙이는 것을 원칙으로 행해왔다. 일반 사대부 집 기둥도 그렇게 했고 웬만한 서민주택에도 그렇게 치장했다. 그런 것을 주련이라고 한다.

그것을 나는 기둥에 문자를 행서체와 전서체로 직접 새겨 넣음으로서 유래 없이 우아하게 하여 정자의 품격을 높였다. 이 특이한 정자 기둥으로 하여 격조 높은 고전미가 철철 넘쳐흐르는 희귀 정자를 만든 것이다.

이 기법은 아직까지 나의 작품이 국내에 유일하다.

중국여행을 아홉 번이나 했어도 그와 같은 주련기둥을 본 일이 없었다. 물론 나의 견문이 넓지 못한 점이 없는 것은 아니지만 아마도 세계에 유일하고 독보적인 작품주련이라 하여 어긋나지 않을 것 같다.

고 하인두 화백의 아호인 청화靑華를 딴 청화정이라는 현판도 따라서 만들었고 내친김에 시판도 만들어 헌거로운 주련에 어울리게 금색을 입혀 한껏 찬란하게 치장하여 걸었다.

이 정자가 몇 해 전까지만 해도 세상을 떠들썩하게 명성이 높았던 미술계의 거장 고 청화 하인두 화백의 묘비를 겸한 화비에 나란히 세워져 있어 매우 헌걸차다.

그리고 청화예원 초입에는 전서체로 고전미를 살린 자연석 표지석이 받침대에 얹혀 우람하게 세워져 있고 예원 입구에는 사방 30센티미터의 굵은 기둥에 창화예원이라는 글씨를 전서와 한글로 멋을 살려 새겨 쌍으로 세워 조형화함으로서 그곳 예원을 양평의 또 하나의 문화명소로 새로이 자리매김하였다.

하인두 화백이 젊었을 적에 그의 수제자에게 단호하면서도 우회적인 사랑고백을 한 적이 있었다.

"우린 평생을 아무리 가도 가도 만날 수 없는 기차레일처럼 살겠지?" 하는 선생님의 애절한 사랑고백이었다. 그의 어렵게 털어놓은 고백을 수제자였던 유민자씨는 때가 늦어지면 서먹해서 말할 기회를 놓칠까봐서 얼른

"아니에요 선생님, 만날 수 없는 두 줄 기차레일이 아니고 그 레일 위를 달리는 기차가 되면 되잖아요."

하고 그의 애처롭고 슬픈 듯한 고백을 시처럼 받아들였다. 두 사람은 그렇게 순애보 같은 사랑을 맺어 남달리 달콤한 세월을 마음껏 즐기면서 원앙새가 푸른 물에 놀고 푸른 새가 연리지에 깃들인 것 같이 금슬이 좋고 아름답게 살다가 미처 늙기도 전에 하늘은 두 사람의 만 리 여정을 어기고 갈라놓았다.

나는 그런 사연을 칠언율시七言律詩에 담아 한시 한 수를 지어 정자 주련으로 올렸던 것이다.

채연 유민자 화백은 외로운 늘그막을 하늘에 계신님의 모습을 다만 화비에 의지하면서 숱한 세월을 살아왔다.

그 화백의 예원藝園 둘레에 넘치도록 하늘을 뒤덮은 흐드러진 벚꽃 아래에 고전미가 물씬 풍기는 의연한 모습의 정자를 머릿속에 상상하면서 작업에 열중하였다. 채연 또한 그 시를 음미하면서 작업하는 내내 머릿속에는 자신만의 희열과 외로움이 교차되는 감상에 젖어 있었을 것이다.

늘그막의 채연은 이 정자에 올라 임 그리던 지난날을 회상하면서 화비와 시비와 함께 아우른 조각공원을 바라볼 것이다. 거기에는 온갖 감회가 서리서리 서려있으리라.

산새들이 분주히 드나들면서 선계仙界의 음악을 연주한다. 그 연주음이 귓가에 스칠 때에 임과의 애틋했던 지난날의 사랑을 되새겨 회상하는 청한淸閑의 모습을 어렴풋이 떠 올려도 본다.

그런가 하면 빈 배에 달빛만 가득 싣고 포구로 돌아오는 어부의 허탈한 모습도 그려본다.

남편 청화의 뼈와 가죽만 남은 헐렁한 몸으로 마지막 혼불을 훨훨 태우는 열정과 겁쟁이로만 알았던 그의 강인한 정신력을 십자가에 매달린 예수님의 의연한 모습을 동시에 떠올려 그리움과 함께 탄복하기도 한다.

창공에 유유히 흐르는 새털구름을 쳐다보면서 세상사를 탈속할 만한 낭만적 향락과 자연에 친화하려는 유 화백의 이런 모습을 나는 어렵지 않게 상상해 보았다.

나는 그러한 감상에 깊이 잠겨 나의 마지막 남은 가냘픈 힘을 이 정자에 보태었다.

조각공원에는 청화예원의 아름다움을 예찬하는 아래와 같은 나의 시비가 함께 세워져 있다.

青華藝園 讚歎 청화예원 찬탄

催春風暖昨今頃　최춘풍난작금경
嫩草爭先皆有情　눈초쟁선개유정
櫻彩滿園天蓋高　앵채만원천개고
鳥歌森秘花中盈　조가삼비화중영
青華畵碑魂炎墓　청화화비혼염묘
讚歎詩亭傑刻楹　찬탄시정걸각영
心泰道門漸浸樂　심태도문점침락
身康仙洞居長亨　신강선동거장형

청화예원의 아름다움에 감탄하다

봄을 재촉하는 바람이 어제오늘 따듯이 불더니

여린 새싹 앞을 다퉈 모두 다 유정하다
예원가득 흐드러진 벚꽃 하늘높이 가리운
그윽한 숲속엔 새들의 노래 소리 꽃 가운데 그득하다

청화화비 묘역은 임의 혼이 불꽃 되어 훨훨 타는데
시정에 올라선 시 새긴 걸출한 주련에 감탄하누나
태평한 마음 도문에 점점 젖어드는 즐거움 속에
몸성히 선동에서 길이길이 형통하시오소서.

인백기천 人百己千

어떤 사람이건 긴 세월을 살아오면서 자신이 걸어온 지난날의 발자취를 더듬어 후회 없이 만족할 사람이 얼마나 있을까 하고 생각해 볼 때가 있다. 제아무리 완벽한 삶을 살아온 사람이라 할지라도 후회할 몇 가지 일은 다분히 있었을 것이고, 무엇인가 더 하고 싶었던 욕구도 적지 않았을 것이다.

정치계에서 유아독존적으로 군림하여 무소불위하던 권력자도 아주 작은 실수로 도태되는 일이 비일비재하고 정계에서 내로라하던 늙은 정객이 골프장에서 젊은 여성을 희롱하다가 돌이킬 수 없는 망신을 당하는 일도 언론을 통해 익히 듣고 있다.

좀 더 조심했더라면, 좀 더 신중했더라면 망신하는 일이 없었을 터인데 신중치 못해 그와 같은 일이 생기는 것이다. 이와 같이 후회할 일들은 그것이 크건 작건 늘 사람의 주변을 따라다니며 괴롭힌다. 그런 것이 사회생활이다.

어찌어찌하다가 분위기를 좋게 하려고, 재미있으라고 한 가벼운 농담이 상대방의 가슴을 아프게 후려치는 큰 실수를 저지를 때도 있다. 그런 실수를 한 번 저지르고 나면 상대방의 아픔을 미안하게 여겨 그에 더하는 아픔과 수치심을 오랜 세월을 잊지 못해 괴로워하는 소심한 사람도 있다.

그런가 하면 그 정도의 일쯤은 생각할 필요조차 없다는 듯이 아예 잊어버리고 쉽게 사는 사람도 의외로 많이 있다. 어느 것이 장점이고 어느 것이 단점일지는 속단하기 어렵다.

나는 가장 낮은 곳에서 나 자신을 가치 없는 인간으로 치부하고 스스로를 짓밟고 살아왔다. 겉으로는 아닌 체 하면서도 마음속으로는 열등감으로 위축되고 지레 주눅 들어 아무 것도 할 수 없는 하잘 것 없는 인간이라고 자신을 학대하면서 살았다.

얼마나 뼈아픈 슬픔으로 태어났기에 줄기차게 따라다니는 여러 가지 악재들이 내 생애의 처음부터 억누르고 있어야 하는가 싶어 화가 치밀 때가 많았다.

그런 것 때문에 스스로 뒤가 켕겨서 뒤처지기가 일수였고 아무것도 아닌 일에 걸핏하면 얼굴이 붉어지는 적면공포증 현상이 생겼다. 그러한 강박관념은 거의 병적으로 평생을 따라다니고 있다. 그렇다고 맡은 일을 못하는 것은 결코 아니다. 일한 자취는 항상 남보다 앞섰고 결과가 딱 부러지게 깔끔했다.

그랬으면서도 위축되었던 것은 고쳐지지 않는 나 자신의 부정적 암시가 지나치게 고착되어 있는 그런 마음 상태가 문제인 것이다. 거울 속에 비쳐진 노쇠한 몰골을 보면서 독학고루獨學孤陋한 내가 무엇을 할 수 있을 것인가? 학벌이 없다, 운이 없다 하여 푸념이나 하고 처져 있었다. 죽은 후의 영혼까지도 구석진 어두운 곳에서 홀로 배회할 것만 같았다.

그렇게 비관만 하다가 너무 늦은 나이에 이르러서야 시동이 걸렸다. 지난 수많은 세월 동안 가슴 속에 뿌리 깊게 각인되었던 부정적인 자괴심을 어느 정도는 지워버릴 수가 있었다. 퇴화할 대로 퇴화한 나이 70줄에 들어서서야 그동안의 옥조였던 고독과 번뇌를 해탈하고 마음이 다소 가라앉았다. 그리고 불완전하기는 하지만 불행했던 지난날의 하 많은 일들을 되새겨 도에 지나친 위축감을 후회하게 되었다.

인간에게는 뛰어난 재능과 무한한 가능성이 내재돼 있다는 것을 진즉부터 알고는 있었지만 내가 그 선을 과감히 뛰어넘을 수 있는 용기 있는 인간이었는지는 느끼지 못하고 살아왔다.

그래서 학벌 좋은 다른 사람들과 나 자신을 은연중에 비교하는 버릇이 생겼다. 아무리 비교해 봐도 내가 지금까지 생각했던 것처럼 남들에게 결코 처지는 인생이 아니라는 결론을 내릴 수가 있었다.

옛날 우남 이승만 대통령은 학벌이 좋았지만 백범 김구 선생 같은 분은 학벌이 화려한 것이 아니었다. 그러나 지닌 인품이 출중하여 온 국민들로부터 존경 받았다. 나는 그와 같은 생각을 하면서 엄청 노력했다.

무재성옹無才成翁으로 나이 70세에 이르렀을 때였다. 즉 서울에서 두메 전원으로 이주하고부터였다. 내게는 더 살아갈 나이가 바닥났다는 생각이 문득 일었다. 어느 사이에 이렇게 되었는가 하고 새삼 느낄 때가 잦았다. 나 자신이 한심스럽고 아찔한 생각도 들었다. 수백 년 풍상을 버텨낸 비탈바위틈의 메마른 소나무처럼 그저 그렇게 살아가야 하는가? 이대로 쭈그러진 채 생을 마감해야 하는가? 하는 허무한 의문이 꼬리를 물었다.

이 꽃 저 꽃을 날아다니며 꿀만 빨아먹는 아름다운 나비도 우화하기 그 이전에는 징그럽고 흉물스런 그런 벌레가 아니었던가.

나는 용기를 길렀다. 책도 써봤다. 어려운 한시도 격에 맞추어 더 지어보고 책도 더 펴냈다. 나의 만년에 일생동안 못했던 모든 것을 다 하고 싶었다. 과거보다 몇 배의 노력을 했다. 이런 모든 의욕들이 지난날에 깊이 각인되었던 열등감을 도리어 우월감으로 전환시켜 놓았다. 그것만으로도 나는 충분한 보상은 받은 것 같았다. 실망으로부터 해탈되는 것도 적지 않은 축복이라 여겨졌고, 비애와 고독을 숱하게 겪은 뒤의 인생을 스스로 관조하는 것 또한 기쁨으로 여겼다.

일찍이 어려서부터 죽을 고비를 수도 없이 겪었으면서도 그때마다 살아 있었다는 것은 사회인으로서 사회를 위하여 무엇인가 유익한 일을 하라는 신의 계시로 받아들였다. 그런 유익한 일을 하는 동안까지 만은 하늘은 더 살려놓을 것이라는 가능성도 예감했다.

그래서 내게 아직 남아있는 시간을 비록 늙었어도 할 수 있는 모든 것을 남김없이 다 하고 싶었다. 남아있는 힘이 바닥 날 때까지 다 쏟아 붓고 가라는 신의 계시라고 생각했다. 밤을 새워서라도 해야 할 일이라면 그 밤을 새었다.

그러다 보니 야행성 인간으로 바뀌는 것 같았다. 남이 백을 하면 나는 천을 하는 노력을 실천했다. 즉 인백기천人百己千을 생활화하였다. 그와 같은 생활이 미수米壽(88세)를 겪는 지금까지 이어져왔던 것이다.

그렇지만 딱 한 가지 일만은 근본적으로 불가능한 것 같다. 내면에 깊이깊이 각인되어 있는 위축감, 즉 대중 앞에 선뜻 나서지 못하고 적면공포증이 앞서는 용렬한 모습 같은 것을 나이 90에 이르도록 용기 있게 떨쳐버리지 못하고 있다. 참으로 한심스럽지 않을 수가 없다.

나는 선천적으로 욕심이 없다. 그렇다고 욕심이 전혀 없는 것은 아니다. 단 한 가지 욕심이 있다면 바로 일하는 욕심이다. 무슨 일이든지 내가 하겠다고 마음먹은 일은 꼭 하고야 마는 그런 욕심이다.

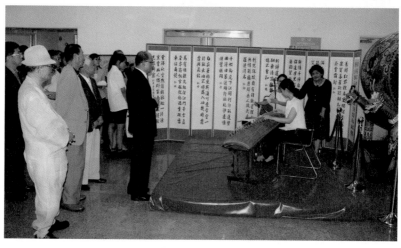

기왕 할 바에는 남이 아직 생각하지 못했거나 손을 대지 않은 그런 일을 찾아서 해보고 싶었다. 즉 처녀지를 개척해보고 싶은 그런 마음이었다. 그렇게 욕심껏 한 일이 남이 한 것보다 한 층 더 나은 것이기를 바랬다. 이런 작업을 하면서도 위축감은 여전하여 남이 보지 않는 혼자만의 장소에서만 가능했던 것 같았다.

지난 2003년 2월 7일을 시작으로 2012년 8월 24일까지의 5회에 걸쳐 열렸던 나의 서예, 서각 개인전시회는 누구도 따라 할 수 없을 정도의 전시회로서 전시작품이 다양하고 수적으로도 엄청 많았다.

작품 내용도 알차서 어떠한 전시보다 화려했다. 그뿐만 아니라 식전행사 역시 예술무대처럼 화려하여 어느 전시회에 비교할 수 없을 정도였다. 관람객은 더할 나위 없이 붐볐다.

화려한 전시회의 뒤풀이

이것 모두가 남이 좀처럼 하기 어려운 것을 나는 한다는 의욕이 앞섰기에 가능했던 것이다. 여기에는 물론 동생 소올이 측면에서 지원해 준 큰 역할이 있었고, 자식들의 도움이 있었고, 아내의 화려한 고전무용 등의 지원이 있었기에 더 빛을 보았던 것이다.

나는 오늘날까지 만년의 십여 년을 서예와 서각을 하면서 짬짬이 글을 썼다. 단편적인 소책자 말고도 십여 권의 저서를 출판했다.

앞서 말했듯이 내게는 남은 시간이 없다. 이대로는 안 되겠다, 이대로 무의미하게 죽을 수는 없다, 하는 뉘우침 같은 것이 강하게 치밀었고, 그것이 강박관념으로 옥조여 뒤늦게 시작한 것이 늙은 나이를 가리지 않고 집필에 몰두하게 한 계기였다. 그렇다고 학식이 풍부한 것도 아니어서 그 내용이 백미였을지 현미였을지 알 수 없지만 그런 것은 상관하지 않았다.

아내의 화려한 무대(전국경영대회 대상)

학벌이 없이도 꼭 대통령이 되겠다는 일념으로 죽음을 무릅쓰고 오로지 밀고 나간 사람이 기어코 그 염원하던 대통령이 되고야 말았다. 하루하루를 맥 빠지게 그냥 생리적인 목숨만 100년을 붙여갔다 하여 산 것이 아니다. 단 30년을 살았어도 후인들의 존경을 받으며 역사에 길이 남는 사람이 값지게 산 것이다.

사람이 염원해서 안 되는 일이 거의 없다. 무슨 일에 마음을 정하면 그 방면으로 머리가 발달하여 뇌의 심층부에 가려져 있던 전 회로가 꿈틀거리며 활동하게 된다. 그렇게 잠자던 뇌를 깨워서 끄집어내면 하고자 하는 일이 눈에 보이고 앞길이 훤히 열린다.

이와 같은 두뇌활동이 오늘날의 과학문명을 낳았다. 과학은 신의 영역을 초월할 정도로 발달하여 지구상의 모든 사람이 고도의 과학 산물을 일반 생활에 손쉽게 공유하고 손쉽게 활용할 정도로 다양하게 보급되어 있다.

이런 것이 정주영회장이 말한 "해봤어?" 하면서 불가능을 배척한 바로 그것이다.

무슨 일을 하고자 할 때 미리 안 될 것이다 하고 부정하면 뇌도 부정 암시를 받아 그냥 닫아버린다. 그러니 캄캄하여 엄두를 내지 못해 의욕이 사라지고 체념해 버리고 만다.

그러나 한계는 있다. 그것이 나이다. 만년 중에서도 끝자락에 다다른 나이는 이미 퇴화할 대로 퇴화한 나이다. 그렇게 늙은 머리로는 아무리 의욕이 충만하고 용을 쓴다 한들 결코 될 수 있는 것이 아니다.

귀는 반 귀머거리가 되었고 눈은 돋보기 위에 큰 돋보기 하나를 더 겹쳐서 보아야 하는 나이로는 제아무리 '해봤어?'를 거듭한다한들 머리는 밀쳐낸다.

88의 나이는 모든 기를 이미 상실한 나이다. 얼마 전까지만 해도 늙어도 젊은 마음 그대로더니 88의 미수에 이르고 보니 그런 마음가짐도 다 사라져가고 있다.

그렇다고 해서 잔약하게나마 생명이 유지되고 있는 한 잔물잔물한 실눈을 연신 닦아내고 있을망정 어찌 그냥 무료하게 헛되이 시간을 낭비할 수가 있을까 하는 의욕적인 생각은 여전하다.

달관하려는 노력

그래서 도에 지나친 욕심일지는 모르겠으나 큰 병 없이 한 3~4년을 그럭저럭 더 살아갈 것이라고 가정하고 백세를 바라보는 첫 해인 91세(2020년)에 이르러 개인전시회 6회째로 '常山書藝望百展'상산서예망백전을 다양한 볼거리로 작품화하여 인생의 마지막을 장식하고자 작심하고 있다.

그 전시회는 지난 5회에 걸친 전시회에서 선보인 전시물의 화려함보다 이미 가물가물 사그라진 기를 한데모아 특단의 대형작품과 함께 작품에 품위를 갖추고 서체를 다양화함으로서 관람객의 눈을 즐겁게 해 줄 요량으로 미리부터 작품구상에 몰입하고 있다.

또한 서예망백전을 겸하여 상산한시 제3집인 '仙翁墨塾圖선옹묵숙도'를 더 지어냄으로서 노쇠한 몸에서 이탈하고자하는 영혼에 활력을 불어넣어 그때까지 만이라도 붙잡아두려고 한다.

그 한시집 '선옹묵숙도'도 상산한시 제2집인 '旅路여로'처럼 여느 한시집에서 흔히 보는 단순하고 고루한 편찬방법을 지양하여 좀 더 현대인에게 다가가서 친근감을 줌으로서 젊은 세대까지도 읽기 좋은 한시집으로 엮어 볼까하고 이미 늙을 대로 늙어 쪼글쪼글 말라 붙은 머리를 쥐어짜기 시작했다.

노년의 사랑방
강상묵숙 江上墨塾

복잡한 도시생활에서 비비대기치면서 자식들도 다 키워놓고 나면 정년이 다가와 오랜 세월 몸담아 오던 직장에서 손을 털고 나오게 된다. 그때부터 대부분의 경우 딱히 할 일이 없어진다. 이것은 누구나 피할 수 없이 겪는 인생 후반의 한 과정이다.

그렇게 허허한 생활을 이어가다가 도시전철 무임승차카드가 발급되는 그때 즈음에 이르면 숲이 우거져 확 트이는 산자락이나 강가 언덕에서 맑은 공기를 마셔가며 유유자적하고 싶은 공상을 한다. 도시에서 별로 할 일도 없이 무료하게 지낼 바에는 능력이 닿는 대로 확 트인 전원에서 살았으면 하는 생각을 한 번 쯤은 하지 않은 사람이 없을 것이다.

나도 그와 같은 생각으로 이곳저곳에 정착지를 물색하다가 양평 땅 용문의 광탄 두메에 터를 닦았다. 산자락 200평 땅에 30평짜리 농가주택을 조촐하게 지어 재미를 붙였다.

앞마당에 토산 몇 개를 도톰하게 쌓아 예술이 있는 정원을 꾸미고, 서울의 서예제자 10여 명이 각자 어울리는 나무 한 그루씩 기념식수로 심어주었다.

정원 동쪽에 한시를 칠언절구로 지어서 주련으로 서각작품 화하여 네 기둥을 세워 정자 틀을 잡았다. 그 위에 전통 토기와를 얹고 옥개에 절병통을 얹었더니 멋들어진 사모모임 지붕 정자가 어엿하게 세워졌다.

마당 서쪽에 광명의숙 자리를 기리는 한시를 지어 유리알같이 매끄러운 오석에 새겨 시비를 세웠더니 그야말로 어엿한 사적지가 되었다. 그리고 마당에 잔디를 심고 아름다운 꽃을 사계에 어울리게 고루 심었다.

그렇게 재미를 붙여 살다가 나이 팔순이 되자 잔디밭에 잡초가 삐죽삐죽 정신을 차릴 수 없이 돋아남을 새삼 느끼게 되었다. 깎아도 뽑아도 잡초는 더 돋아났다.

지지난 해에도 지난해에도 꾸부리면 허리가 아팠는데 팔순이 딱 되자 허리는 꾸부릴 수 없이 더 아팠다. 잡초는 더 기승을 부렸다. 80이라는 숫자의 나이를 헤아리지 않았더라면 잡초도 좀 덜 돋았을지 모를 일이다.

궁여지책으로 아파트로 거처를 옮겼다. 그것이 2010년 여름의 아직도 더위가 기승을 부리는 무더운 7월 말에 이주하였다. 이것이 전원주택에서 아파트로 이주하기까지의 동기였다.

양평의 강남땅에 남한강을 끼고 지은 환경 좋은 아파트다. 규모가 그리 크지 않은 새로 지은 단지의 아파트로 양평강을 낀 맑은 공기로 시원하여 살기가 그만이다. 내가 사는 집이 2층이다 보니 창 바깥이 공원처럼 숲이 우거져 사계절 가리지 않고 각종 새들이 그 안에 가득하다.

지난해 봄에는 서재 방 창틀에 멧비둘기부부 한 쌍이 둥지를 틀어 새끼 두 마리를 낳아 키우더니 깃털이 넓어지자 머리 위에 노란 솜 털이 남아있는 새끼를 거느리고 강가에 지천으로 깔린 갈대밭으로 먹이를 찾아 날아갔다.

세대수가 160여 가구의 비교적 작고 조용한 단지에 우리 두 노인 이 근심걱정 없이 남은 생 90세를 향해 그렇게 살고 있다.

새로 지어 입주한 아파트라 노인회도 없었다. 그렇게 그냥 지내다 가 아파트 관리실장의 성화에 못 이겨서 이듬해인 2011년 1월에 노 인회를 결성했다. 억지로 떠밀려 내가 임기 4년의 노인회장직을 맡 게 되었다. 회원이라야 고작 30명을 넘지 못한 적은 인원으로 경로 당에 정식으로 입주했다.

양평군의 재정으로 면에서 베푸는 약간의 돈 이 경로당에 지급된다. 참 고마운 국가의 배려 다. 이제 우리나라도 복지국가 대열에 끼는 것 같아 긍지를 느끼지 않을 수가 없다. 흡족한 것 은 아니지만 고맙게 챙겨주는 돈을 노인들을 위 해 최대한 알뜰하고 유익하게 쓰여 졌으면 좋겠 다는 생각을 늘 하고 있었다.

노인들은 걸핏하면 옛 시절을 생각한다. 우리 가 젊었을 때에는 노인들을 깍듯이 대접했다. 반면 노인들은 젊은이들에게 늘 사표가 되어 주 었다. 그래서 젊은이들은 노인들을 존경했다.

손수 쓰고 새긴 간판

지금은 세상이 많이 변했다. 아무리 변한 세상이라 할지라도 젊은 이들에게 눈살을 찌푸리게 하는 그런 일은 삼가야 한다.

아파트단지 내의 노인들에게 보람될 만한 일을 마련해서 그분들과 어울려 활기 넘치고 생산적인 무엇인가를 할 수 있게 해 드리는 것이 회장이라는 직책에 충실할 것 같았다. 그러기 위해 내가 그 자리에 있는 것이라고 생각했다.

나는 지난 오랜 세월 동안 가지고 있던 서예용구 일습을 아낌없이 경로당에 내어다 놓고 서예교실을 열었다. 나는 별것 아닌, 그러나 내가 평소에 아끼던 서예용구를 무료하게 지내는 노인들을 위하여 제공하고 싶었다.

서예공부에 참여한 인원이 겨우 7~8명에 불과했지만 재미는 있었다. 많은 사람이 아닌 몇몇 사람이지만 끔찍이 애정 어린 마음으로 돕고 싶었다. 그것은 결코 남에게 보이기 위한 위선이 아니었다. 그 첫 시작이 2012년 3월 6일의 이른 봄이었다.

나는 유일하게 지니고 있는 서예, 서각 재능을 필요로 하는 수많은 사람에게 전수하고 싶었다. 물론 완전기부봉사였다.

미국에 사는 딸과 사위가 연금처럼 보내주는 생활비로 두 노인이 밥을 굶을 염려가 없다. 그러니 따로 돈에 머리를 굴릴 필요가 없었다. 내게 있어 오직 욕심이라면 내가 지니고 있는 별것 아닌 재주를 많은 사람들에게 별것이 되게 남김없이 나누어 주고 싶었을 뿐이다. 그런 뜻에서 약간의 보수조차도 전적으로 물리쳐왔다. 그렇다고 대충대충 하는 법이 없이 성품대로 아주 열성적이었다.

그런 봉사를 20년을 이었고 그동안 나에게서 배워간 사람이 수백 명에 이른다. 전통 있는 서예대전에서 대상을 비롯한 큰 상도 많이 받아왔다. 그 많은 사람들이 나를 만남으로 하여 복을 받았다고 한 결 같이 말하고 있다. 그렇게 복을 서로 나누어서인지는 몰라도 자식들이 다 형통하고 손자들 모두가 잘 풀리고 있다.

이렇게 가벼운 마음으로 정성을 다하다보니 참가 인원이 늘었다. 원래 노인회 경로당으로 지어진 공간이 턱없이 비좁았다. 거기에 서예교실을 열고 서예탁자까지 들여놓고 보니 경로당 실내가 너무 좁았다. 서예에 관심이 없는 노인 분들에게 미안한 생각이 들었다. 하릴없이 군수

손수 쓰고 새긴 간판

님에게 경로당을 증축해줄 것을 부탁했더니 흔쾌히 응낙하여 서예를 공부하기에 충분한 공간이 마련되었다. 내친김에 경로당 한쪽을 갤러리처럼 손색없이 말끔하게 꾸몄다.

서예를 공부하는 노인들 대부분이 지식수준이 최고로 높은 귀골선풍貴骨仙風이요 귀부인이다. 서예교실 이름도 새로 지었다. 주로 귀골선풍노인 분들과 노년의 귀부인이 공부하는 공부방이라서 격에 어울리는 다소 특색 있는 이름을 붙이고 싶었다. 그것이 '강상묵숙' 江上墨塾이다. 먹 '묵'자와 글방 '숙'자를 써서 지은 이름으로 '글씨를 공부하는 글방, '묵향이 그윽한 서예공부방' 정도의 이름이라고 보면

좋을 그런 명칭으로 지었다.

강상묵숙을 열고 그러구러 6년이 흘렀다. 그 동안 나는 80 후반의 고령에서 오는 피로와 허리 통증과 무릎 통증을 무릅쓰고 혼신의 힘을 다하고 있다. 그렇지만 눈은 점점 더 혼탁해져서 눈물이 말라 끈적거리고 소리는 들려도 무슨 말인지 분간이 되지 않게 퇴화했다.

나이 90도 인생의 정상이 아니고 살만한 나이라고들 한다지만 90세가 적은 나이가 아니다. 그래서 품격만이라도 손상되지 말아야지 하는 생각으로 늘 조심하고 있다.

묵숙이 열리고 2년이 지난 뒤에야 공익사업으로 배달강좌라는 프로그램이 있다는 사실을 알았다. 그래서 우리도 그 대열에 끼어주기를 요청했다. 그 결과 양평군 평생교육 프로그램인 배달강좌에 우리 강상묵숙이 서예부문강좌에 적극 동참하게 되었다.

더 나아가 경기도 평생교육진흥원이 추진하는 365,24 두루누리아카데미 학습동아리에도 깊숙이 관여하여 작품 발표도 하고 있다. 뜻밖에도 우리 노인숙생들의 노력의 결실이 들어나 경기도와 양평군에서 우수동아리로 선정 되어 약간의 상금도 받는 등 좋은 호응을 받고 있다.

70대의 젊은 노인은 물론이고 80대 노인 분들에 이르기까지 어엿한 서예가가 되어 35년 전통의 전국서예대회에서 영광의 대상을 받아오는가 하면 양평군 평생학습축제 기간 중에는 축제참가 관람객들을 상대로 70대, 80대의 노인숙생 분들이 가훈을 써주는 행사를 몇 년에 걸쳐 정예화하고 있다. 나는 내가 앞서지 않고 노인 분들이 현장에서 직접 쓰시게 하는 등 그분들에게 보람을 안겨드리게 하는 것을 더욱 즐기고 있다.

입춘이면 노인 필객들이 주민을 위해 '입춘대길 건양다경' 立春大吉 建陽多慶이라는 춘방春榜 수십 장을 써서 필요한 주민들에게 나누어 주기도 하고, 크리스마스에는 남녀 노인들이 산타클로스 옷을 입고 어린 아이들에게 연 만들기 체험과 연 날리기, 그리고 사랑담은 선물을 나누어주기도 한다. 이 작은 행사 역시 서예공부의 연장선에서 젊은 세대와 어린이들에게 친숙하게 다가가서 무엇인가의 본보기로 삼고자 하는 행사로 전통을 잇고 있다.

이와 같이 창조적이며 생산적인 고차원적 문화 활동으로 열이 넘치다 보니 90이 가까운 나이도 염두에 두지 않고 열중할 때가 잦다. 또한 함께 참여한 노인들의 지내는 하루하루가 즐겁고 늙을 시간이 없어졌다.

녹이 쓴 혈관을 타고 젊은 피가 용솟음치는 것 같다. 또한 노인들 자신이 늘그막에 품격 있는 생활을 하고 있다는 자긍심도 생겼고 자손들에게도 당당해졌다.

강상묵숙이 설립된 때로부터 7년을 맞는 지금 숙생은 20명을 넘었다. 묵숙이 자리가 좁아 더 이상 입숙할 수가 없다. 그 20여 명 모두가 서예가로 변모되고 있다. 서로가 품위 있는 아호를 부르며 인격을 높이고 서로서로 존중한다. 묵숙은 항상 갤러리처럼 각자의 작품을 걸어놓아 마치 상설갤러리를 방불케 한다.

화기에 찬 경로당, 감상묵죽

보잘 것 없었던 경로당에 서예공부방을 꾸며 배움의 장을 만든 것으로 수많은 노인들이 백수풍진에 을씨년스럽던 지난날을 활기 넘치게 하였고, 그간의 맥 빠진 저물녘인생을 너울성 파도가 바다 밑을 뒤집어 놓듯 확 바꾸어놓았다. 신선같이 고상한 인격으로 인의예지신仁義禮智信의 오상五常을 이웃에 가르치는 여유로움이 이 사랑방에 생겼다. 젊은 층에 사표가 되고, 어린이들이 올곧게 자라는 모습을 우리 사랑방의 노 선비들이 지켜보고 있다.

아파트 노인들이 이와 같이 건전하여 본보기가 되다 보니 우리 아파트에 노인 입주자가 늘었고, 아이를 거느린 젊은 층이 늘었다. 160여 가구의 아파트에 아이들이 60명을 넘는다. 요즘 우리 사회에 보기드믄 현상이 이곳에 나타나고 있는 것이다.

배우는 동안은 늙지 않는다는 이치와 호기심을 잃어버리는 순간 늙는다는 이치를 체험으로 극명하게 느끼면서 부정적인 잠재의식을 바꾸어 매사를 긍정적으로 변모시켰다.

이와 같은 생활을 계속하다 보니 몸은 처음 붓을 들 때와 별반 다를 바 없이 모두들 외형은 정정하고 마음은 오히려 칠색이 영롱한 무지개처럼 활기가 넘쳐 회춘하는 듯 희색이 만면하여 신선 같이 우러러보인다.

돈이 귀한 보물이기는 하지만 써버리기가 쉬운 물건이다. 그러나 서예는 잘 익혀 몸에 지니기만 하면 살아있는 한 모두 다 요긴하게 쓸 수 있는 것이다. 이런 것이 평생교육이며 늦공부의 위력이라 아니할 수가 없다.

안씨가훈에 이런 말이 있다.

늙어서 배우는 것은 촛불을 들고 밤길을 가는 것과 같은 것이니라.

老而學者 如秉燭夜行 노이학자 여병촉야행

양평강의 맑은 공기를 마시며

미수의 한시인
米壽의 漢詩人

    요즘 직장을 정년으로 마치고 여가활동으로 서예공부를 하는 사람이 적잖이 많아졌다. 수많은 배울 거리 중에 서예공부는 취미활동을 뛰어넘어 인격을 향상시켜주는 차원을 달리하는 공부이기 때문이다.

    전국에 평생학습 교육시설이 늘고 있어 각 지역마다 제각기 다른 여러 배울 거리를 마련하여 여가를 보람 있게 보낼 수 있도록 하고 있다. 이를 위해 각 지방정부는 앞장서서 시설 제공과 그 밖의 여러 가지를 적극 지원하고 있다. 그와 같은 배움의 장에 서예를 가르치지 않는 곳이 거의 없다.

    한문서예를 하다 보면 한시를 작품으로 쓰게 되고, 그 문장에서 전이되는 한시의 운치에 자연스럽게 몰입하게 된다. 그러다 보니 한시를 공부할 욕구가 절로 일게 된다.

    그런 이유에서인지 한시 동호인 중에는 서예를 공부하는 사람이 가장 많아 자기 자신이 지은 한시를 자필 휘호로 작품화하는 사람이 많아졌다.

    한시를 책에서 눈으로만 읽는 것보다 붓으로 직접 한 자 한 자 정성들여 써가면서 음미해보면 그 시를 지은 작가의 모습과 배경까지도 아스라하게나마 떠올리게 된다. 그래서 읊어보는 맛이 달라진다. 이러한 재미를 느끼면서 자연스럽게 한시를 가까이 하게 되어 한시의 매력에 푹 빠져든다. 그러한 매력에 빠져 섣불리 한시를 지어보려고 시도해 보지만 그것이 마음과 달리 쉽지 않다는 것을 금방 느끼게 된다.

한시 짓는 것은 예상외로 어렵다. 운자韻字 이외에도 평성平聲과 측성仄聲을 가리는 한자음운漢字音韻의 높낮이를 가려서 음이 맞고 뜻이 맞는 글자를 골라 제 자리에 적절하게 앉혀야 하는데, 일일이 옥편을 뒤져 그에 걸맞는 자를 찾아 구슬 꿰듯 꿰어 맞춰야 한다. 이것을 해결하지 않고는 한시를 지을 수가 없다. 그래서 많은 사람들이 고민하다가 이내 접어버리고 만다.

내가 한시공부를 염두에 두기 시작한 것은 아버지와 함께 최면학원에서 최면을 배울 때부터였다. 1970년경의 어느 날 종로 4가에서 최면강의를 마치고 귀가하면서 아버지께서 내게 "옛날에는 한시가 출세의 길이었는데 너 한시를 배워보렴. 한문공부도 할 겸"하고 넌지시 권하시던 그 말씀이 오랫동안 늘 가슴 속에 머물러 있었기 때문이었다.

공자는 마당을 지나는 아들에게
"너는 시를 배웠느냐?"고 물었다. 아들 이鯉는
"아직 못 배웠습니다." 하니 공자는
"시를 배우지 아니하면 남과 더불어 말도 할 수가 없느니라."고 하였다.〈논어 계씨편〉
후에 생각해 보니 우리 아버지도 내게 공부하라는 뜻으로 그 같은 가르침을 주신 것이었음을 깨달았다.

내가 서예학원을 운영하면서 한문 글씨를 주로 가르치고 있었다. 그러다 보니 자연스럽게 한문을 가까이 하게 되었다. 그 무렵의 나는 한시 작에 있어서 까다로운 원칙이 있다는 것을 미처 모르고 있었다. 그냥 글자만 그럴싸하게 꿰어 맞추면 되는 것으로 알았다. 나는 한시도 아닌 한시를 숱하게 만들어 놓고, 보고 또 보며 희열을 느꼈다.

이렇게 즐기다가 한시를 너무 가볍게 여긴다는 의문이 들었다. 그 의문은 여태껏 긁적거렸던 연필을 들 용기를 잃게 했다. 그래서 한시는 그만 접고 아예 잊어버리기로 했다.

그렇게 몇 년이 지난 어느 날 우연히 서예학원을 하는 동료와 함께 인사동에서 볼 일을 보고 광화문 교보문고에 들리게 되었다. 내 동생 신재용이 지은 책이 건강베스트셀러 1위에 올라 있다는 것을 대견스럽게 자랑하다가 한시 작에 관한 책과 한시 집 몇 권을 샀다. 그 이후로도 수많은 한시 관계 서적을 사서 숙독했다. 그래서 늦게나마 한시에 조금씩 눈을 뜨기 시작했지만 깊이를 알지 못했다.

1993년 여름, 낙원동 건국대학 자리 바깥채 2층에 한문공부를 할 수 있는 학원이 있었다. 서예학원이 쉬는 토요일 오후시간에 나는 강의를 들었다. 강사는 전라북도 익산 출신의 '홍찬유' 선생이었다. 그 유창한 강의에 각급 대학교 국문학교수가 주로 모이는 강당에 수십 명의 수강생이 모여 진지하게 공부하고 있었다. 그 자리에 한참 모자라는 내가 용기를 내어 끼어들었다.

한시 강의가 전문과목인데 강의가 시작된 지 한 3개월이 진행된 뒤에야 내가 등록했던 것이다. 등록하고 첫날부터 '당시정음집주'唐詩正音輯註라는 순 한문원서를 한시부터 주석에 이르기까지 그대로 유창하게 가르치고 있었다. 대학 국문학교수들도 절절매는 원서를 내가 따라잡는다는 것은 어쩌면 원숭이에게 말을 가르치려는 것과 다르지 않았다. 그렇다고 쉬이 포기할 수도 없었다.

그럭저럭 몇 달은 학원 책상만 지키는 것을 되풀이했다. 이렇게 1년의 한 과정을 마치고 더는 인내력이 부족했던지 이어가지 못하고 마침내 포기해버렸다.

그랬는데 이것이 서당 개 삼년 격으로 조금씩 눈을 뜨기 시작했다. 그 동안 한시 짓기도 수없이 해보았다. 까다로운 율시律詩는 뒤로 미루고 비교적 간편한 절구絶句부터 지어보았다. 익혀둔 기본한문이 짧아 옥편과의 싸움이었다. 이 옥편과의 싸움은 지금이라고 달라지지 않고 있다.

그렇게 10여 년을 거듭하다 보니 작시하는 법을 어느 정도 터득하게 되었고 절구에서 율시로, 오언에서 칠언으로 자유롭게 넘나들게 되었다. 나는 실망에서 어느 정도 해탈했다고 생각했고 그것은 축복이었다.

원래 산을 좋아하는 내가 여행 겸 전국을 누비며 많은 산행을 했었다. 산이란 같은 산이라도 계절에 따라 느낌이 다르고 아침저녁으로 빛이 다르다. 그런 산을 102개의 정상을 야호를 외치고 다녔다. 그러한 각기 다른 지역과 다른 산을 다녀올 때면 머릿속에 시가 될 만한 말을 찾아보고 시구를 올려보았다.

한시는 당시唐詩 형식의 근체시를 주로 쓰는데 평자와 측자를 격에 맞춰 배치해야 한다. 이것이 맞지 않으면 실점失黏이라고 하여 시격이 떨어진다. 그래서 실점이 없도록 글자 놓임에 특별히 유념해야 한다. 이것 말고도 어려움이 더 있다. 3,4구의 함련頷聯과 5,6구의 경련頸聯에는 서로를 맞닿게 대우對偶를, 즉 서로 맞대어 짝을 맞춰야 하는 어려움이 있다.

이와 같이 어려운 한시 한 수를 지어놓고 뉘라서 이 시를 보아나 주랴 하면서도 글자 놓임을 두루 살펴보아 마무리하고 보면 그 흐뭇한 마음은 가히 희열이요, 거듭 읽어보며 음미해보는 묘미는 어느 무엇에 비할 바가 아니다.

한시의 흥취

옛 시인들이 보면 조롱거리로 여길지 모르는 시를 지어놓고 내가 스스로 만족하고 있는 것은 아닐까 하고 수줍은 생각을 하지 않는 것은 아니다. 그러나 무재성옹 無才成翁으로 아무 재주 없이 그럭저럭 늙어가다가 죽는 의미 없는 삶이 싫어서 더욱 열심이었는지 모르겠다.

시취에 잠긴 채 죽은 귀신은 풍류를 아는 귀신이라 하였고, 옛 선비들은 죽음이 임박했어도 시를 가슴에 안고 죽었다고 한다. 그 예로 조선 세종 때의 충신 근보 성삼문謹甫 成三問이 세조에 의하여 참형에 처하였을 때에 읊은 처절한 시가 있다.

참수형장에는 형 집행 시각을 알리는 북을 요란하게 울리고 있고 망나니는 시퍼런 칼을 머리 위로 높이 치켜들고 막 참수하려는 그때에 차분하게 이런 시를 지었다.

擊鼓催人命　격고최인명
回頭日欲斜　회두일욕사
黃泉無一店　황천무일점
今夜宿誰家　금야숙수가

북을 치며 인명을 재촉하는데
돌아보니 해는 서산에 지려한다
황천 가는 길엔 주막 하나 없다는데
오늘 밤은 뉘 집에서 자고 갈고.

　옛날 선비들 사이에서 시고詩苦라는 말을 많이 써왔다. 즉 시를 짓는 어려움이요 괴로움이란 표현이다. 평, 측을 맞추는 어려움과 대구를 짜 맞추는 어려움, 그리고 같은 한 수의 시에 될 수 있으면 같은 문자를 같은 뜻으로 두 번 쓰지 말아야 하면서도 표현하고자 하는 정취가 그 짧은 문장 속에 다 함축되어 있어야 하는 어려움이 도사리고 있기 때문이다.

　옛날에 끼니꺼리를 걱정해야 하는 글 잘하는 가난한 선비가 낮에는 양반 체면 때문에 나대지 못하고 밤이 되어서야 양반가 골목을 돌면서 "글 때우시오!" 하고 외치고 다녔다. 시를 짓다가 글자 하나가 그 자리에 마땅치 않아 며칠을 고민하던 선비가 마침 잘 되었다 싶어 그를 불러들여 글자 하나를 어렵지 않게 바로 잡는다. 선비로서 갖추어야 하는 필수조건인 한시 짓기가 그만큼 어렵다.

나도 이처럼 어렵게 지어놓은 숱한 한시를 추려서 버릴 것은 버리고 응축시켜 책으로 엮은 한시 집 두 권이 '산경만리'山徑萬里와 '여로' 旅路였다.

내가 한시를 공부하다가 이 어려운 시고를 쉽게 해결할 수 있는 편리한 책이 없을까 하는 생각으로 서점가 이곳저곳을 찾아보았다. 그러나 그러한 책은 눈에 띄지 않았다.

나의 지난날의 경험을 토대로 볼 때 그런 편리한 책을 필요로 하는 사람이 많을 것이라는 데에 착안하여 2011년 6월에 '한시운첩고'漢詩韻捷考와 '시고를 덜어줄 명시가구선'名詩佳句選을 평, 측平仄을 가려 일일이 점을 찍어서 엮어 만들어 서점에 내었다.

이 책을 본 구독자 여러분으로부터 많은 전화를 받았다. 그분들이 지적해 준 아쉬운 몇몇 군데를 다시 손을 보아 2012년 7월에 보정판을 다시 내어 한시동호인으로부터 호응을 받고 있다.

이백의 시 '숨어사는 신선'

상산시비 常山詩碑

　강물이 맑아 흐르는 물이 반짝이는 양강楊江이 양평의 남북을 관통하여 두물머리를 향해 도도히 흐르고 있다. 가뭄이 아무리 심해도 팔당댐이 가로걸려 있어서 강물이 줄어드는 일 없이 강폭은 여전히 아득히 넓다.

　북쪽 언덕에 갈산공원이 아름답고, 남쪽언저리 일대를 나루께 공원으로 조성하여 축구장, 테니스장을 비롯한 각종 체육시설을 다양하게 이룩해 놓았다.

　그뿐이 아니다. 나루께 공원을 연장하여 전국 제일의 파크골프장을 더 만들어 놓았다. 양평군에서 군민의 건강증진을 위해 노심초사한 흔적이 여실히 들여다보인다.

　갈산공원의 새벽녘에 하늘 가득히 이른 새벽의 붉은 노을이 아롱아롱 짙게 물든다. 도도히 흐르는 드넓은 양강은 붉은 노을빛을 빨아 삼킨다. 강상에는 여느 때처럼 새털보다 가벼운 뽀얀 물안개가 연이어서 부드러운 빛을 사리사리 피어오르며 사라지며 이어간다.

　이윽고 아침 해가 맞은편 갈산의 재를 넘어 치솟는다. 은빛 갈대꽃이 눈부신 강 언덕에 푸른 이슬이 초록색 잔디 위에 방울방울 맺혀 신발 속까지 촉촉하게 스며든다.

A, B, C, D의 4코스에 36개 홀이 지그재그로 밀집하여 광활하게 펼쳐진 푸른 잔디밭을 종종걸음으로 내디디며 골프채를 휘두른다. 일타 직구로 후려치는데 공은 옆으로 빠져 O B 나기가 일쑤이고, 어쩌다 운이 좋아 홀인원을 한번하면 춤이라도 출 것 같은 기쁨을 안겨준다.

그럴 때면 노인의 체면 따위는 초원에 묻어버리고 목을 제쳐 큰소리로 웃으며 제법 으스댄다. 만면에 하나 가득 기쁨을 담아 회춘하듯 기가 솟고 의욕은 더욱 치솟아 가슴 벅찬 희열을 느끼며 파안대소한다.

그러한 만족감은 여기에서 그치지 않는다. 가을날 이른 새벽부터 여러 사람과 어울려 오며가며 마주치면서 하마 구면이 되어버린 동호인들과 인사를 나누고 서로가 격려한다.

골프채를 휘두르면서 걷고 걷다보면 등에서는 땀이 겉옷까지 흥건히 배어나와 몸은 상쾌하고 정신까지도 특별히 더 강건해지는 느낌을 받는다.

이 얼마나 활기 넘치고 생기 돋는 멋인가!

서울 강남권을 비롯하여 인근의 하남, 여주, 남양주 등지의 타 지역 사람들이 아침부터 차를 몰고 와서 우리 양평사람들과 함께 어울려 즐긴다.

내가 살고 있는 아파트에서 지척으로 가까운 곳이라서 우리 강상묵숙江上墨塾의 노년층 숙생 10수 명이 부부가 동반하여 파크골프장까지의 갈대숲 사이길 700미터를 도보로 왕래하며 때를 가리지 않고 즐기고 있다.

90을 바라보는 고령임에도 늙었다는 생각 없이 아침저녁으로 잔디밭을 걷고 골프채를 휘두른다. 맑은 공기 탓에 자외선을 강하게 쪼여 노년의 피부가 더욱 검붉어져 건강미가 확연히 들어나 보인다. 떼를 지어 헤엄치는 물오리처럼 떼를 지어 번갈아 골프채를 휘두르고는 점수를 매겨가며 우열을 가리기도 한다.

이 파크골프가 우리 노년층의 정신과 기력을 아울러 향상시키는데는 더 없이 좋은 운동이라는 것을 체험으로 느낀다. 그리고 묵숙에 돌아와서 붓글씨 쓰기에 여념이 없다.

이렇게 좋은 시설을 갖춘 곳이 전국 어느 곳에 얼마나 있을까 하고 생각해보지 않을 수가 없다. 이러한 시설을 계획하고 실행에 옮긴 양평군수와 관계관들에게 새삼 고마움을 느끼면서 칭송을 아끼지 않는다.

파크골프장이 다른 지역이라고 없는 것은 아니다. 전국에 고루 분포되어 있다. 그러나 우리 양평 파크골프장은 남한강을 끼고 있는 갈대밭 사이에 조성되어 있어서 들새들이 떼를 지어 쉴 새 없이 포르르 포르르 건너뛰고 이따금씩 장끼와 까투리가 갑자기 푸드덕 뛰쳐나와 날아오르기도 한다.

더욱이 골프장 안에 드문 드문 세워져 있는 버드나무에 양강의 맑은 강바람이 시원하여 천혜의 입지조건을 갖추고 있다. 그 나무에 수백 마리의 들새들이 가지마다 무슨 열매가 열리듯 탐스럽게 다닥다닥 열렸다가 수백 마리가 잔디밭 아래로 일사불란하게 미끄러지듯 쏟아져 내리기도 한다. 그런 사이를 공을 치며 나아가는 기분은 다른 어디에서도 느껴볼 수 없는 색다른 정서에 흠뻑 젖어든다.

　대부분의 경우 파크골프장은 18홀이 기본인데 우리는 그 두 배인 36홀을 빈틈없이 지그재그로 오밀조밀하게 꾸며놓았다. 그런 여러 가지 점에서 전국 제일이라고 우리는 스스로 자부하고 있다. 이러한 칭송의 소리는 우리 양평군의 애호가들뿐이 아니다.

　양평파크골프연합회는 경기도 내의 각종 대회는 물론이고 전국대회도 몇 차례에 걸쳐 유치하여 그 참가자들로부터도 많은 호평을 받고 있는 것이 어제오늘의 현실이다.

　그런데 약간의 아쉬움도 있었다.

　파크골프장을 상징할 만한 그 무엇인가가 있어야 할 터인데 그 광활한 골프장에 안내판 하나가 달랑 있을 뿐이었다. 그런 점에서 파크골프를 사랑하는 양평군민의 한 사람으로서 안타까이 여기지 않을 수가 없었다.

　그래서 착안한 것이 있었다.

　파크골프장을 상징하는 내용의 시비를 세우는 일이었다.

　내가 얼마 전에 부산 해운대지구와 통영시를 세 딸들과 함께 관광 겸 두루 여행한 바가 있었다. 그 여행길에 여러 곳에서 시비를 세워놓은 것을 보았다. 그것을 보면서 그곳 시민들의 문화수준을 짐작케 하는 시설물이라 감탄하지 않을 수가 없었다. 그리고 그 지방을 다스리는 위정자를 떠올리면서 높은 수준의 문화에 젖어 있는 그들을 상상해보았다.

　내가 파크골프를 치면서 파크골프를 상징하는 한시를 안개 자욱한 양평강 표정을 담아 저간에 지어 놓은 것이 있었다. 그것을 시비로 만들어 세웠으면 하고 생각해 보았다. 그러한 시비를 세우려면 적지 않은 돈이 필요하다. 지방정부의 예산을 쪼개어 쓰기에는 여러 가지 복잡한 문제들이 얽혀 있을 것 같았다.

그래서 내가 평소에 잘 알고 지내는 석재공예사를 심방하여 의론해 보았다. 좋은 일이라 생각하고 무상으로 제공해 줄 수 있겠는가 하고 의중을 물었다. 그랬더니 당해 석재공예사 사장은 내가 예상했던 대로 최상의 시비를 만들어서 조건 없이 기증해주겠다고 흔쾌히 대답해 주었다. 시비 건립에 천만 원에 가까운 비용이 드는데도 망설임 없이 응해주었다.

나는 기쁜 마음으로 양평파크골프연합회장을 비롯하여 관계관의 동의를 구하여 커다란 시비는 새겨졌다. 이른 봄 관계기관에서는 한 달에 걸쳐 파크골프장을 깔끔하게 재정비했다.

갈산을 휘감은 한 줄기 붉은 빛이 강물에 번지더니 푸른빛과 붉은 빛이 반반으로 아름답게 반사되어 얼비친다. 강변에 버들 꽃이 떨어지고 버들은 무희의 가냘픈 허리같이 한들한들 흔들린다. 거울같이 맑은 양평강은 강물이 다할세라 치렁치렁 흘러가고 있다. 그 강가의 파크골프장 초입에 우람한 시비는 덩그렇게 세워졌다.

가로세로 2미터의 큰 자연석에 새겨진 시비를 세워놓고 보니 양평 파크골프장의 위상이 확 달라져 보인다.

사람들은 저마다 사진 찍기에 바빴다. 시를 음미하면서 감탄하기도 한다. 이러한 광경을 볼 때 한 편으로 참 잘했다는 생각을 하면서 시비를 건립 기증해준 형제석재공예사 이장우 사장에게 고마움과 미안한 마음을 느끼지 않을 수가 없었다.

또한 한편으로는 내가 양평지역에서 서예재능기부로 20년이라는 긴 세월을 봉사하고 있는 일 외에 공익을 위해 보람 있는 일을 또 하나 했구나 하는 자부심과 흐뭇한 생각으로 나 스스로 기특하다 자찬하기도 하였다.

楊江汀 園球戲場

葛山曉色紅霞彩　　갈산효색홍하채

江霧發揚軟散光　　강무발양연산광

旭日蘆花銀白爛　　욱일노화은백란

岸汀綠露履侵藏　　안정녹로이침장

草原三十六場闊　　초원삼십육장활

一打直球入桶瑝　　일타직구입통황

滿面喜欣勝慾足　　만면희흔승욕족

汗背快爽神身强　　한배쾌상신신강

양강가의 파크골프장

갈산 새벽하늘에 붉은 노을이 아롱 비칠 때

양강엔 물안개가 부드러이 빛을 피우며 사라지며

아침 해 치솟고 은빛갈대꽃이 찬란한

강 언덕엔 푸른 이슬이 신발 속에 스민다

삼십육 구장이 광활하게 펼쳐진 푸른 초원에
일타 직구로 홀인원 하는 땡그랑 종소리
만면에 기쁨 담아 욕구는 충족되고
등에 솟은 땀마저 상쾌하여 심신이 다 강건해진다.
시비 앞면에 시비 건립기를 덧새겼다.

시비 건립기

'전국 제일의 파크골프장이 이곳에 조성되었다.

이에 걸맞게 양평파크골프장 상징 시비를 무상으로 건립 제공할 의사를 양평파크골프연합회장에게 피력하였다. 또한 강상면장과 양평군수의 동의를 얻어 상산 신재석 선생의 자작 한시를 선생의 친필 휘호를 받아 형제석재공예사 이장우가 이 시비를 세워 기증하는 바이다.

2016년 3월 10일

형제석재공예사 대표 이장우

2016년 4월 26일, 강상묵숙의 주관 하에 양평파크골프장 시비제 막식이 있었다. 양평군수를 비롯한 귀빈 여러분과 수많은 동호회원들의 축하의 박수갈채 속에 시비는 제막되었다.

때를 맞춰 수운 채일두 숙생이 띠우는 축하의 연鳶이 식전 행사로 하늘을 수놓는다. 호랑이 모습을 한 꼬리 연 100개가 길게 꼬리를 드리우고 초 대형플래카드를 굵은 연줄에 매달고 하늘을 휘저으며 바람타고 떠올랐다.

　꼬리 달린 긴 연 그림자가 휘영청 흔들리면서 시비와 제막식장을 어루만지는 가운데 묵숙의 여 숙생 아란 오영난 씨는 시비에 새겨진

한시를 하객들 앞에서 해역을 붙여 낭랑하게 낭독하였고, 저명시인 운천 황명걸 옹의 긴 헌사를 붓글씨로 화선지에 옮겨 80대 중반인 태정 최희운 옹이 장황하게 낭독하였다.

　양평군수는 인사말에 이어 고맙게도 고가의 시비를 무상으로 기증해 준 형제석재공예사 이장우 사장과 나에게까지 감사패를 수여하여 고맙게 받았고 양평파크골프연합회장으로부터 이장우 사장에게 파크골프채 일습을 감사의 말을 붙여 기증하였다.

　이와 같은 일련의 행사 중에 일동의 기념촬영과 강상묵숙이 제공한 칵테일파티로 여운을 남기며 시비제막식을 끝맺음 하였다.

　양평문인협회 회장을 역임한 황명걸 시인의 헌사는 이러하다.

常山 申載錫 선생에게 드리는 獻辭

　작으나 巨人다운 常山 선생,
　望九도 그 고개를 넘겼으나 청년같이 싱그러운 常山선생,

지금도 흘러간 名畵를 보러 손수 차를 몰아 멀고 번잡한 서울까지 찾아가는 선생의 純粹와 熱情이 부럽습니다.

일찍이, 申允冕 祖先을 비롯하여 韓醫師 6대를 배출한 명문 申海盛家의 후손으로 태어나 昔耘 申昇燮 嚴親으로부터 漢學과 書藝를 익혀 先代의 가르침에 따라 利他的 價値를 추구하며 인생 후반 반평생을 才能寄附로 헌신하였은즉 名家의 後裔답게 노블리스 오블리즈를 다 하였기에 실로, 선생은 본받을 만한 우리의 翁師이십니다.

이미 고향 咸興에서부터 명가로 이름나고, 타지에서 失鄕의 서글품을 書道로 달래며 매진해 와서, 楊平 廣灘에서 서예교실을 열어 오래 동안 이끌고, 이제 남한강변으로 옮겨서는 '江上墨塾'을 다시 차려 은퇴한 후학들을 열성으로 훈도하고 있으니 이웃에서 칭송이 자자합니다.

그리고 선생께서는 塾生들에게 일일이 雅號를 지어준 바, 저희들에게는 참으로 값진 선물이었습니다. 예컨대 일컬어서,

부지런히 텃밭을 일구는 취미 농군에게는 雯耕,

한창 태어나는 막내 총무에게는 岫雲,

살림을 도맡아 수고하는 塾長 부인에게는 梧堂

鄕土的 情緖의 彩色畵를 하는 여류화가에게는 彩然,

검버섯 핀 관록의 年長에게는 苔井,

거무티티 터프해 보이는 농군에게는 古嵒 등,

그 밖에도 여럿 모두 뜻을 가지고 있는데 하나같이 받는 이의 특징

과 장점을 잡아내 어울리게 지어주는 선생의 남다른 재주와 심성에
저희들 늘 감사하고 있습니다.

書藝家이자 書刻名人, 漢詩人이자 文筆家인 선생은 著書가 십여
권에 달할 만큼 열심히 사시었기에, 정녕 선생은 존경스러운 저희들
의 師表입니다.

내내 건강하시어 오래도록 저희를 지도하시고, 서예와 서각의 佳
品과 力著를 남기시기 축원합니다.

2016年 4月 스물 엿새
江上公園 파크골프장 詩碑 除幕에
江上墨塾 塾生 一同 올림

양평파크골프장의 나의 시비

그 후에 강상묵숙의 노 숙생 여러분이 뜻을 모아 '상산패 파크 골프대회를 만들어 매 대회마다 우승자에게 상패를 수여하는 제도를 만들었다. 내게는 어울리지 않지만 어쩔 수가 없이 다달이 행해지고 있다.

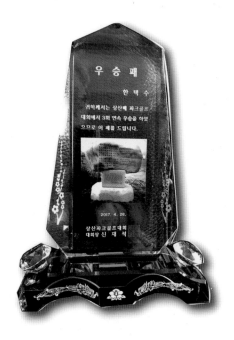

생애를 마무리는 여로

1. 회혼여행 자가운전 4박 5일

내 생애를 마무리 짓는 문화탐방여행을 결혼기념일인 3월 28일에 맞추었다. 지난 60년 동안 거의 놓치지 않고 이날이 오면 으레 조촐한 여행길이나마 반드시 둘이 함께 나서곤 했다.

때가 이른 봄이라 진달래도 벚꽃도 없고 연초록도 없는 약간은 삭막한 시기인데다가 노년기에 들어서고부터는 다소 쌀쌀한 기운이 옷깃에 스며들어 마뜩찮은 여행을 해마다 거듭했다. 그렇기는 하지만 마음은 즐거워 그런대로 여행에는 별 지장 없이 다녔다.

이번 여행도 바로 그 날이지만 여느 해와 달리 해로 60년이라는 뜻 깊은 의미를 붙여 모험을 수반한 다소 긴 여행을 미리부터 준비했다.

그 첫걸음을 결혼의 추억을 더듬어 옛집을 우선 심방하기로 했다. 그것이 종로구 적선동에 있는 적선동우체국 앞 좁은 실골목안의 작은 옛 한옥이었고, 그 집 문간의 행랑방이 우리들의 결혼신방이요 보금자리였다.

우리나라의 옛날 집들이 다 그러했듯이 방이라고 콧구멍만한 것이 몇 개가 있을 뿐인 아주 작은 집이었다. 골목길에 접하여 꾸며놓은 가게방과 윗방을 아버지는 환자를 진료하는 병원 방으로 쓰시고 우리의 신혼 방은 행랑아범이 거처하던 행랑방을 어머니로부터 배정받았다

집 본체와 뚝 떨어져 있어서 완전히 독립된 기분의 호젓한 방이었다. 그 시절만 하더라도 자리를 차지할 만한 변변한 가구가 없어서 그런대로 지낼 만한 공간이었다. 윗바람이 세기는 했지만 대문간에 달린 아궁이에 연탄을 피워놓으면 좁은 방이라 방바닥은 절절 끓었다.

바람벽에 각목을 옆으로 대어 못을 박고 새신부가 원앙새 한 쌍을 수놓은 하얀 횟대보를 덮어 옷장을 대신했다. 그리고 신부가 가지고 온 고리버들로 만든 고리짝과 사과상자에 신문지를 발라서 책장을 겸해 만든 궤짝을 선반에 얹었다.

이부자리는 개어서 방구석에 차곡차곡 쌓아 놓고 부부용 긴 베개 한 개를 가로로 탁 얹으면 방은 한갓지고 공간은 그런대로 부족함이 없이 둘 만 살기에는 오붓했다.

진눈깨비가 질척하게 내리던 날 아침나절 서대문예식장에서 결혼식을 올렸다. 곧바로 오색 테이프를 앞뒤로 동여매고 빈 깡통을 차꽁무니에 매달은 새까만 세단차를 타고 남산공원을 신혼여행? 했다. 결혼행사를 그렇게 마치고 일찌감치 집으로 돌아왔다. 그날이 60년 전의 3월 28일이라서 더듬어 옛 생각이 떠오른다.

하루는 저녁설거지를 마치고난 새신부와 둘이 보름달이 유난히 밝은 밤거리를 산책을 나섰다. 적선동시장 쪽을 향해 두 손을 서로 맞잡고 '대영빵'집에서 풍기는 구수한 빵 냄새를 맡으면서 여유롭게 걷고 있었다.

그런데 갑자기 등 뒤에서 신혼부부가 서로 맞잡고 있는 두 손 위를 딱딱한 지팡이가 느닷없이 내려친다. 깜짝 놀란 우리는 반사적으로 뒤돌아보았다. 하얀 수염이 산타클로스처럼 다보록한 풍채 좋은 노인이 "네 이놈! 이게 무슨 짓거리냐!?" 하고 한 번 더 내려치려고 한다. 우리는 혼비백산하여 줄행랑을 놓았다.

그 후로는 밖에서 둘이 손을 맞잡는 등 풍기가 문란한 짓은 절대로 하지 않았다.

부모님은 청와대 정문 앞으로 이사하시고 그때부터 우리는 따로 세간났다. 동자동을 시작으로 다시 인왕산 밑 종로 변두리를 벗어나지 못하고 여러 곳을 전전하며 살았다. 사직공원 앞 내수동에서 큰딸을 낳고, 내자동에서 둘째를 낳았다.

그러한 옛 기억을 더듬으면서 모천을 기어오르는 연어처럼 60년 전의 그 집을 찾아가 보았던 것이다.

집은 식당으로 변했고 구조도 전혀 알아보지 못할 정도로 바뀌었다. 60대의 식당 여주인은 60년 전의 옛 시절을 전혀 알지 못했다. 물어보는 것 자체가 어리석었고 무엇인가 추억거리를 알아내려는 것 자체가 무리였다.

천하를 두루 다 싸다녀서 못가본 데가 없는 데도 이번 여행만은 무엇인가 알 수 없는 기대감으로 공연히 마음이 설렜다.

지난 수십 년 동안 등산을 위한 여행을 제법 많이 다녔다. 전국의 산 102개의 정상을 힘차게 딛고 '야호'를 외쳤다. 그 대부분을 버스 여행으로 느긋하게 다녔고 더러는 산 정상에서 일출을 보기 위해 기차로 밤 여행을 다니기도 했다. 나의 여행기록은 한시로 지은 시집 두 권을 엮었을 정도로 수도 없이 많았다.

그 당시에는 내게 차가 없어서 이번처럼 자가운전 여행은 아예 생각해 본 일이 없었다. 내 나이 79세 때인 2008년 1월에서야 비로소 운전면허를 땄으니까 그 전에 자가운전 여행은 전혀 염두에도 두어 본 일이 없었던 것은 어쩌면 당연한 일이었다.

차가 생기자 전국의 두멧길을 누비며 문화탐방 여행을 꿈꾸기는 했지만 나이가 늙어 기력이 쇠잔한 나로서는 여행도 더 이상 할 수 없을 것 같았는데도 용기를 내어 나서기로 작정했다.

이번이 마지막이라는 생각으로 우선 조부님과 부모님의 묘소부터 먼저 찾아갔다. 평소에 즐기시던 인절미를 만들어 손에 들고 김포의 장릉묘원과 용인의 천주교 묘원을 각각 참배하고 나보다 먼저 가신 형님과 동생까지 두루 살피고 돌아왔다.

다음 날 춘천 서면 비방동에 있는 우리들 의 시조 장절공 신숭 겸장군의 묘소를 경건 한 마음으로 참배한

다음 홀가분한 마음으로 본격적인 여행길에 나섰다.

3년 전인 2014년 가을에도 그랬지만 이번에도 5일간에 걸쳐 2천 4백여 킬로미터의 긴 거리를 피로를 무릅쓰고 문화탐방을 위주로 두루 주행했다.

일 년 내내 멈추는 일이 없는 감기를 이번 여행에서는 몸살 한번 없었다. 전철을 탔다하면 꾸벅꾸벅 졸던 내가 졸음운전 한번 없이 원숙하였다.

2. 중국 정주의 회룡 천계산 돌계단 500미터 등정

섭씨 40도를 오르내리며 유난히 무더웠던 지난여름 중국의 시안을 거쳐 정주 낙양 등지를 여행할 기회를 마련했다. 처제네 내외와 함께 벼르고 별러 떠났던 것이다. 중국 여행만도 이번이 8회째라서 그저 덤덤했지만 다만 늙음을 감당할 수 있을지 걱정하지 않을 수가 없었다.

시안의 진시황릉과 현종과 양귀비의 화청지 그리고 낙양의 곡강 안탑과 용문석굴, 소림사, 회족거리 등의 관광은 여느 관광지와 매한가지로 눈에 익히고 머리에 새겨두는 관광여행으로 감동도 받아가며 즐겁게 구경했다.

하지만 무엇보다 정주 낙양의 노자老子가 승천했다는 전설의 회룡
천계산 노야정 정상을 90이 가까운 노구로 겁도 없이 완주했다는 것
은 무어라 형언할 수 없는 무리수요 쾌거요 자랑거리라 아니할 수가
없었다.

팽이를 뒤집어놓은 듯이
뾰족한 바위산의 가파른 삼
각봉에 바위를 깎아 만든 돌
계단 500미터의 좁은 길을
지팡이에 의지하여 숨 가쁘
게 오르는 것을 많은 관광객
들이 쉬며 오르내리면서 지
켜보고 있었다. 그 사람들이
한결같이 놀라면서 눈으로
감탄하고 말로 찬사를 보내

는 것을 자랑스럽게 여기며 나 스스로도 무슨 국가대표선수나 되는
줄 알고 우쭐해졌다.

이어서 왕망령 산길을 도보로 완주하고 다음 날에 소림사와 숭산
을 또 왕복했다. 4박 5일의 바쁜 일정을 그렇게 소화하면서 뒤처지
지 않고 따라다닐 수 있었다는 것은 나 자신도 의심할 일이 아닐 수
가 없었다.

여행이란 유람이 주 목적이긴 하지만 동시에 여유로운 휴양도 겸
하는 것이 바람직한 것이다. 그럼에도 중국여행의 대부분이 뛰어다

니다시피 바쁜 일정을 사진만 찍고 되돌아서는 것을 통례로 여기고 있다. 그래서 나이가 들면 보호자가 없이는 여행사에서 받아주지도 않는다. 그런 것을 나는 해냈다. 그것은 나이를 무릅쓴 무모함이라 아니할 수가 없었다. 그렇기는 하지만 아무튼 "나 아직 이 정도야!" 하고 자랑하고 싶은 마음 없지 않는 것도 숨길 수 없는 사실이다.

3. 세계 3위의 양쯔 강

둘째 딸과 사위가 내가 평소에 궁금하게 여겼던 양쯔강을 구경시켜준다고 일정을 잡아놓았다. 아버지 엄마의 회혼여행을 챙긴 모양이다. 회룡 천계산을 완주한지 3개월에 불과한 시점에 노년의 피로가 미처 풀릴 사이 없이 이어진 여행이었다. 충칭重慶을 기점으로 장강삼협의 깎아지른 석벽과 장강댐을 빠짐없이 두루 구경했다. 이번 여행으로 중국여행만 그러구러 아홉 번째였다.

세계에서 8대 기이한 건축물로 꼽힌다는 외딴섬의 석보채石寶寨는 상직운제上直雲梯라는 현액이 말해주듯이 깎아지른 벼랑에 12층 계단을 아슬아슬하게 가설해 놓은 기이하고 아름다운 건축물이다. 그 한없이 가파른 나무계단 12층을 숨이 턱에 닿도록 가쁘게 올랐다. 팔십대 후반의 늙은이는 나 말고는 보이지 않는 당돌한 등반이었다.

이 석보채가 천계산 노야정 삼각봉에 비해 짧은 거리이기는 하여도 여간 가파른 게 아니었다. 그 등정을 90을 바라보는 노인답지 않게 거뜬히 해냈다.

둘째 사위와는 연태는 물론 그 부근의 웬만한 데는 사위의 자상한 설명과 함께 두루 다 구경을 다녔다. 연태 인근의 풍라이며 모씨장원, 그리고 유창이라는 술 박물관 등을 찾아다니면서 중국을 밀착 공부하는 기회도 가졌다. 사위가 중국말이 다소 되는 터라 함께 다니기가 편하고 익숙하여 그만큼 이해하기도 쉬웠다.

부모가 병들고 무력해지면 자식은 있어도 부모는 없는 것이 요즘의 사회다. 자신의 부모가 가시로 울을 치고 그 안에 가쳐 사는 처지라하더라도 별로 신경 쓰지 않는다. 이와 같은 세속적인 갈등이 비일비재한 것이 현 사회상으로 이미 변해버렸다.

그러나 우리 딸 사위들은 올곧은 길을 걷고 있다. 부모를 지성껏 섬기는 것 말고도 바쁜 시간을 쪼개어 긴 여행까지 동반해주는 자상함도 잊지 않는다. 그러한 심성에 아무리 자식이라지만 어찌 고마움을 느끼지 않으랴.

4. 플로리다의 겨울하늘

미국을 수없이 여행했다. 그것은 큰딸이 미국에 살고 있기에 가능했다. 이번에도 세상을 하직하기 전의 마지막을 큰딸 내외가 엄마 아버지를 저들이 사는 플로리다 올랜도의 집으로 오라고 불렀다. 여느 때처럼 대한항공의 비즈니스석표까지 마련해서 보내주는 자상함도 보여주었다.

뉴저지에 살던 그들이 그곳으로 휴양을 겸해 이사 간 집이라면서 구경삼아 오라고 부른 것이다. 이번에는 두 동생들과 함께 오라고 했다. 맏이로서 동생들을 선 듯 불러 형제간의 우애의 본보기를 모든 자손들에게 까지 보여준 것에 우리 노부모는 그저 흐뭇하고 대견스러워 누군가에게 자랑하고 싶을 정도였다. 나는 그런 큰딸의 속 깊은 마음을 읽을 수가 있었고 이 고마운 배려가 큰사위에게 있었음도 다분히 헤아릴 수가 있었다.

내가 경오생인 말띠 해에 태어나서인지 역마살이 끼어 여행도 무척 많이 다녔지만 이번처럼 행복했던 여행은 없었다. 세 딸자식과 부모가 함께 한 여행은 한국에서는 여러 번 있었다. 작년에도 부산, 통영지역을 3박4일로 다녀왔으니까 말이다.

해외에서의 개별적인 여행은 있었지만 세 딸과 함께 한 해외여행은 이번이 처음이다. 더욱이 손자들이 사는 모습도 볼 수가 있어서 더욱 알찬 여행이라 아닐 수가 없었다.

딸 셋과 미국의 최남단과 북을 견문하고 여름과 겨울을 체험하는 모습에서 보여주는 매 순간순간이 내게는 그저 행복이었고 그들을 바라보는 그 자체가 더 없는 즐거움이었고 내 생의 마지막 가져보는 홍복이었다.

자식들이 어렸을 때는 남달리 함께 한 여행이 잦았다. 그 당시의 사회가 그런 것에 엄두를 내지 못하던 시절이라서 남들의 부러움도 꾀나 많이 받았다.

그 당시를 생각하면서 여행에서 얻는 즐거움도 즐거움이었지만 무엇보다 어린 자식들과 함께 했던 옛 추억을 더듬음으로 써 이번 여행의 즐거움이 한층 더 충만했던 것 같다.

내가 마지막 숨을 걷어가기 전에 큰딸과 큰사위는 정이 어린 배려로 아버지의 소원을 다 풀어 주었다. 자식을 위해 뚜렷하게 해 준 것도 없는 아버지의 마음을 그처럼 헤아려준 그들이 한없이 고마울 따름이었다.

그들의 정성이 깊이 배어있었던 2주간의 여행에서 받은 행복감과 그 여운은 저승까지도 가지고 갈 것만 같은 기분이다.

내가 자식들 앞에 아비로서 미안했던 것이 한두 가지가 아니었다. 아비가 못나서 자식들에게 용기와 자부심을 심어주지 못한 점과, 돌이킬 수 없는 실수로 가세가 기울어 가장 감수성이 예민할 시기에 잘 거두어주지 못한 것이 무엇보다 가슴이 아팠고, 결혼할 때에 남들처럼 잘 챙겨주지 못한 것이 늘 마음에 걸렸다. 그랬는데도 이처럼 자신만만하게 잘살고 있는 모습을 볼 때 마음에 여간 뿌듯한 것이 아니었다.

키웨스트의 상징 야생닭

플로리다의 끝자락 마이애미거리와 비치의 아름다움을 반팔 셔츠를 입고 2월 중순의 겨울추위를 느끼지 못한 채 딸들 셋은 수천 관광객들의 틈에 끼어 여름을 만끽하고 있었다.

막바지로 늙은 우리 두 부모는 따가운 햇살이 내려 쪼이는 백사장에 앉아 입을 헤벌쭉 벌린 채 50대 후반에 이른 자식들이건만 그 세 딸에게서 눈을 떼지 못했다. 내 마음은 옛날로 돌아가 눈에 비치는 그들이 분명 어릴 적 내 눈앞에 아른거리던 내 아이들이었다. 그들을 바라보는 즐거움은 마음속 깊숙이 스며들어 행복으로 꽁꽁 묶어 놓았다.

다른 수많은 사람들이 내 눈을 비집고 들어올 틈을 주지 않는 행복이 거기에 있었다.

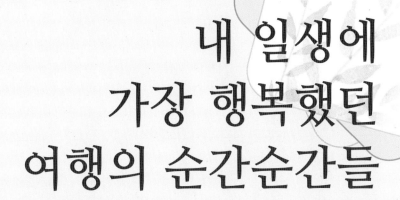

내 일생에
가장 행복했던
여행의 순간순간들

플로리다 올랜도의 큰딸 집에서의 한가한 며칠

집에서 5분 거리의 골프장에서 보낸 하루

디즈니 몰

디즈니 몰에서 산책하고 서커스 전용극장에서 서커스를 구경하다

마이애미에서 딸과 사위

마이애미로 가는 도중의 60년 전통 과일가게 로버트

마이애미의 거리풍경과 비치 그리고 야경

키웨스트

키웨스트

미국의 최남단 키웨스트
키웨스트는 산호의 화석으로 이루어진 섬이다
(플로리다 남부 전역이 땅과 흙, 모래, 바위돌 등 모두가 산호의 화석이다)

헤밍웨이가 살던 집

끝없이 펼쳐진 습지에 악어 백만 마리가 서식한다는 국립공원
(악어고기 맛은 닭고기맛과 비슷하였고, 황소개구리 뒷다리는 쫄깃했다)

뉴욕의 손자와 함께

보스턴의 손자와 함께

작은 손자가 사는 뉴욕 맨해튼 거리의 도보 산책

보스턴 큰손자의 집

뮤지컬 캐츠의 전용극장에서 세계 4대 뮤지컬이라는 캐츠를 감상하다

自敍漢詩 聯句七百行

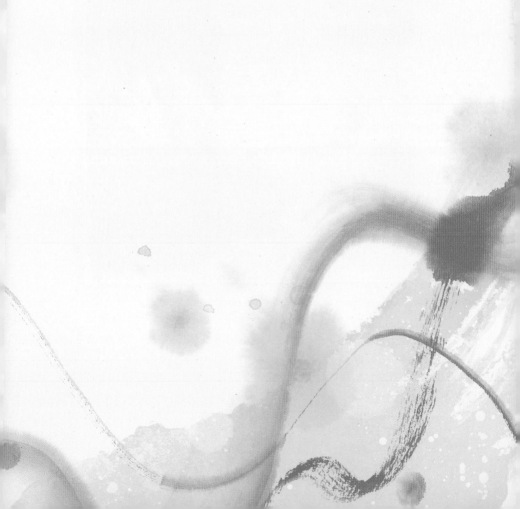

常山自敍　卷之一

一章　傳恒之誕

生涯得子最欣祥
世事吉凶難自量
本始章吉凶難自量
天心好惡孰知綱
政財越超威誇者
或陋少時猶誇改
大功登橙統治渠
如斯轉變恒久道
示是厄身一切藏
誰運始終天惠佑
或人不斷酷難彷
斗星銀漢陰雲散
牛女鵲橋擁涙惕
七月七日辰刻生
乾坤雨注似充殃
電光連閃魄魂惶
雷擊天聲魄魂惶
拙我前途生抱厄
鳴呼祖性天真惠
痛悔罪業貧朝夕餓
破産赤貧朝夕餓
猶糠不厭日來縈

常山自敍　卷之三

五章　無分別

戰爭前夜劇場旋
平穩黎明甘夢彷
喧庭恐驚侵襲敵
靜村憂悶戰慄恒
敵來京巷奪丁壯
我隣少宂田鼠防
夜中空陣春風籟
即時前線出兵忙
收復還都尋入隊
不應彼軍埋爆藏
無備砲身壞進瞬
最強雷爆虛無殃
全負傷死無量憤
或者粉身骨碎云
啞唖鳥群翔弔哭
悲破布穀裂心愴
元通深谷砲聲歌
屯地山陵鳥唱娛
野花移植丹粧謀
營庭乍開余癖動
隣澗流滌曳石停
假山小苑欲奢侈
狩地石工三日勞
命中塔著傑碑鳴
堅卑自掌宣譽喜

常山自敍

一章　崎嶇之誕

1. 生涯得子最欣祥　생애득자최흔상
　　한평생에 자식 얻는 축복이 가장 기쁘다지만

2. 世事吉凶難自量　세사길흉난자량
　　세상사 길흉을 스스로는 헤아리지 못하나니

3. 本始幸殃天定授　본시행앙천정수
　　화와 복은 본시 하늘이 정해준다던데

4. 天心好惡孰知綱　천심호악숙지강
　　좋다 나쁘다하는 하늘의 뜻을 어느 누가 알 수 있으랴

5. 政財越超威誇者　정재월초위과자
　　정계와 재계를 뛰어넘어 위엄 떨던 누구는

6. 隱罪激浪自陷邙　은죄격랑자함망
　　숨긴 죄의 격랑에 제물에 북망산에 빠졌고

7. 或陋少時猶變改 　혹루소시유변개
　어떤 이는 소싯적 모진가난을 오히려 바꾸어

8. 大功登極統治樑 　대공등극통치량
　나라의 동량으로 등극하는 큰 공도 세우더라

9. 如斯轉變恒久道 　여사전변항구도
　이 같은 전변은 언제나 엇가듯이 있어온 일이건만

10. 亦是厄亨一切藏 　역시액형일체장
　이것 역시 화액도 형통함도 다 감춰져 있어서

11. 誰運始終天惠祐 　수운시종천혜우
　누구는 운수가 되우 좋아 한평생을 하늘이 돕고

12. 或人不斷酷難仿 　혹인부단혹난방
　누구는 끊임없이 혹독한 고난에 시달리더라.

13. 斗星銀漢陰雲蔽 　두성은한음운폐
　북두칠성이 은하에 박혀 구름이 가린 위로

14. 牛女鵲橋擁淚傷 　우녀작교옹루상
　견우직녀는 오작교에 붙안고 눈물이 하염없을

15. 七月七日辰刻至 　칠월칠일진각지
　칠월칠일 아침시각 그 즈음에 이르러

16. 乾坤雨注似充殃 　건곤우주사충앙
　하늘땅 사이에 재앙이 내리듯 한 세찬 빗줄기

17. 電光連閃魂抽拔 　전광연섬혼추발

　　번갯불은 번쩍번쩍 연이어 혼을 빼고

18. 雷擊天聲魄落惶 　뇌격천성백낙황

　　천둥치는 하늘소리, 넋 나가는 두려움 속에

19. 拙我荊途生抱厄 　졸아형도생포액

　　못난 이 몸 태어나 액기 품은 가시밭길을

20. 前生罪業負初喤 　전생죄업부초황

　　전생 죄업 등에 지고 첫울음을 터뜨렸다오.

21. 嗚呼祖性天眞惠 　오호조성천진혜

　　어즈버 세상사에 어질고 천진스런 조부님은

22. 痛悔世人過信輕 　통회세인과신경

　　사람을 과신한 경솔함을 뼈저리게 뉘우치며

23. 破産赤貧朝夕餓 　파산적빈조석아

　　파산의 가난은 조석끼니 굶주리고

24. 糟糠不厭日來縈 　조강불염일래영

　　쌀겨도 마다 않는 얽혀 든 나날을

25. 弱冠父親徨無策 　약관부친황무책

　　스물 나이 어리신 부친 대책 없이 방황할 새

26. 娟瘦母娘劣我生 　연수모낭열아생

　　수척한 어린 어머닌 못난 나를 낳고서도

27. 酷毒家虧知恐養　혹독가휴지공양
　　혹독히 기운 살림 길러낼 일 두려워

28. 人生順坦夢外荊　인생순탄몽외형
　　한 인생 순탄키는 꿈밖의 가시밭길이더라

29. 産兒血涕哀呑悶　산아혈체애탄민
　　낳은 아기 민망해 애절히 피눈물 삼키며

30. 但只欲夭悲無情　단지욕요비무정
　　다만야 죽어지기만을 바라는 무정한 슬픔

31. 乳損兒啼靑屎數　유손아제청시삭
　　젖이 말라 보채는 아기는 물배 채워 푸른똥 잦고

32. 身羸皮皺頂癬成　신리피추정선성
　　헐렁한 주름살에 숫구멍엔 버짐딱지 부스스

33. 不隨吾祖浮生怨　불수오조부생원
　　조부님은 마뜩찮은 세상을 애오라지 원망하시나

34. 偶禍蝸廬業不營　우화와려업불영
　　닥친 불행에 집은 달팽이 같아 의원도 할 수 없어

35. 覓穀霧徑鍼藥負　멱곡무경침약부
　　안개 길에 침, 약 봇짐 짊어지고 양곡 빌러 나섰건만

36. 細錢塵巷履新更　세전진항이신경
　　푼돈 보고 먼짓길을 고달피 짚신만 갈았다고.

37. 扶持十載新營宇 부지십재신영우
    갖은 고생 십년 끝에 새집지어 들고 보니

38. 畢竟終嘆三喜聲 필경종탄삼희성
    마침내 탄식은 사라지고 희희낙락 즐김의 소리소리

39. 立志家公任業就 입지가공임업취
    삼십 되신 아버님 의원으로 가업을 맡으실 새

40. 老成吾祖慇懃盈 노성오조은근영
    늙으신 조부님은 은근히 뒷배로 채웠네라

41. 怡和漸盛何遭難 이화점성하조난
    가업이 성하여 더금더금 즐겼는데 조난은 어찌 또

42. 水患豚牛慄灘鳴 수환돈우율탄명
    전례 없는 홍수로 소 돼지가 물살에 울부짖네

43. 堤防崩危奔夜走 제방붕위분야주
    방천 둑이 무너질 위기 속의 다급한 한밤중에

44. 長橋率眷死生爭 장교솔권사생쟁
    식솔은 긴 만세교 다리를 사생결단 달렸다

45. 遷徙巷陌高堂基 천도항맥고당기
    번화한 시내의 덩그런 큰집에 터전을 옮겼더니

46. 患客醫房滿納榮 환객의방만납영
    환자는 병실에 가득 들고 세업은 번창하여

47. 再顯華扁濟衆頌　재현화편제중송
　　화타, 편작 환생해 세상구제 나섰다는 칭송의 소리에

48. 長凌一轉賢醫亨　장릉일전현의형
　　긴 수모 일전하여 좋은 의원으로 형통하였네라.

二章　識言蹉跌

49. 刃刀劫佩倭人銳　인도겁패왜인예
　　칼 차고 겁주는 서슬 퍼런 왜인 등살에

50. 强暴恣行吾族嗚　강포자행오족오
　　못된 짓 자행으로 겨레는 울었는데

51. 擴戰不堪强隸從　확전불감강예종
　　감당 못할 전쟁 넓혀 우악스레 끌고 가선

52. 至純民草寃屍乎　지순민초원시호
　　오호라! 지순한 민초는 시체로 뒹굴었다

53. 祖耽輕耳鄭鑑讖　조탐경이정감참
　　정감록참언에 탐닉하신 조부님 귀 가벼우시어

54. 秘處隱身作心愚　비처은신작심우
　　신비한 곳에 은신하잔 이해 못할 미욱한 작심

55. 鷄龍指稱宜地也　계룡지칭의지야
　　계룡산이 마땅하다 그곳을 지칭하여

56. 虛荒訛設惑災胡　허황와설혹재호
　　허황된 와설에 현혹되어 재난 겪을 줄이야

57. 家風天質鎭重便　가풍천질진중편
　　우리 가풍 바탕이 본시는 진중한 편이건만

58. 旣辨迅行癖辱汚　기판신행벽욕오
　　판단서면 서둘러 행하는 욕된 버릇 때문에

59. 隆盛醫家欣讓渡　융성의가흔양도
　　융성하던 의원 집은 흔쾌히 넘겨주고

60. 膩情什物惘隣敷　니정집물망린부
　　손때에 정든 세간 황망히 이웃에 나누었다

61. 慈心哀惜終長夜　자심애석종장야
　　어머니의 애석한 마음 긴긴밤 이어져도

62. 祖撫悠然誨笑呴　조무유연회소구
　　조부님 한가로이 웃음지어 꾸짖어 달래시며

63. 世外桃源求索路　세외도원구색로
　　세상 밖의 무릉도원 찾아가는 길이건만

64. 奈何疑信叱喻嗚　나하의신질유오
　　어인일로 의심 내어 탄식이냐 타이르신다

65. 公州秘奧稀需品　공주비오희수품
　　공주 땅은 깊은 곳이라 생필품이 귀한 터에

66. 咸興魚廛活鮮繁　함흥어전활선번
    함흥 어시장은 활선어가 지천으로 넘치나기에

67. 脯太鮑魚加裹褓　포태포어가과보
    북어포니 자반이니 봇짐봇짐 따로 꾸려

68. 滋羞兒子若干飱　자수아자약간손
    어린것에 자양반찬 아쉽잖게 먹여주려 했었다

69. 前路遲遲白鷺翻　전로지지백로번
    앞길이 주춤주춤 더딘 하늘엔 백로가 번득이고

70. 山隈穀穀斑鳩魂　산외곡곡반구혼
    구구구 멧비둘기 구슬피 넋을 뺏는 산 구비에

71. 幼稚嬰愊身倚偓　유치영광신의언
    겁먹은 어린동생 내게 기대 엎드려 안기니

72. 未成我欲痿痺臀　미성아욕위비둔
    나도 아직 어린지라 엉덩이가 자리자리 저려들었다

73. 西山日落荒庭嘆　서산일락황정탄
    서산엔 해가 지고 거친 뜰에 한숨만 서리는데

74. 僻夜暈光陋屋捫　벽야운광누옥문
    외진 밤하늘의 어스름달빛이 누옥을 어루만질 뿐

75. 長幼十餘單間繞　장유십여단간요
    어른 아이 십여 명이 단칸방 하나에 복닥대고

76. 祖孫相枕一衾翻 조손상침일금번

조손이 얼기설기 한 이불에 서로 베고 엎치락뒤치락

77. 舍圍無厠憂難解 사위무측우난해

집둘레에 측간이 바이없어 걱정 풀일 막막하기로

78. 廚下洋筒敷板忳 주하양통부판돈

부엌에서 양동이에 널판 깔고 민망한 몰골로

79. 食率爭番頻數塞 식솔쟁번빈삭색

식솔들 차례를 기다려 뻔질나게 채워두면

80. 荏田瀉棄我悽昏 임전사기아처혼

참깨 밭에 쏟아 붓는 어둠 속의 처절한 나였다네.

81. 暴炎欲冷江鷗弄 폭염욕냉강구롱

폭염을 식히려고 강 갈매기와 벗 삼다가

82. 濕汗滌凉快擲身 습한척량쾌척신

젖은 땀 적시는데 아뿔싸 텀벙

83. 江溢滔流深不悟 강일도류심불오

도도히 흐르는 강 그지없이 깊은 줄 미처 몰라서

84. 猝然沈滑漸渦淪 졸연침활점와륜

졸연히 미끄러져 소용돌이 깊숙이 갈앉아버린다

85. 老岩壁下幽深灘 노암벽하유심탄

이끼 푸른 벼랑바위 밑 그윽이 깊은 여울 속

86. 千丈渦中掌舞迍 천장와중장무둔

천길 깊이 손바닥을 허위허위 춤춰 보지만

87. 氣盡昏懞游水鬼 기진혼몽유수귀

기운 다해 정신 잃고 물귀신과 노닐다가

88. 浮屍神祐甦生貧 부시신우소생빈

그러구러 신이 도와 시체 되어 떠오른 구차한 소생

89. 同門幼友皆誇學 동문유우개과학

어린 동문들이 자랑하듯 죄다 가는 학교에

90. 欲學不隨鬱識因 욕학부수울참인

참언의 수렁에 빠져 공부도 할 수 없어 우울하건만

91. 惟天奈我那落浸 유천내아나락침

하늘은 어찌하여 나만을 잡아매어 나락으로 내몰며

92. 幽明何急早知馴 유명하급조지순

죽살이가 무엇이 급하기로 하마 서둘러 길들이실꼬.

93. 一間斗屋孤窮耐 일간두옥고궁내

단칸방의 외로움도 곤궁함도 참고 참아냈는데

94. 遷第廢虛忌不鎭 천제폐허기부진

께름하여 진정 못할 폐가에 또 다시 옮겨갔다

95. 疏隔敗腥徊逆氣 소격패성회역기

집이라고 허술하여 악취 풍겨 역겹고

96. 猶存凶厄絶緣人　유존흉액절연인
　　인적 없이 액기만 서려 스산한 흉살 짙은 집

97. 庭前舍彷燒閻獄　정전사방소염옥
　　마당 앞의 불 탄 집은 염라지옥 방불하고

98. 慘禍殘骸皺炭鱗　참화잔해추탄린
　　참화의 잔해는 숯 비늘이 되어 쭈글쭈글하다

99. 扃戶悲風開自閉　경호비풍개자폐
　　매달린 문짝들은 슬픈 바람에 뻑뻑 여닫히는데

100. 黃鼪晝夜奔放巡　황생주야분방순
　　족제비만 밤낮을 제집이라 분방하게 내닫는다

101. 昏宵扉鎖蒙齡怯　혼소비쇄몽령겁
　　어둔 밤 어린 것이 대문빗장 걸기가 지레 겁이나

102. 雜鬼顯儺念我瞋　잡귀현무염아진
　　잡귀가 알씬알씬 춤추듯 보여 눈 부릅떠본다

103. 窓隙秋風凄楚苦　창극추풍처초고
　　소슬한 가을바람 창틈에 구슬픈 소리로 스미고

104. 空虛星彩慄盈陳　공허성채율영진
　　공허한 하늘엔 별빛이 말똥말똥 벌려져 떤다

105. 嫌畏惡蟲跳匐走　혐외오충도복주
　　혐오스런 벌레들이 득실득실 기고 뛰어다니는

106. 內室陰沈魅窟塡　내실음침매굴진

　　음침한 내실은 오래 묵은 도깨비 소굴이랄까

107. 此地離心鄕戀楚　차지이심향련초

　　마음 떠난 이곳에서 쓰리도록 그리운 고향 생각에

108. 母娘藍紐淚珠淪　모낭남뉴누주륜

　　어머니의 남색고름엔 구슬눈물이 얼룩 젖는다

109. 蝸牛甲廬安棲眺　와우갑려안서조

　　껍질 속의 달팽이도 앞길 보며 그런대로 편히 살며

110. 蠶仔吐絲隱遁貧　잠자토사은둔빈

　　누에는 실을 토해 어둠속에 구차히 가쳤어도

111. 被覆五洋期遠夢　피복오양기원몽

　　오대양을 칭칭 휘감을 원대한 꿈이 있거늘

112. 吾曹三喜渺然煙　오조삼희묘연인

　　우리에게 즐거움일랑 짙은 안개 속에 아득했다.

113. 當州人意排他極　당주인의배타극

　　고을 인심 사납고 배타함이 워낙 극에 달해서

114. 外地流民狄視捲　외지유민적시권

　　외지유민 천시하여 기세 등등 오랑캐 보듯 한다

115. 配給食糧除斥絶　배급식량제척절

　　양식 배급 아예 끊어 모질게 물리치고

116. 吾存否定不容悁 오존부정불용연
우리의 있음조차 부정하니 용서가 안 되었다

117. 虛飢營絕唯快叱 허기영절유앙질
허기지고 의원일도 끊겨 애오라지 질타만 하다가

118. 父祖廻鄕欲稼遷 부조회향욕가천
어르신들 돈벌이로 고향 향해 발길을 돌리고자

119. 殘口餓羸可忍苦 잔구아리가인고
허기진 식솔의 괴로움을 애써 참고 버티라지만

120. 避人俗態議無賢 피인속태의무현
사람마다 피하여 말을 섞을 착한사람 아예 없었다

121. 下弦蒼白檐端隔 하현창백첨단격
창백한 하현달은 처마 끝에 아득한데

122. 北斗遙天窓外親 북두요천창외친
창밖하늘 먼 칠성별만 친근히 다가와 보이더라

123. 山兔穴居兒産逸 산토혈거아산일
산굴속의 토끼도 새끼 낳아 오순도순 잘살고

124. 野禽巢草雛長均 야금소초추장균
풀숲에 둥지 튼 들새도 새끼 먹여 기르지 않던가

125. 放浪行客風籟樂 방랑행객풍뢰락
방랑하는 행객은 바람소리도 노래로 즐겨듣고

126. 流配刑徒了勘信　유배형도요감신

유배형 겪는 죄인 풀릴 때를 믿고 있다 하듯이

127. 世路人人迎倖僥　세로인인영행요

세상사람 제각기 요행수도 맞이한다던데

128. 何吾嗷嗷昨今辛　하오교교작금신

우린 어찌 어제도 오늘도 쓰라림에 흐느껴야하는가?

129. 遠郊十里秋山蔭　원교십리추산음

십여 리 밖 들녘의 해맑은 가을 산 그늘아래

130. 近接石垣磨響聯　근접석원마향련

돌담 안에 맷돌소리 드르르 이어 울리는 그 곳에

131. 豆腐市廛需饌賣　두부시전수찬매

두부는 시내저자에 찬거리로 내다팔고

132. 粕渣畜豚飼肥專　박사축돈사비전

돼지 먹이로만 보내는 콩물 빠진 비지를

133. 謝躬大皿傍携勉　사궁대명방휴면

허리 굽혀 사례하고 큰 양푼 가득히 옆구리에 끼고서

134. 稻畔黃波但雀緣　도반황파단작연

황금파도 이는 논두렁 십리 길을 참새랑 만 벗했다

135. 秋夕巷娛皆裕福　추석항오개유복

골목골목 행복이 넘쳐나는 즐거운 추석절을

136.　好時楚泣己堪焉　호시초읍기감언
　　　나만 어이 쓰라린 눈물로 가슴 적셔 감당했던가?

137.　秋深紅葉何尤染　추심홍엽하우염
　　　가을 깊어 온 산에 붉은 잎이 더욱 짙게 물들어도

138.　雲掛白峰且置然　운괘백봉차치연
　　　하얀 바위산에 구름이 걸렸어도 본체만체하다가

139.　喬橡索求振石擲　교상색구진석척
　　　다만야 상수리나무 찾아 흔들고 돌을 던져

140.　實貪熟潤雹墜遄　실탐숙윤박추천
　　　반질한 탐스런 도토리가 우박처럼 후드득 지면

141.　袋塡肩荷毀堪耐　대전견하훼감내
　　　어깨헐어도 참아내고 한 자루 그득히 짊어지고

142.　倭屐踝傷血似泉　왜극과상혈사천
　　　복사뼈가 게다 신에 덧 채어 피는 샘처럼 흐르는데

143.　峽徑虺蛇雙舌眥　협경훼사쌍설자
　　　산 오솔길에 독사가 두 혀를 날름날름 나를 흘기면

144.　慄停但傴不言蜷　율정단뢰불언권
　　　허리 굽힌 허제비로 벌벌 떨며 소리죽여 멈춰 선다

145.　天疑地擯鄭鑑錄　천의지빈정감록
　　　하늘이 의심하고 땅도 배척하는 정감록예언에

146. 耽溺吉祥讖記偏 탐닉길상참기편
행복을 올지게 받으리란 허황된 참언에 빠졌다가

147. 猶逆仰厄難待祿 유역앙액난대록
오히려 참담하게 액기 맞아 복록은 기대 밖

148. 吾家苦毒命頑延 오가고독명완연
혹독한 모진 목숨 우리는 그렇게 이어갔다.

149. 前瞻掩耀知長久 전첨엄요지장구
앞을 보면 긴 세월 밝은 빛일랑 가려질 것만 같고

150. 後顧歇娛悟不搜 후고헐오오불수
뒤돌아보아도 끊겨버린 즐거움 찾을 길 바이없어

151. 神助今懲遷改願 신조금징천개원
신이시여 원컨대 잘못 가는 이 길을 바로잡아 주시어

152. 迷途昨苦更生求 미도작고갱생구
미도를 헤매는 저간의 괴로움을 벗겨주소서

153. 讖書盲從所遭恨 참서맹종소조한
헛된 글에 맹종하여 견디기 버거운 한이 서렸고

154. 秘處欲棲遇罰囚 비처욕서우벌수
신비한 곳을 찾으려다가 벌을 되받아 갇혔도다

155. 祖誤認知千萬悔 조오인지천만회
조부님은 오판임을 이제야 깨달아 천만번 뉘우치며

156. 婦孫疎愧祖低頭 부손소괴조저두
며느님에 부끄럽고 서머하여 바로보지 못하시더니

157. 回歸暫定僻村至 회귀잠정벽촌지
고향 길목 궁촌에 잠시잠깐 머물자면서

158. 僅僅扶持陋屋投 근근부지누옥투
근근이 부지할 헌집에 다시 또 던져졌네라

159. 風紙鳴門傾柱甚 풍지명문경주심
문풍지 부르릉 떨고 기둥나무 심하게 기울인 집에

160. 陰風壁隙雪如偸 음풍벽극설여투
버려진 벽 틈새로 눈바람이 도적처럼 들이쳤다

161. 寒凌覓木攀松壑 한릉멱목반송학
추위에 떨면서 땔나무 찾아 솔 산 계곡에 기어올라

162. 氷雪指搔凍毁漻 빙설지소동훼류
어름 눈 밑을 손삽으로 솔가리를 긁다가 얼어 터진다

163. 忍苦如狼勞吠叫 인고여랑노폐규
고통을 참으려고 늑대처럼 짖어 홀로 위로 받으며

164. 還鄕焦燥待心浮 환향초조대심부
고향 향한 마음에 들떠서 초조히 기다렸다네.

165. 讒從悔恥哀鴻戾 참종회치애홍려
참언 수치 뉘우치며 크디큰 슬픔으로 발길을 돌려

166. 蕩敗竭錢陋擲窮　탕패갈전누척궁
　　가진 것 죄다 털고 궁벽한 곳에 던져지긴 했어도

167. 農巷米糧嘗隔歲　농항미량상격세
　　농촌이라 해거리에 기름진 흰쌀밥을 간만에 맛보았고

168. 陌還父祖稼醫衷　맥환부조가의충
　　어르신들 함흥도시로 의원 일에 나셨다가

169. 僅遷借助醫兼院　근천차조의겸원
　　겨우겨우 도움 받아 병실 겸한 집으로 옮기고는

170. 和復作傷忘似夢　화복작상망사몽
　　평화를 되찾아 골 깊었던 지난 상처 꿈처럼 잊혔다.

171. 我苦報果望勿要　아고보과망물요
　　내가 겪은 그간고생 보상야 바랐겠냐만

172. 失機育礎喪亡瞢　실기육초상망몽
　　기초교육 실기로 처져야함은 눈앞이 캄캄했다

173. 少年同友將已異　소년동우장이이
　　소년 동무들과는 양달과 응달로 이미 갈리어

174. 稚己萌芽抑天攻　치기맹아억천공
　　야들한 어린 새싹 하늘은 얀정 없이 쳐버리더라

175. 三神奈由冤子出　삼신나유원자출
　　삼신할미 어이하여 원통한 나를 낳게 하여

176. 旭光何蔽泣精懜 욱광하폐읍정몽

　　뜨는 햇살 가려서 정신 놓고 울게 하는가?

177. 新芽嫩茱籽荒地 신아눈채자황지

　　새싹 돋는 여린 나물은 황무지에서도 북돋고

178. 孤子野猫欲飼充 고혈야묘욕사충

　　홀로된 들 고양이에게도 먹이 던져 주고 싶거늘

179. 瑟瑟前途煙霧塞 슬슬전도연무색

　　을씨년스런 내 앞길은 안개 속에 막히어

180. 茫茫危步朔風攻 망망위보삭풍공

　　망망한 험한 길에 삭풍만 몰아쳤네라

181. 隱棲孤島何關與 은서고도하관여

　　외진 섬에 숨어살면 야 무슨 상관이겠냐 만

182. 眼昧躊躇世路隆 안매주저세로륭

　　캄캄한 눈앞길이 주저주저 높기만 했다네

183. 反抗心耕如罵狗 반항심경여매구

　　매 맞은 개 덤비듯 반항심만 늘기에

184. 新天地拓覓煌忙 신천지척멱황홍

　　신천지 개척의 횃불 찾자보자는 다만야 그 생각뿐

185. 自醒危計先離脫 자성위계선이탈

　　그렇게 깨닫고는 위험한 탈출을 부랴사랴 꾸며서

186. 誘友同行索路蓬 유우동행색로봉
   무던한 친구 꾀어 나선 분연한 나그네 길

187. 人避險山飢探徑 인피험산기탐경
   사람피해 험산의 오솔길을 배 주리며 헤쳐 가다가

188. 晨煙下里乞排聾 신연하리걸배롱
   새벽연기 찾아서 밥을 비나 못들은 체 모질게 밀쳐낸다

189. 葛根至賤無知採 갈근지천무지채
   물 오른 칡뿌리가 지천인데 캘 줄도 몰라서

190. 酸澁山桃慾氣充 산삽산도욕기충
   시고 떫은 풋 복숭아로 어귀어귀 허기 채우면서

191. 夷齊衷情餐蕨菜 이제충정손궐채
   백이숙제 우국충정 고사리만 캤다기에

192. 吾曹得勇摘芽功 오조득용적아공
   우리도 용기 내어 어린 새싹 찾아 공들였다

193. 徒京唯一靑雲志 도경유일청운지
   유일한 청운의 꿈길이 오로지 서울이언만

194. 三八線遙步從虹 삼팔선요보종홍
   38선은 요원한데 걸음 따라 찬란한 무지개

195. 日落月虧幽悽絶 일락월휴유처절
   해 지고 지는 달 그윽하여 유독 쓸쓸한 밤

196. 夜昏枯葉褥瞑豵　야혼고엽욕명종

어둠에 낙엽 깔고 새끼돼지처럼 서로 기대 잠든다

197. 出奔八日僚虧志　출분팔일요휴지

떠난 걸음 팔일 만에 친구 의지 그만 풀리어

198. 鳴呼跌蹉回路忡　오호질차회로충

삐끗해진 이 걸음, 어즈버! 나는 어찌 하라고???

199. 決意虛荒余痛歎　결의허황여통탄

다부졌던 결의가 허황하여 가슴 저려 통탄하건만

200. 回家應諾友欣嗡　회가응낙우흔옹

응낙하는 대답이 기쁜 듯 황소 영각 켜듯 하는구나

201. 可憐身世縈魔運　가련신세영마운

가련한 이내신세, 마에 얽힌 운명이라

202. 萎靡不振步返躬　위미부진보반궁

활기 잃고 떨칠 수 없어 하릴없이 발길 돌린다

203. 布穀空山酸絕叫　포곡공산산절규

뻐꾸기는 빈산에 신산하게 짖어대고

204. 子規深壑血崩穹　자규심학혈붕궁

깊은 골에 두견이는 밤하늘 무너지듯 피를 토한다

205. 愚蠢自愧無窮悔　우준자괴무궁회

어리석어 부끄러운 행보 한없는 후회 속에

206. 智勇依然審海東 지용의연심해동
    의연한 용기로 동녘 찾아 바다구경 나섰다

207. 十里明沙鷗亂語 십리명사구란어
    명사십리에 어지러이 울어예는 갈매기

208. 金波燦爛滿天曨 금파찬란만천롱
    황금파도 찬란한 위에 하늘 가득 햇살이 깔린다

209. 愁遊九日惟羸瘦 수유구일유리수
    나그네길 아흐레에 시름겨워 오직 핼쑥 여위고

210. 世路堪當稚幼童 세로감당치유동
    세상길 감당키는 나대기만 한 어린 철부지였다

211. 惜敗憤然空度日 석패분연공도일
    아쉽게 물러서서 넌더리나는 세월 분연히 보내며

212. 轉機守拙尙孺蒙 전기수졸상유몽
    싱숭생숭 또 기회만 엿보는 아직은 우직한 어린것.

三章 冥界宿緣

213. 新生饑甚弱傷體 신생기심약상체
    생후 내내 굶주림에 몸은 상해 허약하여

214. 志學美童兆不糾 지학미동조불규
    헌걸찰 수 없는 조짐의 열다섯 미동을

215. 容態矮娘人弄舌   용태왜낭인롱설

왜소한 계집애라 사람들은 혀를 놀려도

216. 本來淳息母言羞   본래순식모언수

근본이 순진하단 어머니의 스스럼없는 말씀에도

217. 廚房家事熟能助   주방가사숙능조

부엌일, 가사 일을 나긋나긋 잘도 도왔지만

218. 里巷臼間欲避偸   이항구간욕피투

마을의 방앗간은 구차히 피하려고 뺀질거렸고

219. 汀錦苔巖求鬼祈   정금태암구귀기

강가의 비단이끼 벼랑바위에 귀신 불러 비는 일엔

220. 隨身勒使避無謀   수신늑사피무모

마지못해 따라가면서도 머뭇머뭇 피하려했다.

221. 我緣艱苦循行繞   아연간고순행요

나와 깊은 연분으로 맴도는 고통의 둘레에서

222. 宿命乍和世事優   숙명사화세사우

숙명은 잠시잠깐 세상사 편한 듯하더니 만은

223. 惡果生來何迷界   악과생래하미계

생래의 악과는 어찌 또 미혹의 세계로 넘나들어서

224. 善童審判尙今拘   선동심판상금구

심판 아직 남았다고 착한 아이 잡아매는가?

225. 暴炎多濕疫猖獗 폭염다습역창궐
　　 폭염에 다습하여 걷잡지 못할 역병이 창궐하여서

226. 軟弱己身鬼道搜 연약기신귀도수
　　 연약한 이내 몸 천첩만첩 귀신 길을 넘나들었다

227. 腹熱沸湯疼痛楚 복열비탕동통초
　　 배는 고열에 끓어 참지 못할 고통일고

228. 頭溫刺重耳鳴脩 두온자중이명수
　　 머리는 무겁게 찔러대고 귀엣 소리 요란하다

229. 患移念慮別房閉 환이염려별방폐
　　 전염이 염려되어 외딴 방에 날 가둬 눕히고

230. 慈父獨牲淚濕惆 자부독생누습추
　　 부친 홀로 돌보시며 사랑담은 측은한 눈물을

231. 唯有呻吟黃水瀉 유유신음황수사
　　 오직 있느니 신음소리와 멀겋게 싸댄 누런 뒷물

232. 數譫氣盡瘦羸尤 삭섬기진수리우
　　 잦은 헛소리로 하마 기운다해 더욱 여윈다

233. 夢多碧溪伏長飮 몽다벽계복장음
　　 하 많은 꿈속에 한줄기 골짝 물을 엎디어 마시고

234. 幻惑雪山把雪饈 환혹설산파설수
　　 환상 속 설산에서 하얀 눈 한 움큼씩 움켜먹는다

235. 生死存亡交錯走　생사존망교착주
　　　생사존망 오락가락 엇갈려 달리더니

236. 命窮離俗幽冥遊　명궁이속유명유
　　　목숨은 세속 떠난 어둠속의 황천에 노닐고 있었다.

237. 髮毛何去滑頭頂　발모하거활두정
　　　머리털은 어디로 갔기에 정수리는 매끌하며

238. 軟肉誰收皺被裘　연육수수추피구
　　　연육은 거두어 쭈그렁 갖옷만 덮씌워 있을 뿐

239. 顔色匏花疑蒼白　안색포화의창백
　　　안색은 박꽃처럼 창백하였다만

240. 神魂生氣散憂愁　신혼생기산우수
　　　정신만은 생기 돌아 우울한 수심일랑 사라졌다네

241. 天光戀眤開門出　천광연예개문출
　　　하늘빛을 보고 싶어 문을 열어 나섰더니

242. 時候淸涼忽孟秋　시후청량홀맹추
　　　절기는 어느덧 가만한 바람 이는 청량한 초가을

243. 庭雀頻來喧數去　정작빈래훤삭거
　　　뒤뜰에는 참새 떼가 시끄러이 오고 또 가고

244. 殘田茄子紫垂莍　잔전가자자수휴
　　　텃밭에는 검붉은 가지가 잎에 가려 매달렸다

245. 養生補劑今厭飮　양생보제금염음
　　양생보약도 더는 이제 역겹고 지겨운 터에

246. 愛犬吠聲只聞悠　애견폐성지문유
　　기르던 누렁이 짓는 소린 아득히 멀어졌네

247. 黃狗壯陽曾傳說　황구장양증전설
　　'양기 돕는 덴 황구'란 그 말을 진즉에 들었더니

248. 兩親恩愛無限留　양친은애무한류
　　자식 위한 부모 사랑 한도 끝도 없으셨다.

249. 賢者乏窮難靜安　현자핍궁난정안
　　어진사람 끝없이 핍박하여 안정할 수 없는

250. 赤治亂世疲民歎　적치난세피민탄
　　공산치하 난세가 고달파 저마다 쓰린 한숨에

251. 避風兄伴先南越　피풍형반선남월
　　거센 바람 피하여 남으로 먼저 넘은 우리 두 형제

252. 大處兢惶陌上漫　대처긍황맥상만
　　두려운 서울의 낯선 거리거리를 헤매고 헤매다가

253. 郊外搜聞魯宅叩　교외수문노택고
　　수소문 끝에 외진교외의 노선생 댁 문을 두드려

254. 父親懇惻託兒翰　부친간측탁아한
　　자식 부탁 간절한 부친편지 꺼림직 올렸다

255. 依身苟且忘懷勞 의신구차망회로
　　　구차한 더부살이 잊어보려 애쓰나

256. 針席憫憫枕散亂 침석민망침산란
　　　바늘방석 같아 잠자리가 심란하고 어지러웠다

257. 有德老翁一子孤 유덕노옹일자고
　　　유덕한 어르신의 외론 자식 하나가

258. 稱謂宰臣悖倫漢 칭위재신패륜한
　　　패륜을 일삼는 오색잡놈 재신이란 잔데

259. 夜深任嗾喧呼牽 야심임주훤호견
　　　깊은 밤 느닷없이 개 부리듯 시끄럽게 불러내어

260. 眩寤盲從奈落難 현오맹종나락난
　　　잠결에 우리형제를 나락으로 밀쳐버린다

261. 身强加擔盜竊艱 신강가담도절간
　　　마지못해 도적질에 가담하는 어려움 어찌 견디며

262. 心酸已役常途叛 심산이역상도반
　　　세상길 이미 어긴 쓰라린 심사 어찌 견디랴

263. 枕勞魘夢煩冤輾 침로엽몽번원전
　　　피곤한 잠결에 꿈자리가 어수선 뒤척이는데

264. 蹴腹鷄晨兵捉玩 축복계신병착완
　　　닭 울자 병사가 배를 차며 빈정대며 잡아간다

265. 驛站軍需積載多 역참군수적재다
기차역 기지에는 군수품이 지천으로 싸인 터에

266. 貨車把守惰眠散 화차파수타면산
파수병은 게을러 흩어져 단잠자다가

267. 哨兵當惑搜探犯 초병당혹수탐범
당혹한 초병은 부랴부랴 범인 색출 나섰고

268. 大怒憤然瞋瞿悍 대노분연진구한
크게 성난 그들은 도끼눈 부릅떴다

269. 宰臣伴兄走似風 재신반형주사풍
재신은 형과 함께 바람처럼 달아났고

270. 稚身治盜棍肌判 치신치도곤기판
남겨진 어린 몸은 치도곤에 살갗 찢긴다

271. 限終身耐堪勝乏 한종신내감승핍
명줄의 마지막 견딜힘이 이미 바닥나

272. 眩暗神魂冥道岸 현암신혼명도안
어둔 눈 아찔아찔 저승길을 헤맨다

273. 半日棄身命盡絕 반일기신명진절
가녀린 한 생명 한나절을 버려진 채 끊겼다가

274. 僅醒傷脊吟聲縵 근성상척음성만
겨우 깨니 신음소린 늘어지고 허리는 망가졌다

275. 禍殃氣息甦生慨　화앙기식소생개
　　　재앙에 끊긴 쇠잔한 목숨 다시 산 다행보다

276. 盜陋家譽悲心憚　도루가예참심탄
　　　가문 명예 도둑으로 더럽혀 부끄러이 꺼린다

277. 塵轉軍兵我曳奔　진전군병아예분
　　　먼짓길에 병사들이 나를 태워 달렸다

278. 悸惆堪耐擬憐喚　계추감내의련환
　　　두근두근 참고 있는 나를 불쌍한 듯 부른다

279. 泰陵訊室兄輩拷　태릉신실형배고
　　　태릉본대 취조실엔 차마 못 볼 형들의 고문을

280. 惟我隔悆斷腸觀　유아격창단장관
　　　나에겐 다만 애 저리라고 창 너머로 보게 하였다.

四章　吾曹 盛族

281. 人間慾求是本性　인간욕구시본성
　　　인간사 욕구는 너나없이 타고난 본성이라

282. 謙廉克己難疑耳　겸렴극기난의이
　　　겸손과 청렴은 귀를 의심하리만큼 어렵다

283. 故由善疎憍多悉　고유선소교다실
　　　그러므로 선행은 적고 교만함만 많다보니

284. 人性皆同慾不恥 인성개동욕불치
　　 인성은 다 같아 욕심을 부끄럽다 아니한다

285. 高祖世醫始業功 고조세의시업공
　　 고조께서 공 들여 대 이을 의업 열어

286. 諱云允冕唯仁施 휘운윤면유인시
　　 오직 박애만을 베푸신 어른, 휘는 윤자 면자이시다

287. 尊賢至善撫憂患 존현지선무우환
　　 환자를 인격 높여 돌보시는 지극한 선하심은

288. 寒賤常憐療本理 한천상련료본리
　　 가난을 연민하며 치료의 본으로 삼으셨다

289. 泰世欣然奈猜嫌 태세흔연나시혐
　　 태평성세 즐겁더니 어쩐 시샘인지

290. 某年孟夏叫塡髓 모년맹하규전수
　　 어느 한해 초여름 절규는 골수를 메웠다

291. 耕農大旱飢煩渴 경농대한기번갈
　　 큰 가뭄흉년이라 사람들은 굶주려 목마른데

292. 葛肉松皮覓難餌 갈육송피멱난이
　　 칡뿌리와 솔 껍질은 구하기도 어려웠고

293. 嬰屍負行失性娘 영시부행실성낭
　　 죽어 상한 아기 업고 다니는 실성한 어미에

294. 沙洲鬼哭噎嗚彼 사주귀곡희명피

　　강가엔 슬픔을 절규하는 귀곡성이 밤낮을 이었다

295. 官倉無策何倫止 관창무책하륜지

　　나라 곳간 대책 없다 인륜 아예 끊어서

296. 餓死路中棄不委 아사로중기불위

　　길가에 버려진 아사자를 거두는 자 바이없었다

297. 刻薄世情洶洶艱 각박세정흉흉간

　　각박한 세상사 흉흉하고 시름에 덮쌓인 그 어려움

298. 偕窮羸露哀哀矣 해궁이로애애이

　　모진 궁핍에 뼈가 드러나는 애달픔이 슬어서

299. 釜炊溢粥饑腸慰 부취일죽기장위

　　가마솥 넘치도록 죽 쑤어 주린 창자 위로타가

300. 渴倉惠施力盡毁 갈창혜시역진훼

　　곳간바닥 드러나 주린 자를 도맡기엔 힘이 부쳤다

301. 曾有訓傳追慕恭 증유훈전추모공

　　일찍부터 전해오는 이 훈언을 추모하고 공경하며

302. 祖先崇義表矜喜 조선숭의표긍희

　　선조님의 높으신 뜻, 인륜의 사표로 자랑스럽다

303. 心勞撫恤成家俗 심로무휼성가속

　　마음이 힘들어도 사람을 어루만져 가풍으로 이뤄왔고

304. 身困仁術承統軌 신곤인술승통궤
몸은 고달프나 떨친 인술은 법도로 이어간다.

305. 曾往豪雄雲長云 증왕호웅운장운
일찍이 호걸 영웅이라 함은 관운장을 일컫고

306. 美髥公亦稱今昔 미염공역칭금석
미염공 호칭 역시 고금에 불려온다

307. 吾門曾祖身長魁 오문증조신장괴
우리의 증조부님 키 크시고 헌걸차신 터에

308. 三角秀鬚貌貴赫 삼각수수모귀혁
삼각수가 빼어난 미염공에 용모 또한 귀상이셨는데

309. 筆致石峯謙抑能 필치석봉겸억능
글씨는 명필 한석봉을 겸허하게 누를 만하고

310. 鍼才許浚疑修脈 침재허준의수맥
침술은 명의 허준 맥을 전수하듯 고매하셨다고

311. 鍼治講論咸都往 침치강론함도왕
침술강론을 함흥시를 왕래하며 수업하시던

312. 當代紳醫諱觀湜 당대신의휘관식
당대의 신사 의원, 휘는 관자 식자이셨다.

313. 祖父生涯窒礙冤 조부생애질애원
조부님 한평생은 지은 죄 없이 앞길 막히는

314. 一言之下窮儒縛　일언지하궁유박
　　　한마디로 꽁꽁 묶여버린 궁박한 선비셨다

315. 祖承父習醫勝術　조승부습의승술
　　　윗대를 이어 배워 의술이 남달리 뛰어나도

316. 結締能遲志軟弱　경체능지지연약
　　　매조지지 못하시고 의지 또한 연약하셨다

317. 雅號德齋實德疑　아호덕재실덕의
　　　아호가 덕재신데 실제 공덕은 바이없으시고

318. 東奎諱字奎文錯　동규휘자규문착
　　　휘는 동자와 규자신데 문운 엷어 빗나가신 듯

319. 生來過半恨孤雁　생래과반한고안
　　　인생살이 반평생을 한 서린 외기러기로

320. 世相失欣運是薄　세상실흔운시박
　　　운수 기박하여 세상사 기쁨일랑 아예 잃고 사셨다.

321. 申氏系譜十五孫　신씨계보십오손
　　　평산신씨 계보의 15세손에

322. 漢城判尹夏公落　한성판윤하공락
　　　한성판윤 신 하 어른이 한양에서 떨어져

323. 咸州定配塵緣截　함주정배진연절
　　　함주땅 홍원에 귀양 살며 세상 단절 오백년에

324. 派祖先塋遷葬度　파조선영천장탁

파조선영 천장하여 함흥 땅에 모실 적에

325. 碑誌巨儒文撰任　비지거유문찬임

새 비문 찬문은 학식 높은 어른이 맡으시고

326. 銘書吾父筆依託　명서오부필의탁

비문글씬 문중에서 나의 부친께 맡기셨다

327. 方正楷字四周密　방정해자사주밀

방정한 해서체로 비신 사방둘레에 빽빽하고

328. 圓熟筆鋒精華格　원숙필봉정화격

원숙한 필봉은 화려하여 비격을 더없이 높였다

329. 筆致雅雄世傳才　필치아웅세전재

필치가 단아하고 웅장함이 내림재주이긴 해도

330. 少年十八驚該博　소년십팔경해박

18세 소년 글씨 놀랍도록 해박함을 좋이 알겠다

331. 參塋余輩矜誇父　참영여배긍과부

묘소참배 할 때마다 자랑스럽던 부친 글씨를

332. 念願生前拓本著　염원생전탁본착

내 생전 염원이라 비문탁본 하였다가

333. 世世傳傳揮筆痕　세세전전휘필흔

조상 내내 이어내린 값진 휘필 흔적을

334. 元元本本儒風索 원원본본유풍삭
     대대손손 이어온 선비 풍조 보여주고 싶었다네

335. 尊名昇燮昔耘號 존명승섭석운호
     존명은 승자 섭자 이시고 석운이 존호인데

336. 仁術出群物慾薄 인술출군물욕박
     인술은 뭇사람에 뛰어나도 물욕 바이 없으셨고

337. 名士交朋敦厚謙 명사교붕돈후겸
     명사들을 사귐에 가림 없이 돈후겸손하시더니

338. 往來靑邸康寧脈 왕래청저강녕맥
     청와대 큰 저택도 왕래하며 건강진맥 하시었다

339. 催眠修己淸虛神 최면수기청허신
     마음 비워 심신을 맑히시며 최면 수련하시었고

340. 合氣鍊武强保策 합기연무강보책
     합기도 연마로 몸 보존도 할 만큼 하셨는데

341. 肝患危重不孝余 간환위중불효여
     어이없는 간환이 위중하여 자식들을 불효자로

342. 葬儀肅靜淚哀客 장의숙정누애객
     숙연한 장의에 조문객의 슬픈 눈물 속에

343. 十餘重唱孤魂慰 십여중창고혼위
     십 여 명 중창단의 고혼위로 그지없이 받으시며

344. 六十四齡壽悼惜 육십사령수도석
육십사 세 단명으로 애도 속에 아쉬이 가시었다

345. 人謂龍門第一嵩 인위용문제일숭
용문산이 숭산이라 사람들이 이르는 말은

346. 秀長銀杏千年魄 수장은행천년백
크디큰 은행수에 천년 넋이 덮쌓여 깃들어서이고

347. 繁柯盈實根株固 번가영실근주고
가지마다 가득한 열매는 튼실한 근간 때문이듯이

348. 我閥盛昌亦似脈 아벌성창역사맥
우리가문 번창 역시 그렇듯 맥을 이었다네.

349. 子孫世系繁篁竹 자손세계번황죽
대 이어 자손들이 대밭처럼 번성하더니만

350. 七十餘名相樂擁 칠십여명상락옹
칠십 가족 서로서로 감싸 안고 즐겁다

351. 大族名門榮貴位 대족명문영귀위
명문대족 영화롭고 귀한 지위 누리는데

352. 誰家凌駕吾曹宗 수가능가오조종
우리겨레 능가함이 뉘 가문 더 있으리오

353. 日間諸事欲知悉 일간제사욕지실
하루하루 제반사를 알고 싶다하는 대로

354. 各易問安授受供　각이문안수수공
　　제각기 문안들을 쉬이 주고받으며

355. 昨夜起居音信告　작야기거음신고
　　간밤사연 눈에 뵈듯 좋이 알리고

356. 卽今動靜電交共　즉금동정전교공
　　지금당장 동정도 번개처럼 주고받는다

357. 年中行事誰何缺　연중행사수하결
　　크고 작은 연중행사 뉘 마다하리오만은

358. 吾等會同異彩逢　오등회동이채봉
　　우리 모임 별스러워 가슴 벅찬 만남이라

359. 各其研磨能樂器　각기연마능악기
　　제각각 갈고닦은 악기를 능란한 솜씨로

360. 爭光演奏朗明容　쟁광연주낭명용
　　영광 다퉈 해맑은 얼굴로 연주하는 그 열정

361. 美聲歌唱場中響　미성가창장중향
　　고운 목소리 고운 노래가 회장 가득울리고

362. 伴奏響振浸親胸　반주향진침친흉
　　반주음향 울리며 어버이들 가슴을 차분히 적신다

363. 老少不關偕作善　노소불관해작선
　　노소를 가림 없이 즐김 찾아 좋은 일 만드는데

364. 如斯素兀求心從　여사소올구심종
이 같은 구심점에 소올 있어 쫓게 함이로다.

365. 吾儕昆季八男妹　오제곤계팔남매
우리형제 모두 하여 팔남매나 수두룩한데

366. 勤仕終成皆不遲　근사종성개부지
일한 자리 끝맺음이 하나같이 빠르고 빈틈없다

367. 天稟俱誠心性錦　천품구성심성금
천품이 성실하고 성정은 비단이라

368. 衆人融會是家姿　중인융회시가자
사람을 융합하는 이것이 우리가문 참모습이로다

369. 其中季弟從孔孟　기중계제종공맹
그 중의 끝 동생은 공자맹자처럼

370. 聖道欲行不到懼　성도욕행부도리
그 길을 가고프나 가는 길 못 미칠까 걱정이 앞서는

371. 素兀世譽尤耀德　소올세예우요덕
소올은 덕성도 명성도 더욱 빛이 어리어

372. 世醫五代傷魂施　세의오대상혼시
의사로 5대연만 굳이 애태워 더욱 베푼다

373. 未成十七初編著　미성십칠초편저
미처 크기도 전, 나이 열일곱 소년시절 책을 펴내어

374. 才學斗南已悉知　재학두남이실지
　　학식도 글재주도 그때 이미 범상 넘어 알렸고

375. 醫試壯元魁甲選　의시장원괴갑선
　　의사국가고시 장원으로 양달높이 우뚝 뽑혔어도

376. 自修謙士身卑示　자수겸사신비시
　　스스로 수신하며 겸손으로 본 보이던 현사

377. 東醫八達標徵恤　동의팔달표징휼
　　동의로 팔달 한단 표방으로 낮은 사람 어루만지며

378. 疏外寒民診療罹　소외한민진료이
　　어려움에 소외된 자 병 고쳐 돌봐주고

379. 千落萬村尋奉仕　천락만촌심봉사
　　전국의 구석구석 손수 찾아 봉사하여

380. 頌聲長久兀賢醫　송성장구올현의
　　덕성 높아 칭송받는 긴 세월 우뚝 섰다

381. 素兀羨望仁德頌　소올선망인덕송
　　소올이 부러워 그 인덕을 치켜 기리어

382. 島山人賞慰勞憒　도산인상위로기
　　도산인은 뜻을 높여 상 주어 공손히 위로한다

383. 醫方卓識辭流泉　의방탁식사류천
　　탁출한 의술과 지식에 언변은 흐르는 폭포 같고

384. 品位崇嚴絕世師　품위숭엄절세사

　　인품 또한 숭엄하여 절세의 참 스승이로다

385. 資稟世傳憐恤悶　자품세전연휼민

　　가엾음을 번민하는 어진품성 천첩만첩 이어오며

386. 怡顔救療抱擁慈　이안구료포옹자

　　두 팔 벌려 좋이 병 고치는 인자한 그 얼굴 소올

387. 茫茫天地賢英盛　망망천지현영성

　　널넓은 천지에 헌걸찬 현인도 다보록이 많으련만

388. 唯一斯途擢表宜　유일사도탁표의

　　오직 마땅하다 이 한사람 뽑아내어 본을 삼누나

389. 五百祝人欽羨響　오백축인흠선향

　　오백 인이 우러러 흠모하는 박수소리 귀에 담아서

390. 吾門榮耀模永持　오문영요모영지

　　빛나는 우리 가문의 본 모습으로 길이 지니자

391. 曲曲講床招聘應　곡곡강상초빙응

　　방방곡곡 강단을 초빙에 응해 가면

392. 增增識達託宣疑　증증식달탁선의

　　지식은 점점 더 달관하여 신이 맡긴 사람 같다

393. 德行如此自然襲　덕행여차자연습

　　이 같은 덕행은 저절로 더금더금 몸속에 배어

394. 克己驕行徒義思　극기교행도의사
　　　교만 될까 조심하며 애오라지 의만을 생각는다

395. 仁術華陀凌高邁　인술화타능고매
　　　의술이 화타를 깔고 넘어 높이 뛰어나다며

396. 名醫呼稱可嘉宜　명의호칭가가의
　　　명의칭호 마땅타 하기에 옳이 여겨 기린다

397. 醫家立志祖先功　의가입지조선공
　　　의사로서 가문이룬 선조의 고매하신 공덕의

398. 仁術耀承繼代衷　인술요승계대충
　　　그 인술에 빛을 더해 대를 있는 충정 어리며

399. 開創吾門專救恤　개창오문전구휼
　　　선조께서 창업부터 오로지 구휼에 나서신 터에

400. 後昆素兀獨斯隆　후곤소올독사륭
　　　후손 소올은 마침가락이라 이 길에 우뚝 섰다

401. 醫傳三世容方藥　의전삼세용방약
　　　의자가 삼대를 잇고서야 약 쓰라는 옛 말씀을

402. 耳聞恒時甚愼窮　이문항시심신궁
　　　귀에 익히 들었기에 더더욱 신중 하고

403. 尊像造形存欲裔　존상조형존욕예
　　　존경하는 선대 상 만들어 후손에 물려주며

404. 吾門咸願致人崇 오문함원치인숭
    걸출한 의사가문 이어가길 우리 함께 원하노라

405. 俊爽博愛如滋雨 준상박애여자우
    명석한 인품, 끝없는 사랑이 단비 내리듯 하는

406. 素兀載鏞唯白眉 소올재용유백미
    소올 신재용을 오로지 세상의 으뜸이라 아니하리오

407. 不敢魁殊宜竹帛 불감괴수의죽백
    누구도 하지 못할 훌륭한 업적을 죽백에 올리고

408. 聖賢頌響欲銘碑 성현송향욕명비
    성현 같은 칭송의 울림소릴 빗돌에 새겼으면.

409. 我孫俊秀根謙遜 아손준수근겸손
    내 손자들은 태생이 준수하고 겸손한데도

410. 慈母剛柔訓本綱 자모강유훈본강
    어미는 자애로 강과 유를 근본으로 가르쳤다

411. 才品慧心氷潔己 재품혜심빙결기
    슬기로운 품격이라 스스로 얼음같이 맑게 하는

412. 秀英威德早知章 수영위덕조지장
    뛰어난 위덕을 지녔음을 진즉에 알았노라

413. 世譽尊貴一身襲 세예존귀일신습
    존귀한 영예가 들어나게 덮쳐든다하여도

414. 忠謹遠謀隱顯彰 충근원모은현창
성실히 삼가서 앞날 보아 들어내지 말지어다

415. 鶻爪秘藏君子道 골조비장군자도
송골매가 발톱을 감추듯한 군자의 도로

416. 韜光雄智偉功望 도광웅지위공망
칼날을 숨기는 지혜로 큰 공 세우기를 바라노라.

五章 無分別

417. 戰爭前夜劇場旋 전쟁전야극장선
전쟁 터진 전날 밤에 극장가를 서성이다 돌아와

418. 平穩黎明甘夢仿 평온여명감몽방
평온한 어스름여명까지 단꿈 속을 배회타가

419. 喧庭恐驚侵襲敵 훤정공경침습적
뜰 앞에 떠들 썩 적이 남침한단 놀라운 소리에

420. 靜村憂悶戰慄怳 정촌우민전률광
고요하던 마을은 두려움에 떨었다

421. 敵來京巷牽丁壯 적래경항견정장
적은 하마 서울 거리에서 장정들을 끌어가기에

422. 我隱少穴田鼠防 아은소혈전서방
나는 굴뚝 뒤에 작은 굴 파고 두더지로 숨었다

423. 收復還都尋入隊 수복환도심입대
서울이 수복되자 군대를 손수 찾아

424. 卽時前線出兵忙 즉시전선출병망
즉시로 전선에 배치되는 군인으로 바빴다

425. 夜中空陣春風籟 야중공진춘풍뢰
어느 날, 비어둔 진중에 봄바람이 세찬 밤에

426. 不慮彼軍埋爆藏 불려피군매폭장
적군이 지뢰를 묻어둔 줄 까맣게 모르고

427. 無備砲身壕進瞬 무비포신호진순
포진에 포신을 밀어 넣는 바로 그 순간

428. 最强雷爆虛無殃 최강뢰폭허무앙
최강의 지뢰에 허무하게 우리는 당했다

429. 全員傷死無量憤 전원상사무량분
전원이 죽고 부상당한 한량없는 울분

430. 或者粉身骨碎亡 혹자분신골쇄망
더러는 가루되고 더러는 뼈까지 사라졌다

431. 啞啞鳥群翔弔哭 아아오군상조곡
떼 까마귀 빙빙 돌며 깍깍 조상하고

432. 悲酸布穀裂心愓 비산포곡열심상
슬프게 짖어대는 뻐꾸기 소리에 가슴 찢겼다.

433. 元通深谷砲聲歇　원통심곡포성헐
　　 원통리 깊은 골에 포성이 잠시 멎더니만

434. 屯地山陵鳥唱娛　둔지산릉조창오
　　 산새들이 산등성이에 노래하며 즐긴다

435. 營庭乍閑余癖動　영정사한성여벽동
　　 잠시 한가한 영내 뜰에 내 버릇이 발동하여

436. 野花移植丹粧謀　야화이식단장모
　　 들꽃심어 단장하려고 생각을 굳혀

437. 假山小苑欲奢侈　가산소원욕사치
　　 사치스레 공원 꾸며 가산을 만들고

438. 隣澗流滌曳石俘　인간류척예석부
　　 옆 계곡에 물에 씻긴 큰 돌을 끌어올려서

439. 猝地石工三日勞　졸지석공삼일로
　　 졸지에 석공 되어 사흘을 애썼더니

440. 命中塔著傑碑鳴　명중탑저걸비오
　　 멋들어진 '명중탑'이 걸작으로 태어났다

441. 竪碑拍掌喧騰喜　수비박장훤등희
　　 탑비 세워 박수치며 떠들썩 기뻤고

442. 高塔仰看字劃武　고탑앙간자획무
　　 높은 탑 쳐다보니 자획에 위엄도 넘치더라

443. 忘戰乍閑梟寂寞　망전사한효적막
잠시 한가한 전선에 뻐꾸기는 적막 깨고

444. 夜屯月皓哨兵舖　야둔월호초병포
진중에 달이 밝아 보초병은 군것질하는데

445. 忽然吾陣彈聲急　홀연오진탄성급
홀연히 진중에 바람 끊는 다급한 폭탄소리

446. 爆裂散飛片鐵剴　폭열산비편철고
터지는 철파편이 쌩쌩 흩날렸다

447. 艱楚醫兵微叫絶　간초의병미규절
괴로움에 위생병 찾으며 숨 끊기고

448. 悲鳴戰友俗離亡　비명전우속리무
비명은 속세의 아쉬움 속에 사그라졌다

449. 數千鐵片諾標的　수천철편낙표적
수천 개 쇠 조각에 표적 되어주마 하고

450. 縱橫陣中奔走逾　종횡진중분주유
나는 진중을 종횡으로 뛰어다녔는데

451. 銳片亂舞音似刃　예편난무음사인
칼날 같이 예리한 조각이 난무하는 속에

452. 冥途熟驗畏彈誅　명도숙험외탄
죽음도 이골 나서 포탄마저 날 꺼려 벌을 주더라

453. 閃光間歇星空翳 섬광간헐성공예

　　간헐적 섬광에 별빛 가리고

454. 山影欲黎碑塔呴 산영욕려비탑구

　　산그늘에 동이 트자 비탑을 꾸짖는다

455. 自陣命中因致斃 자진명중인치폐

　　우리 진중 명중당한 죽음의 사연에

456. 責余悔淚焚屍呼 책여회루분시호

　　자책하고 뉘우치며 눈물로 시신 사른다

457. 同鄕切親多人伴 동향절친다인반

　　한 마을의 절친했던 친구 여럿이

458. 一隊同參勇戰模 일대동참용전모

　　참전을 함께한 용감했던 군인의 본보기였건만

459. 灰骨搜收歎息苦 회골수수탄식고

　　재속에서 뼈를 수습하는 괴로운 탄식에

460. 唯存我命酷何誅 유존아명혹하주

　　홀로 살아남은 죄벌은 죽음보다 혹독하더라.

461. 八人同氣皆純坦 팔인동기개순탄

　　형제자매 여덟이 모두 다 순탄한 터에

462. 豈獨童蒙但蔽雲 기독동몽단폐운

　　어찌 나 홀로만 어리석어 먹구름에 가리는가?

463. 不學志喪恒自愧　불학지상항자괴
배움 없어 뜻 꺾이는 부끄러움 한결 같기에

464. 工夫萬計反芻慇　공부만계반추은
공부만이 살 길이라 은근히 되새기다가

465. 强顔大學躬關叩　강안대학궁관고
낯 뜨겁게 대학문 두드린 용기는 좋았건만

466. 聾俗講聽針席紊　농속강청침석문
강의는 귀가 멀어 바늘방석 앉음이라

467. 末尾追隨能力盡　말미추수능역진
꼬리에서 따라잡기 힘을 다한 끝에

468. 虛頭角帽老成云　허두각모노성운
속빈 머리에 학사 모 쓰고 어른 된 듯했다네.

469. 男兒二十有生子　남아이십유생자
남아 이십에 자식은 두어야 한다고

470. 曾往傳來通習追　증왕전래통습추
진즉에 전해온 풍습 있던 그 시절에

471. 我念嫁娶三十到　아념가취삼십도
내 나이 삼십에 이르러서 장가들 생각하고

472. 告天成禮配偕遲　고천성례배해지
더디더디 하늘에 고하여 짝을 맺고는

473. 人姙羨慕四年次 인임선모사년차
　　　남의 임신 부러워 기다리던 4년에

474. 三神點指胎脈嘻 삼신점지태맥희
　　　삼신의 점지로 태맥 뛰어 기뻤다

475. 我撫懇情祈順娩 아무간정기순만
　　　나는 어루만져 간곡하게 순산을 빌고

476. 妻依耐痛催鳴兒 처의내통최명아
　　　아내는 아픔 참고 아기 울음 재촉하다가

477. 産婆能爛受天祜 산파능란수천호
　　　산파솜씨 능란하여 하늘 복을 받고는

478. 晚得喜容唯我窺 만득희용유아규
　　　늦자식 기쁨이 나 혼자인양 보고보고 또 본다

479. 凌室壁霜氷似厚 능실벽상빙사후
　　　방안 벽에 서리가 어름 되어 두터워진 산실에

480. 小寒當夜炭加炊 소한당야탄가취
　　　소한 날 밤 추위에 탄불만 괄게 더 집혔다

481. 嬰兒孩笑天聲聽 영아해소천성청
　　　앙글방글 아기 웃음 하늘의 소리로

482. 紅吻乳磯金鮒吹 홍문유기금부취
　　　젖 빠는 빨간 입술 앙증스런 금붕어라

483. 處處女矜八不出 처처여긍팔불출

　　가는 곳곳 딸 자랑하는 팔불출 따로 없고

484. 我家滿降天花施 아가만강천화시

　　내 집에는 하늘 꽃이 한가득 내렸더니라

485. 連綿耕稼芳蘭産 연면경가방란산

　　잇대어 향기 그윽한 난 꽃만 기르면서

486. 或也喧嘖一子比 혹야훤황일자비

　　혹여 우렁찬 울음의 아들 하나 낳을까 하여

487. 曾往作名哀惜棄 증왕작명애석기

　　사내이름 미리서 지었다가 아쉽게 버리고

488. 孝親缺望諦觀之 효친결망체관지

　　부조님께 대 잇는 효도는 이미 글러 단념했다

489. 雌雄半半造化本 자웅반반조화본

　　자웅 성비 반반은 자연의 조화인데

490. 世系欲男族殖差 세계욕남족식차

　　남자로만 대 이음은 어긋나는 일인데도

491. 況且得男專一念 황차득남전일념

　　그럼에도 애오라지 아들 낳기만 일념하고

492. 世風産女認輕廝 세풍산녀인경시

　　딸을 천하게 여김은 그 시절의 풍속이었건만

493. 惟三耘籽秀蘭草 유삼운자수란초

　　예쁜 난초 셋만을 김매고 북돋우며

494. 雖勢乏窮不羨慈 수세핍궁불선자

　　살림 비록 궁해도 부러 울것 없이 사랑했다

495. 知足生男抛置久 지족생남포치구

　　이에 만족하고 아들은 진즉에 포기하여

496. 杞憂多産亦捐思 기우다산역연사

　　다산의 우려로 더 낳을 생각일랑 아예 접었다

497. 産兒制限政情號 산아제한정정호

　　정부는 시책으로 산아제한 부르짖기에

498. 斷種決行尋訪醫 단종결행심방의

　　단종시술 행하려고 집도의사 찾아가

499. 去勢嬉娛心自慰 거세희오심자위

　　거세하는 동안을 히히대며 마음 가라앉히고

500. 別無慄恙猶康怡 별무율양유강이

　　두려운 생각 없이 오히려 즐기듯 편했다.

501. 育娘滋味誰知告 육낭자미수지고

　　딸 키우는 재미를 뉘 그리 안다던가?

502. 世態變移隔世彌 세태변이격세미

　　세태변화 격세지감 더욱 버성겨

503. 古昔傳來出嫁外　고석전래출가외
　　　옛 부터 전해오던 출가외인이

504. 近來聘邸壻郞楣　근래빙저조서랑미
　　　근래 남자 처갓집 문지방을 뻔질 드나든다

505. 古今如此思惟異　고금여차사유이
　　　옛날과 지금생각 이리도 다르니

506. 男劣女優習俗虧　남열여우습속휴
　　　열등 남 우월 여로 습속으로 기운다

507. 反轉人心不難改　반전인심불난개
　　　인심 역시 정반대로 어렵잖게 바뀌어

508. 塞翁之馬則余辭　새옹지마즉여사
　　　새옹지마 그 말은 나를 두고 한 말 같다.

509. 滿庭煙霧覆森陰　만정연무복삼음
　　　뜰 가득 안개 끼어 깊은 숲 가리는 날

510. 終日如斯總是淫　종일여사총시음
　　　진종일 한결같이 온 세상이 젖어든다

511. 萬樹嫩芽黃杪齊　만수눈아황초제
　　　나무마다 여린 새싹 노오란 가지 끝에

512. 百花潤蕾紫莖侵　백화윤뢰자경침
　　　꽃나무 줄기줄기 비에 젖어 망울망울

513. 霏霏泳水盈珠滴　비비영수영주적
　　세찬 봄비 수영장에 구슬방울 가득한데

514. 冷冷濕莎翠雨沈　냉냉습사취우침
　　냉랭히 젖은 잔디 초록 비로 잠긴다

515. 頻聞鳥聲何蹤迹　빈문조성하종적
　　끊임없던 새소리가 종적을 감췄어도

516. 身寧心泰道眞深　신영심태도진심
　　몸과 맘 편타마다 진정 깊이 도에 드네

517. 紫黃新葉茂林脩　자황신엽무림수
　　붉은색 노란색의 새잎 숲이 깊은데

518. 草綠庭莎杳寂尤　초록정사묘적우
　　초록 잔디 아득하여 더욱 고요한 뜰

519. 雙鼮來往媚伴留　쌍종래왕미반류
　　쌍 다람쥐 왔다 갔다 아양 떨며 머물고

520. 百鳥隱棲啼百語　백조은서제백어
　　뭇 새는 깊이 숨어 제멋에 우짖는다

521. 開窓欄石花英燿　개창난석화영요
　　창밖의 난간들에 꽃송이가 흐드러지고

522. 外舍夕陽鵠影流　외사석양곡영류
　　바깥채의 석양빛에 백조그림자가 흘러간다

523. 朝霧午晴空度日   조무오청공도일
　　아침 안개 한 낮에야 개인 속에 세월 보내며

524. 但幽衰老唯忘憂   단유쇠로유망우
　　늙은 몸 그윽이 근심걱정 잊었다네.

525. 水踰東阜拓開地   수유동부척개지
　　수유동 동편의 언덕바지 개척지에

526. 洞里松濤神淨安   동리송도신정안
　　마을에 솔바람 일어 정신 맑아지는 곳

527. 眷率亨通惟我願   권솔형통유아원
　　오로지 가족 형통 소원하며

528. 新營豪侈所期完   신영호치소기완
　　호사롭게 치장하여 원 없이 집을 짓고

529. 老思將後寤言惷   노사장후오언준
　　닥쳐올 노년 맞음 심란하여 잠꼬대하던 터에

530. 戚叔提論聳聽歡   척숙제론용청환
　　달콤한 처숙의 제안에 귀 기울여

531. 易信物財供不惜   이신물재공불석
　　쉬이 믿고 가진 재물 아낌없이 바치면서

532. 猝然富貴肯心寬   졸연부귀긍심관
　　졸부 되는 즐거움에 마음 넉넉했건만

533. 愚生吒嗟寸陰事 우생질차촌음사

　　잠시잠간 어리석음을 이내 자책했고

534. 倚者堪能露限難 의자감능노한난

　　기대했던 처숙은 능력 밖의 한계란다

535. 工匠欠伸機垢濁 공장흠신기구탁

　　기능공은 기지개켜고 기계는 때에 저는데

536. 家財債渡鳥巢搬 가재채도조소반

　　빚으로 가산 털고 새둥지로 세간을 옮기고는

537. 寒飢主掌失權位 한기주장실권위

　　가난의 굶주림에 가장은 권위 잃고

538. 內室咆哮骨髓酸 내실포효골수산

　　아내의 볼멘소리 아픔은 골수에 스민다

539. 自盡欲行障息女 자진욕행장식녀

　　자식길이 막힐까봐 죽음마저 못하고

540. 徒生苟且時宜殘 도생구차시의잔

　　다만야 되는대로 쇠잔한 삶 구차히 이었었다.

六章　晩照

541. 首都街巷至稀壽 수도가항지희수

　　서울의 거리거리를 칠십까지 살다가

542. 情緒虛飢戀野遷 정서허기연서천
　　　정서에 허기져 그리던 농막으로 짐 옮기고

543. 塾址明堂亭子鮮 숙지명당정자선
　　　의숙자리 명당 터에 정자 세워 조촐한데

544. 假山木盛稀禽翩 가산목성희금편
　　　가산의 무성한 나무엔 희귀조가 날아든다

545. 田園滿喫老當樂 전원만끽노당락
　　　전원을 만끽하며 늘그막을 즐기고

546. 村叟俱尊錯神仙 촌수구존착신선
　　　촌로존경 받으면서 신선되는 착각도

547. 筆藝熟知共有獎 필예숙지공유장
　　　마을사람 다 함께 서예 익혀 장려하니

548. 墨香浸染隣坊延 묵향침염인방연
　　　묵향은 깊이 스며 이웃에 번져간다

549. 僻村廣灘格崇位 벽촌광탄격숭위
　　　광탄의 두메마을 높은 품격 현저하고

550. 碧壁高亭筆士連 벽벽고정필사련
　　　푸른 절벽 드높은 정자엔 서예인이 이어졌다

551. 耕稼寸閑勤勉學 경가촌한근면학
　　　농사일 틈새시간 글공부에 열중터니

552. 筆名驚世變明賢 필명경세변명현

　　세상이 놀란 명필로 밝게 변했고

553. 啓蒙老少學先導 계몽노소학선도

　　계몽으로 노소를 함께하여 앞장서 가르쳐서

554. 日就月將德氣遷 일취월장덕기천

　　일취월장 덕기가 서리게 바꾸어놓았다

555. 巷壁落書痕墨亂 항벽낙서흔묵란

　　마을길 담벼락엔 먹 자국이 어지럽고

556. 大廳家訓强誇懸 대청가훈강과현

　　집집마다 거실에는 가훈 걸어 자랑한다.

557. 少時巨石塔彫驗 소시거석탑조험

　　소싯적에 돌탑 새긴 그 경험을 되살려서

558. 耆至藝創審美瑂 구지예창심미미

　　늘그막에 새로운 예술미를 찾아보려고

559. 蠟石覓難搜所聞 납석멱난수소문

　　구하기도 어려운 납석원석 수소문하며

560. 鑛山隱僻索探馳 광산은벽색탐치

　　인적 드문 광산 찾아 달리고 또 달렸다

561. 篆書珍像心雕刻 전서진상심조각

　　전서와 진귀한 형상을 마음으로 새기면서

562. 屑石削塵氣亦虧 설석삭진기역휴

    부스러기 돌가루에 기도 함께 깎여 이지러지며

563. 投影神魂專滲透 투영신혼전삼투

    투영혼백 고스란히 작품 속에 스미어

564. 魁殊完品鑿胸窺 괴수완품착흉규

    완성품은 뛰어나 가슴속에 파고든다

565. 板材書刻旣恒處 판재서각기항처

    나무판 서각은 어디에나 있어왔지만

566. 蠟石素材始我施 납석소재시아시

    납석원석 소재는 내가 있어 처음이이라

567. 稀貴才能藝總認 희귀재능예총인

    희귀한 그 재능을 예총이 인정하여

568. 名人稱授聞譽熙 명인칭수문예희

    명인칭호 주면서 밝히 추켜세우더라.

569. 筆床仰掌偶觀照 필상앙장우관조

    서탁 위에 뒤집힌 어린 손을 우연히 보고서

570. 是刻別風見賞媛 시각별풍견상원

    그대로 깎았더니 별스럽고 아름답다

571. 嫋嫋娟娘雲似顯 요요연낭운사현

    연약한 소녀가 구름 속에 나타난 듯

572. 纖纖玉手霓如睯 섬섬옥수예여혼

섬섬옥수 무지개 속에 아스라이 보는 듯

573. 哀孱指腕姸猶稚 애잔지완연유치

손목이며 손가락은 애잔한 치기 서리고

574. 瘦拇肥魚恣氣元 수무비어자기원

어복은 통통하고 엄지는 방자한 듯 가늘다

575. 診脈爾云深不測 진맥이운심불측

진맥하는 말인즉 깊은 뜻은 알 수 없고

576. 恍然上帝見猜根 황연상제견시근

옥황상제 황홀하여 시기하는 탓이라나.

577. 淸虛素足那堪恨 청허소족나감민

해맑은 맨발이라 민망하여 어찌 할고

578. 借問元身必至嬪 차문원신필지빈

묻노니 필시 지체 높으신 귀부인의 발이렷다?

579. 艶絕姿媚憐最甚 염절자미연최심

앙증스럽고 가련한 듯 어여쁜 그 모습은

580. 妖精忽顯愧羞純 요정홀현괴수순

요정으로 홀연히 나타난 수줍음인가

581. 戀看頻賞悠停悶 연간빈상유정민

사랑스레 보고 보며 머물러 번민하며

582. 愛撫重摩促坐淪　애무중마촉좌륜
　　　다가앉아 또 만지며 매혹에 빠져든다

583. 或去愁憂疑莫恐　혹거수우의막공
　　　혹시나 가버릴까 걱정일랑 말게나

584. 誰柔娟履授功人　수유연리수공인
　　　보들보들 고운 신을 누가 있어 신겨주랴.

585. 骨董寶物靑瓷一　골동보물청자일
　　　골동보물 으뜸은 고려청자라던데

586. 瓢酒子華最美瓷　표주자화최미자
　　　화려한 표주박주전자가 그중의 으뜸

587. 六百星霜倭掠別　육백성상왜략별
　　　왜인의 약탈로 육백년을 떠났다가

588. 今天解恨回來遲　금천해한회래지
　　　오늘에야 더디더디 한을 풀고 돌아왔다

589. 才能奧妙瓷瓢顯　재능오묘자표현
　　　도공재주 오묘하여 청자 되어 나타났기

590. 倣古稀珍蠟石移　방고희진납석이
　　　희귀한 그 보물을 옛 대로 납석에 옮겼네라

591. 塊石忽然浮酒子　괴석홀연부주자
　　　돌 위에 주전자가 홀연히 솟아올라

592. 彩紋翡色古傳儀 채문비색고전의
청자비색 옛 대로 만들어 놓고 보니

593. 松都名妓眞娘與 송도명기진낭여
송도 명기 황진이와 단둘이 마주하여

594. 玉露酒杯雪手憍 옥로주배설수기
옥로주를 공손히 백설 같은 손으로

595. 玩賞情懷多魅了 완상정회다매료
즐거운 정회에 얼기설기 매료된 채로

596. 時調吟唱欲情追 시조음창욕정추
시조나 읊으면서 정을 쫓고 싶어진다.

597. 藝皐煙似櫻花園 예고연사앵화원
벚꽃 가득 연기처럼 흐드러진 예술동산에

598. 異色碑林畵伯魂 이색비림화백혼
화백의 예술 혼이 오롯이 밴 별스런 그림비의 숲

599. 兩軌一車同行誓 양궤일거동행서
두 줄 레일 위를 한 차로 달리련다 그 다짐을

600. 旅程萬里唯名存 여정만리유명존
여정만리길 임은 오직 명성만 남기셨구랴

601. 飛來飛去鳥仙樂 비래비거조선악
뭇 새들이 들락날락 짖어대는 선계의 음악 속에

602. 上界君聲莫毁喧   상계군성막훼훤

하늘 계신임의 고매하신 명성을 애써 지키며

603. 碑塔影依孤老竟   비탑영의고로경

비 탑 그늘에 다만야 의지하던 외론 늘그막을

604. 營亭臨欲戀情敦   영정임욕연정돈

그리운 정 도타이 하려고 정자 세워 오르려오.

605. 生涯本是惡材極   생애본시악재극

내 생애가 본시부터 악재의 극이어서

606. 往歲以來劣等彷   왕세이래열등방

지난 긴긴 세월을 열등감에 방황했다

607. 人對身卑謙恥事   인대신비겸치사

겸손하게 몸 낮춰 부끄러이 사람 대하고

608. 魂疲自虐蔽遮光   혼피자학폐차광

혼백마저 나른하여 자학하며 빛을 가렸다

609. 謀計百事才無限   모계백사재무한

계획한 백가지에 재능은 무한하여

610. 沒我通宵卓絶彰   몰아통소탁절창

밤새워 몰두하니 밝은 빛 뛰어났다

611. 人百己千堪去載   인백기천감거재

남들이 백을 하면 나는 천을 하여 이겨냈는데

612. 血枯氣損劣評恦 혈고기손열평광
기혈 이제 손모되어 못난이로 평해지려나?

613. 舍廊老客聞亨樂 사랑노객문형락
사랑방 노객들 즐겁고 형통하시오? 하는 물음에

614. 墨塾開門老壯甦 묵숙개문노장소
묵숙이 문을 열어 젊음으로 소생한다고

615. 貴骨仙風回末境 귀골선풍회말경
남자노인 말년을 귀골선풍 되돌고

616. 容姿婦德宿緣逾 용자부덕숙연유
여자노인 부덕으로 연분 더욱 굳힌다

617. 最高知見工夫沒 최고지견공부몰
최고의 식견으로 공부에 몰두하고

618. 筆趣延年潤澤武 필취연년윤택무
서예취미로 윤택하며 위엄 더욱 넘쳐난다

619. 春榜訓言揮筆膳 춘방훈언휘필선
춘방, 가훈 휘필하여 이웃에 나누고

620. 歲寒孩樂紅衣鬚 세한해락홍의수
세한엔 아이들 즐기라고 붉은 옷에 수염 붙인다

621. 濤浪如覆翁心反 도랑여복옹심반
세찬 파도 뒤집히듯 늙은 마음 뒤엎어

622. 創造矜持子授喩 창조긍지자수유
     창조하는 긍지를 자손들에 깨우쳐 보여주고

623. 白首風塵仙自適 백수풍진선자적
     백수풍진에 신선되어 유유자적하면서

624. 儒鄕長樂互尊娛 유향장락호존오
     서로서로 존중하는 선비 마을 즐긴다

625. 墨香浸染人人樂 묵향침염인인락
     묵향은 깊이 스며 사람마다 즐겁고

626. 才藝顯彰箇箇珠 재예현창개개주
     글재주도 뛰어나 하나하나 주옥이언만

627. 己心欲書身怠敎 기심욕서신태교
     이내몸 마음과 달리 가르치기 노곤하고

628. 壽貧難筆爲師胡 수빈난필위사호
     나이는 바닥나 붓 들기도 어려우니 어찌 스승이리오.

629. 人生已米微罷神 인생이미미피신
     인생 이미 미수라 정신 또한 희미하고 고달파

630. 終乃窮竟鬼界隅 종내궁경귀계우
     마침내 귀신 소굴 모퉁이에 이르렀다 아니하랴

631. 欲飯指痲匙落數 욕반지마시락삭
     손에는 쥐가 나서 숟가락 떨어뜨리기 일쑤고

632. 作詩昏目筆尖駑 작시혼목필첨노

시 짓기도 눈이 어두워 연필 끝이 둔해졌다

633. 不辭喜壽峰頭叫 불사희수봉두규

77세엔 아랑곳 하지 않고 산위에서 외쳤고

634. 異彩春秋詩想鳴 이채춘추시상오

봄가을의 정경을 시상 올려 탄식도 하였건만

635. 自敍今吟篇七百 자서금음편륙백

오늘날 자서시구 칠백행을 읊어 엮다보니

636. 最長聯句邦中模 최장연구방중모

나라 안에 제일 긴 연시구의 본보기라 여겨진다.

637. 葛山曉色紅霞彩 갈산효색홍하채

갈산 새벽하늘에 붉은 노을이 아롱 비칠 때

638. 江霧發揚軟散光 강무발양연산광

양강엔 물안개가 부드러이 빛 위에 사라진다

639. 旭日蘆花銀白爛 욱일노화은백란

아침 해 치솟고 은빛 갈대꽃이 찬란한

640. 岸汀綠露履侵藏 안정녹로이침장

강 언덕엔 푸른 이슬이 신발 속에 스미는데

641. 草原三十六場闊 초원삼십육장활

삼십육 구장이 광활한 푸른 초원에

642. 一打直球入桶瑝 일타직구입통황
    일타 직구로 홀인원 하는 땡그랑 종소리

643. 滿面喜欣勝慾足 만면희흔승욕족
    만면에 기쁨 담아 욕구는 충족되고

644. 汗背快爽神身强 한배쾌상신신강
    등엔 땀 져 상쾌하고 심신은 강건하다.

645. 肇春冷雨浸枯草 조춘냉우침고초
    이른 봄 찬비가 마른 잔디 적시는데

646. 昨節綠原零落黃 작절녹원영락황
    지난 계절 푸른 들이 누렇게 시들었다

647. 荒寂野禽何去隱 황적야금하거은
    황폐하고 고요하여 들새들은 숨어있고

648. 打毬人跡隔阻長 타구인적격조장
    공치던 인적마저 뜸한지 하마 오랜데

649. 楊江汀渚潤朝霧 양강정저윤조무
    양평강 언덕에 아침안개 자욱하고

650. 蘆荻罷花尤上霜 노적파화우상상
    메마른 갈대꽃에 서리 얹혀 더욱 희다

651. 廣闊毬場空度日 광활구장공도일
    광활한 구장이 날마다 비어있는 틈 사이에

652. 暫留嗜慾迅丹粧　잠류기욕신단장
　　　즐김을 잠시 멈춰 손 빠르게 단장한 곳에

653. 園毬戲杖作詩詠　원구희장작시영
　　　골프채를 즐겨 치며 내가 읊은 한시를

654. 自筆揮毫典雅彰　속묵자호전아창
　　　내가 쓴 붓글씨로 전아하게 드러냈다

655. 碯石精雕球客讚　갈석정조구객찬
　　　정성 들여 새긴 시비 사람들은 기리고

656. 廣原唯一象徵揚　광원유일상징양
　　　넓은 들에 오직 하나 상징으로 들날린다

657. 貴賓滿集愉除幕　귀빈만집유제막
　　　귀빈들이 가득모여 즐거이 제막하고

658. 郡守頌辭墨塾償　군수송사묵숙상
　　　군수의 칭찬 말에 강상묵숙 보답하듯

659. 賀語獻詞功朗讀　하어헌사공낭독
　　　아름다운 헌사를 공을 들여 낭독하고

660. 祝鳶飛上影碑徨　축연비상영비황
　　　연은 날려 축하의 그림자로 빗돌에 어슷거린다.

661. 早春三月回婚迎　조춘삼월회혼영
　　　이른 봄 3월에 회혼을 맞이하는

662. 六十星霜偕老罷 육십성상해로파
고달팠던 긴 세월의 해로 육십년

663. 此際賞玩謀計旅 차제상완모계려
차제에 구경사마 여행 계획 세워놓고

664. 生涯終畢自車危 생애종필자차위
생애의 마지막을 위험스런 자가운전 하려고

665. 老齡力盡那無慄 노령역진나무율
힘 다한 노령에 떨지 않을 리 없건만

666. 萬里旅程欲奔馳 만리여정욕분치
만 리 여정 분주히 달리고 싶었다

667. 往歲百山登太喘 왕세백산등태천
왕년엔 백산을 숨 가쁘게 올랐어도

668. 當時輪外依支肢 당시윤외의지지
그때엔 차가 없어 팔다리에 의지했네라

669. 初巡昔日娶妻屋 초순석일취처옥
첫 순방을 장가든 옛집을 찾아봤더니

670. 樣態變成饌膳匙 양태변성찬선시
모양은 변해서 음식이며 숟가락이 놓여있고

671. 婚禮新房改厠間 혼례신방개측간
혼례 올린 신방은 측간으로 바뀌었네

672. 餐家雖改故情追　찬가수개고정추

집은 비록 식당이라도 옛정은 떠올랐다

673. 夫娘握掌月光弄　부낭악장월광롱

신랑각시 두 손잡고 달구경 나섰는데

674. 鶴髮老翁杖後笞　학발노옹장후태

학 머리 노옹이 등 뒤에서 지팡이로 후려쳐

675. 余瞬奔逃風亂悔　여순분도풍란회

우리는 순식간에 도망치며 풍기문란 뉘우쳤던

676. 鄕愁懷顧耽樂誒　향수회고탐락희

향수를 돌이키며 즐거이 선웃음 쳤다.

677. 次途先墓尋均拜　차도선묘심균배

다음 길을 선조묘소 고루 찾아 경배하는데

678. 悲方始祖三墳藏　비방시조삼분장

시조의 세 무덤은 슬픈 사연 간직하고

679. 不朽功臣金首葬　불후공신금수장

불후의 공신을 황금머리로 장사지낼 때에

680. 賜陵玉淚木身香　사릉옥루목신향

왕은 옥루지어 능지를 하사하고 몸은 향목을 깎았다

681. 莊陵墓所龍仁禮　장릉묘소용인례

장릉과 용인 묘소 찾아 예를 올리며

682. 糯餠生時嗜好嘗　나병생시기호상
　　생시에 즐기시던 인절미를 맛보시라 올리고

683. 父母靈前恭再拜　부모영전공재배
　　부모님 영전에 공손히 재배하면서

684. 子齡已米笑三觴　자령이미소삼상
　　자식 나이 이미 미수라고 웃으며 석 잔을 부었다

685. 往年我踏景勝地　왕년아답경승지
　　왕년에 내가 밟은 경치 좋은 곳곳을

686. 隨伴老妻探訪康　수반노처탐방강
　　늙은 아내 함께하여 즐거이 탐방한다

687. 江山新綠花滿發　강산신록화만발
　　강산은 신록이요 꽃은 흐드러져

688. 草原野禽互歌忙　초원야금호가망
　　초원의 들새들 서로 불러 노래한다

689. 周遊國土不安冒　주유국토불안모
　　불안함을 무릅쓰고 전국을 즐겨 돌며

690. 天下縱橫唯路茫　천하종횡유로망
　　천하를 종횡으로 망망히 트인 길에

691. 百景探勝今昔似　백경탐승금석사
　　백경을 찾아봐도 금석 간에 비슷했고

692. 歸家身强悉知佯 귀가신강실지양
집으로 돌리니 건강함은 거짓이라 알려준다.

693. 楊江漲溢昨今齊 양강창일작금제
양평강이 넘실넘실 어제 오늘이 한결같고

694. 蘆汀靑鳩落照娛 노정청구낙조오
강기슭 갈대밭 멧비둘기는 낙조를 즐기건만

695. 欲勞不成氣已盡 욕로불성기이진
일 좀 하려해도 기가 다해 이루지 못하는 몸

696. 無爲世事奈存軀 무위세사나존구
할일 없는 몸 무엇 하러 미적미적 세상에 남으리?

697. 此詩長句分三卷 차시장구분삼권
칠백구 장시를 세 권으로 나누어서

698. 今次終焉別帙敷 금차종언별질부
이제 끝이라 여겨 붓글씨로 일일이 따로 꾸며

699. 老父精揮爲息女 노부정휘위식녀
늙은 아비 딸자식을 위하여 정성들여 휘필하여

700. 稀珍卷軸欲傳乎 희진권축욕전호
진귀한 두루마리로 꾸며서 전하고자 하노라.

저자와의
협의하에
인지생략

自敍漢詩 聯句七百行

늪을 헤맨 조랑말

2017년 7월 24일 인쇄
2017년 7월 28일 발행

저 자 상산 신 재 석
　　　경기도 양평군 강상면 강남로 현대성우Ⓐ 101-202
　　　010-5445-7072

발행처 ❀ ㈜이화문화출판사
등록번호 제300-2015-92호
주 소 서울시 종로구 사직로10길 17 (내자동 인왕빌딩)
TEL   02-732-7091~3(구입문의)
FAX   02-738-5153
홈페이지 www.makebook.net

정가 23,000원

※ 본 책의 내용을 무단으로 복사 또는 복제할 경우에는 저작권법의 제재를 받습니다.